少年如风
两相望

周宏翔 著

人民文学出版社

图书在版编目(CIP)数据

少年如风两相望/周宏翔著. —北京:人民文学出版社,2017
ISBN 978-7-02-013448-9

Ⅰ.①少… Ⅱ.①周… Ⅲ.①长篇小说-中国-当代 Ⅳ.①I247.5

中国版本图书馆 CIP 数据核字(2017)第 253639 号

责任编辑　朱卫净　邱小群　李　超
美术编辑　钱　珺

出版发行　人民文学出版社
社　　址　北京市朝内大街 166 号
邮政编码　100705
网　　址　http://www.rw-cn.com

印　　刷　上海盛通时代印刷有限公司
经　　销　全国新华书店等

开　　本　890 毫米×1240 毫米　1/32
印　　张　10.75
字　　数　292 千字
版　　次　2019 年 7 月北京第 1 版
印　　次　2019 年 7 月第 1 次印刷

书　　号　978-7-02-013448-9
定　　价　58.00 元

如有印装质量问题,请与本社图书销售中心调换。电话:010－65233595

二〇一九年再版序

我写作的时间最早可以从二〇〇五年算起,每次这么说来,都会被身边写东西的朋友当成一个"老人"。最初把故事写在硬面抄上,再一个字一个字打到电脑里,已经是十几年前的事情了,那样的记忆很难得,但是往往不堪回首。

我是一个特别害怕翻看自己以前旧作的人,因为写作太早,没有成熟到可以拿出手,就被编辑赶鸭子上架早早出了几本书,每次懊恼得都有想把旧作烧掉的念头。

现在回头去看这个故事,会挑剔自己当时使用的各种词句,想着自己为什么就不能好好说话,那个时候讲故事还真是啰嗦啊,甚至觉得修订这回事就是在折磨自己,既然不满意,干脆推翻了重新写一遍好了。

可是,如果干脆重写,再版的意义好像就立刻失去了。

结果最后发现真正要改的地方无从下笔,好像它根本不愿意和我一起长大,要留在当年的岁月里。

十九岁那年写下这个故事的时候,我没有想到故事中的林尽杉会成为那么多人念念不忘的角色,即使中途我放弃写作,再重新回归,都会有读者给我留言,说怀念林尽杉。后来陆续又出了好几本书,但《少年们无尽的夜》(以下简称《少年》)却再也买不到了,一些新的读者说要收集齐我所有的书,我除了表示感谢,更多的是抱歉,我说,旧作就不要去看了,想看也买不到了。但是依旧有很多读者来问我,如果想看《少年》该怎么办?

机缘巧合,我在某天和出版社的朋友说起我十九岁写的这个故事,朋友非常感兴趣地问我,能否拿给他再版,我说可以是可以,但是我觉得故事或许并不适合当下的读者了。

朋友问我为什么。

我说,这个故事发生在一个并不属于他们的青春年代,可能是我们这一代人的回忆,但我们这一代人读书的很少了,我担心有距离感。

但朋友说,好故事永远不会因为年代不同而失去读者。

二〇一九年距离二〇〇九年,已经有十年的时间,重新改写的时候,我发现自己果然是回不到十年前的那个时候了,那个时候,我太熟悉学生们爱做什么、爱想什么,希望成为什么样的人,但是十年后,一切都变了,我觉得学生时代已经像是上个世纪的事情。

当我修订完最后一个字的时候,我的心情和当初写完时完全不同了,那时候我窝在寝室的被窝里,自顾自地狠狠地哭,现在想来真是矫情够了,十年后,当我重新审视程涵宇和林尽杉的关系时,我发现自己能够更坦然地去面对他们之间的那种羁绊。

编辑说,既然你改写了,又加了新的内容,我们就用新的名字重新出发吧,所以最终我们决定将书名改成《少年如风两相望》,其实这也更符合故事的内核。

如果你问我这本书讲了什么，我会告诉你，这是一个集体怀念的故事。故事中两个男生跨越近二十年的友谊，其实是我真实的内心和过去的自己在做一次告别。

写这篇序的时候，正值北京五月的初夏，回头去翻看当年的后记，原本故事的初稿是在二〇〇九年夏完成的，屈指一算，正好十年。

朋友说，没有人永远十七岁，但永远有人十七岁。

我却说，我不知道是不是每个人都喜欢自己的十七岁，但我希望的是，他们的内心永远不会因为衰老而苍老。

这大概就是我重新修订这本旧作的最大意义。

二〇一九年初夏

少年如风两相望

——干涸的骨骸与飘荡的灵魂,是生者的挽歌。我跋山涉水地追寻,只是祈祷夕阳的余晖能够将你我普照。百转千回地吟唱,是我按图索骥的光芒。伤春悲秋的言辞,只为待你归来。

第一章

在长风不安的歌声中,请免去这最后的祝福,白色的道路上,只有翅膀和天空。

——北岛《远行》

1

随着岁末而来的一场大雪,混杂着浓郁的寒冷气息,白雪皑皑的天地,在我眼中看起来像是一场幻境。

我被窗外的鞭炮声惊醒,用衣袖擦去了窗户上的雾气,透过厚实的玻璃看着这座城市,昨夜的鞭炮红纸散落一地。

窗外洋溢着新年热闹的气氛,可我却有些格格不入,一个穿着褐色棉袄的小孩蹲在窗外静静地望着天空,我看着他,不由得想起林尽杉来。

信箱里又有新的信来了,我知道是他寄给我的。

信封被夹在订阅的杂志里放在书桌上,常常一放又是好长一段时间。每年差不多这个时候,他的信都会如期到来。

"涵宇……"

这段时间，我总是时不时感觉他在叫我。

我起身翻着抽屉里唯一的一本相册，必须非常仔细才可以找到他的身影，那张边角已经有些泛黄的集体照里，他站在人群之中最不显眼的角落。我的头脑中渐渐浮现出他儿时的模样来。他穿着单薄的衬衫，裤腿上还有泥点，肤色黝黑，双眸明亮得仿佛里面缓缓流淌着一条河。

每年的这个时候，我都禁不住有些想他。

他说他叫林尽杉，父母起此名的含义大概是盼他健康易活——丛林尽头的一棵杉树，高大而庄严。

与林尽杉分离之后的许多日子里，我常常梦见他，他和年少的时候并无两样，身子单薄得让人担忧。梦中的他几乎没有说过话，只是缓步走在潺潺流动的河边，向我挥手，然后微笑，但是一旦我接近，他便如镜花水月，不知所踪。

这种思念真实发自内心，每当梦醒之后便会轻轻叹息。我总感觉林尽杉在某个狭小的角落里窥视着我的一切，后来才发现这大概是一种幻觉。

2

其实我从小并没有觉得自己和别人有什么不同，与大部分学生一样，早上提着包子和豆浆赶到学校；下午回家时在路边花一块钱买两包干脆面，取掉里面的卡片后将干脆面扔进垃圾桶；晚上做完作业就和同学相约在楼下玩骑马打仗，或者趴在地上翻干脆面里的卡片；周末和附近的孩子一起到不远的田间冒险，将农民伯伯种的庄稼踩得凌乱不堪。

在那些年，我并没有发现自己和其他人有什么不同，如果真要说出那么一点不同来，大概是我妈是一名中学教师。而这一点不同，在我小学毕业之前，并未体现出任何的特殊性。

我想我们的友谊是从林尽杉写下的那首诗开始的。

那年林尽杉十二岁，我清楚地记得他站在红砖楼房下看着我与附近孩子一起疯时的眼神，那不是一种渴望靠近的目光，而是一种淡然的注视。几乎很少有人会主动邀请林尽杉加入游戏，他只是安静地蹲在一边，偶尔用小石子在地上写诗。我趁别的孩子都回家了，才默默地走近他，这个时候，林尽杉仰起头朝我笑着说："涵宇，你看我写的诗怎么样。"他的声音很轻，像是专门说给我一个人听。

我蹲下身子看了很久："写得不错。"我的语气总是有些敷衍，可他听完还是很开心。

那时太阳刚刚落山，林尽杉的父亲便浑身酒气地走过来，他无视林尽杉的存在，从他身边走过，然后用力地踢门，林尽杉站起身来告诉我他得回家了。

不知道从哪一天开始，我妈开始对我严厉管教，好像在过去的十二年里，她对我的所有温柔都消耗殆尽。她不断地用语言鞭策我要懂得自己的未来，她希望我初中能够到她所任教的学校上学。在她眼中，只有读最好的初中，继而读最好的高中，才能上名牌大学。她总是语重心长地将自己未完成的抱负放在我的身上，老爸只是在一旁默默点头。而我从来都不觉得一个人的人生路是因为他上了重点学校而决定的，但是我不能这样直接告诉她，否则我可能有两个星期都不能出门去找其他人玩了。但从六年级开始，我妈就剥夺了我出去疯玩的权利，而那时候班上的同学都在为小学的毕业狂欢做准备。

当时我妈只同意我和林尽杉玩，因为他是我们班的班长，成绩也是数一数二的。在我们都还只会背课本上的几首绝句的时候，他已经对苏轼的《水调歌头》倒背如流了，还有对于一些复杂的数学应用题，我总是找不到头绪，他可以分分钟把答案写在白纸上。

那时候我和林尽杉几乎天天黏在一起，并不是他有多聪明，当然，也不排除我那时候因为他成绩好而有一点点羡慕他，重要的是他和大多数成绩好的同学不同，他不会耀武扬威地把自己的成绩说给所有人听，不管他考了多少分，都是悄悄地把考卷收在自己的书包里。他安静沉稳，愿意听我抱怨，我也喜欢听他向我倾诉。他愿意开口对其说话的人不多，他的秘密都只说给我一个人听。

林尽杉家里条件不好大概也是他羞于开口的原因之一，父亲负债累累，嗜赌如命，母亲独自担着小面铺子，为家里赚点生活费。但是林尽杉从来没有觉得生活无望，他相信自己总有一天可以带着父母走出困境。

林尽杉说:"涵宇,有时候我特别羡慕你。"

我时常觉得林尽杉是一个诗人,或者说他比较早熟,这诚然与他所处的环境有关。他经常趴在课桌上写一些我看不懂的东西,我知道那不是老师要求的。他方方正正地写好每一个字,然后再靠着窗户轻轻地读。有时候飞过去几只鸟,我都觉得特别应景,像是电影里才有的画面。

我时常问:"林尽杉,你不会哭吗?"

林尽杉摇摇头。

但那时的我想,十二三岁的孩子,遇到家庭不和,除了哭还能做什么呢?我转而又问:"那么尽杉,你恨你爸吗?他可是用光了你家所有的钱,又没有尽到半点做父亲的责任。"

林尽杉撇了下嘴,然后凝重地看着我。

"有一次我发烧了,我爸刚刚打完牌回家,他看着趴在桌上的我,只轻轻摸了下我的额头,二话不说就把我背去了医院。还有一次,妈妈的手在切菜的时候割伤了,我爸慌张地从柜子里拿出一张止血贴,接着帮我妈看了一个星期的铺子。有时候我也搞不懂他对于我来说算不算父亲,但至少在某些短暂的时刻,我相信我妈常说的那句话,家里好歹需要个男人。"

最后那句话铿锵有力。林尽杉所说的一切让我特别难受,因为我永远没法感同身受。大概是我过得太幸福,从小到大,有恩爱的父母,有良好的生活条件,我从来不用担心吃了上顿没有下顿。后来我想,我之所以那时候会难受,是因为我做不了什么。我拍了拍林尽杉的肩膀:"尽杉,不要怕,你成绩那么好,一定会考上重点初中,然后继续努力,总有一天会出人头地。"现在想想,那时候的我们口中的鼓励怎么都显得幼稚,不过是在自说自话罢了。

林尽杉温柔地笑笑,他搭着我的肩膀,说:"会的,我们一起加油,一起进好学校,一起进尖子班,永远都是好兄弟。"

时光带着仓促的步伐,马不停蹄地向前奔跑,好像一夜之间我们都长大了。在匆匆而逝的成长岁月中,熹微的晨光转眼间变成绛红色的夕阳,毕业照、毕业典礼、同学录、离歌,我人生中第一次经历的盛大离别,就在大家的嬉笑打闹中结束了,我和林尽杉站在离学校不远处的后山上看着这场曲终人散的戏剧。

那样的时节,所有的悲伤在我们的眼中都只是微不足道的小情绪,我们都不懂什么是真正的喜悦和难过,生活中只有雨水和阳光,以及四下弥漫着香气的植物。

那些象征着年少不知惆怅的一切,让我觉得这个世界永远都是安静而美好的。

3

与这些嬉笑怒骂相比,林尽杉的童年是在惶恐不安中度过的。

他的父亲内心充满着不知足与不安分，会在饭桌上一气之下摔破饭碗，或者翻箱倒柜企图找到钞票。每次林尽杉躲在房间里透过门缝看着一片狼藉的屋子，便会把嘴唇咬得发青。暴雨之后的寂静让林尽杉感觉压抑，这样类似死亡的黑暗与恐惧从未从他内心离开过。母亲的安慰显得毫无作用。这种家庭式的互相折磨一直延续了很多年，父亲总是带着稍显值钱的东西出去，彻夜不归。接连数个黑夜，林尽杉辗转难眠。半夜，他能听见客厅传来窸窸窣窣的声响，夹着母亲疲惫的喘息，她将一切收拾干净，趁着尽杉醒来之前让一切看起来从未发生过。

母亲从不会当着林尽杉的面落泪哭泣，但林尽杉在伸手不见五指的世界里却仿佛能看见她神色憔悴的面庞。可是，林尽杉什么也不能说，即使彻夜未眠，仍然装作什么事情都没有发生一般按时上学。

我无法想象林尽杉是怎样在这样的家庭中长大，父亲在入不敷出的时刻贪婪地索求，却让家中的其他人若无其事地容忍着。

林尽杉很少微笑。

在林尽杉童年的尾巴上，他几乎没有什么零用钱，衣服也只有那两三件，早餐多半会直接省掉。

进入秋天的清晨，他在大雾弥漫的路口等我，每次当我掏钱买包子的时候，他都会别过头去不让我看见他咽口水的动作。我时常会多买一份早餐，然后分给他，起初林尽杉并不接受，在他心中，肯定是不甘于别人可怜自己的。每次我都骗他说，尽杉，我吃不了这么多，帮我分担点，你不吃我就只有扔了。林尽杉这才缓缓地接过冒着热气的包子。林尽杉说谢谢，声音很轻。看着他瘦骨嶙峋的身板，我不免皱皱眉头，那件衣服他已经穿了三年多,这三年间我从来没有见过他穿新衣服,此时正处于长身体的阶段,衣服已经被撑得有些变形。

4

我幼时记忆最为深刻的一件事情是放学后的某个傍晚。

林尽杉走在我的后面,一副欲言又止的模样。我知道他有心事,慢慢停住脚步:"尽杉,怎么了?"

林尽杉低头不语,夕阳的余晖落在他的头发上,顷刻,他说:"涵宇,你一个人先回去好吗?"

"你有事情?"

林尽杉点点头,于是我慢慢走开,但其实并没有走远,回头见他拐进巷子,我便悄悄跟在后面。

那是一条逼仄的小巷,潮湿而又阴暗。林尽杉走到一个垃圾桶旁,从狭小的空间里拉出一个编织袋,里面叮咚作响,他喘着气,回头便看到了我。

"这是什么东西?"我慢慢走近他。

羞耻心似乎片刻占据了他的全身,他松开拉袋子的手,然后侧过身去:"你干吗要跟着我来?"

"我不是跟着你啊,只是刚好回头想问你件事。"

因为他松了手,袋子里的易拉罐和啤酒瓶滚落出来,林尽杉试图用身子挡住这一切。我扶住他的肩膀:"你在做什么呢?"

尽杉深深地吸了一口气:"涵宇,我妈下周过生日,我没有钱给她买礼物,捡些瓶子去卖,还能赚几个钱,虽然不多……"林尽杉的语气充满了胆怯和害怕,他在担心我会因此嘲笑他。

"我来帮你……"

这是我的原话,我不知道这四个字给予了他多大的勇气,只见他微微动容。我拾起那个袋子,然后对着林尽杉说:"你一个人太慢了,以后每天放学我都陪你捡,两个人的力量总比一个人大。"我不清楚自己当时为何会做出这样的决定,但是我知道,我要帮他,这是在我听到他微小愿望后的唯一想法。

林尽杉拉住我的手:"脏……"我固执地把袋子捏在手上,然后蹲下来将滚落的瓶子重新捡回袋子里。

那天我们在各栋楼房的垃圾堆里翻找。空气里散发着的腐烂气息让人恶心,苍蝇肆无忌惮地飞舞。我看着林尽杉勾着身子往垃圾堆里探,他只希望能够再多捡一些瓶子。这时,一个衣衫褴褛的老太太拿着铁钩子大叫着走过来,用方言尖刻地辱骂着我们,说我们不好好上学,跑来与她抢生意。她用犀利的眼神催促我们离开。但林尽杉拉着我潜伏在巷子的角落,等那老太太走远后再回去捡。

夜幕早已降临，我不得不为林尽杉所做的一切感动，这是一次心灵的拾荒。我尾随在林尽杉的身后，帮他扛着一大袋的瓶子，最后将编织袋藏在一个隐秘的石台下面。虽然我们捡了足够多的瓶子，但袋子里的数量还是换不来足够的钱。

回家的路上，林尽杉停留在街边商店的玻璃窗前，看着一枚对他而言价格不菲的胸针，标价是五十元，他无奈地咬牙走开。我追赶上去："林尽杉，你还差多少钱？要不我借你。"林尽杉摇摇头，然后背着书包继续向前走。这是他从小到大都没改掉的固执与放不下的自尊心，他不肯屈身接受任何施舍。当时的我自然不懂，我以为只有付出才可以帮助一个人。

分别的时候，他拉住我说："涵宇，今天的事情，请帮我保密。"我应了一声，然后他转身离开，又回头补了一句："谢谢你。"

夜空安静而平和，皎洁的月光在云层的分合下不断变换，恬静地流泻过无边的芦苇丛。昏暗的路灯，吠叫的野狗，为这一夜增添了几分孤独。

到家的时候，我妈因为有晚自习还没有回家，而我爸因为夜班没有回来，我这才松了一口气。从窗户张望对面的底楼时，我又听见了啤酒瓶破碎的声音。有那么一瞬间，我的心猛烈地收紧了一下，头脑中回放着他倔强的表情。

然而想不到的是，第二天傍晚，我与林尽杉再也找不到前一天藏起来的编织袋。这对他而言，绝对算得上晴天霹雳。他慌张地寻找，整个身子匍匐在肮脏的地上："不见了，不见了！"看着石板下面空空如也的凹槽，我只听见他暴怒地吼叫。

我一把拉过他，试图让他冷静下来："尽杉，别找了，一定是被别人偷走了。"林尽杉恍惚的眼神中透露着无法置信，那是他辛苦了一周累积的成果，一夜之间，所有的预想变为泡影。我握住他磨出血的手掌，让他接受这个事实。这时，那位拿铁钩的老太太正拖着一大袋东西穿过前面的巷子，林尽杉与我都认出了那个袋子。

林尽杉跑过去拦住了她："把瓶子还我！把瓶子还我！"他扯住那老太太的衣衫，而她依旧是一副刻薄的脸嘴，用难听的脏话骂着林尽杉，然后用力摆脱他。我拉着袋子的边角，老太太开始尖叫，附近的居民都跑了出来，对我与林尽杉指指点点。

"哪里来的野孩子，连老太太的东西都要抢。"

"没教养啊，那可是老太太的生活费啊。"

"真是看不下去了。"

我大喊着："不是这样的，不是这样的。"但是没有人愿意听。几个强壮的男子将我和林尽杉从老太太身上拉开时，我看到她的嘴角露出一丝不友善的微笑。林尽杉挣扎着吼叫："那是我的瓶子，那是我的……"可是所有人都像耳聋一样。眼看老太太蹒跚着越走越远，最后消失在巷子的尽头，林尽杉懊恼地推开围观的人，朝着反方向跑去。人群渐渐散去，末了还不免说几句闲话。

我喘着气追上林尽杉，勉强撑起一点微笑："尽杉，我们再去捡呗，大不了这次藏好，谁都找不到。"林尽杉没有说话，他推开了我，沮丧地往前走。

那一夜我没有睡着，睁眼望着天花板上的吊灯。窗外树影婆娑，我坐起身来，轻轻打开房门，确认父母都已熟睡，这才动身。客厅沙发的旁边有两箱父亲厂里发的饮料，还有一箱啤酒，我光着脚踩在地板上，绷紧着神经开启饮料瓶盖，一瓶一瓶地往下灌，肚子无法容纳所有的果味液体，我就像发疯一样将剩下的饮料与啤酒倒进水池，然后打开水龙头将他们冲走。我完全不顾后果地任性着，倒着倒着，我心里的恐惧感居然烟消云散，我幻想着林尽杉看着一大堆瓶子的模样，他一定会笑得很开心。我将所有的瓶子收好装袋，放在家门口的角落里。

那一夜，我只是在默默等待黎明时刻，等待天际的日光喷薄而出。

周末一大早，我跑去叫林尽杉出门，将一大袋瓶子拖到他的面前，拍拍双手说："尽杉，你看，这是什么……"

林尽杉显得诧异而又激动："涵宇，你……"他想说的话都哽噎在喉咙。

"好了，啥也别说，走吧！"

我们拖着这些瓶罐来到了收破烂的地方，那老板见我们是小孩，故意压低价钱，林尽杉与我终究拗不过那个奸诈的商贩，只好以十五元的价格卖掉了所有的瓶子。

拿着发皱的钞票，林尽杉不知所措，他低着头默默说："加上我之前存的三十几块，也差不多了。"或许三十几块钱对于当时的很多家庭来说算不上多大的数目，但是对于林尽杉，却是通过无数次的省吃俭用才留下来的。林尽杉和我一起奔进那家店，两个人说破了嘴才让老板娘同意以四十八元的价格将胸针卖给了我们。老板娘说，便宜了两块钱，就不会赠送礼品盒子了。于是胸针赤裸裸地躺在林尽杉的手心，想到很快就可以亲自将这枚胸针别在母亲的胸前，他的脸上绽开了一朵花。

5

林尽杉与母亲惺惺相惜，很多时候，对于林尽杉而言，母亲更像是陪伴他努力成长的一份勇气。

我妈曾经说过，林尽杉的母亲嫁过来不久他父亲就丢了工作，那时候，他父亲常常因为小事暴跳如雷。而他母亲在怀孕之后，依旧早出晚归打理着摊子，他父亲却一蹶不振，在赌馆里混迹年月。妊娠的日子，林尽杉的母亲独自在厕所呕吐，常常因为体力不支晕倒，有时候从昏迷中醒来，继续做事，家中没有补品可以供给，也只好独自担着。父亲的脾气越来越差，但是想到母亲怀有身孕，不敢动粗，就常常靠摔东西来发泄，直到家中的餐具所剩无几，他才甩门而出，继续玩乐。他母亲会在闲暇的时候，到隔壁的张婶家听听音乐，她听说，听舒缓的音乐有助于胎教。阳光明媚的日子，她会向我妈借几本小说来读，我妈一直觉得她一个女人不容易，便将书架上的大部分书籍送给了她。林尽杉的母亲认为，将所有的知识咀嚼吞咽，一定可以传达到肚中的胎儿那里。

十个月之后，林尽杉就在那间杂乱肮脏的小屋子里出生，他的母亲已经没有力气撑到医院，邻居打电话叫来了救护车。当医生告知是男孩时，林尽杉的父亲正好从外面酗酒归来，他看着刚刚剪断脐带的胎儿，第一次露出了笑容。

母亲的头脑中首先出现了一片笼罩着大雾的森林，其中有一棵傲然挺立的大树，是杉树，她希望有一天儿子能如同杉树一样参天挺拔。

林尽杉，这是一个充满了希望的名字。水雾飘渺的丛林深处，星辰可见的湖畔，只有他，这样的意象让母亲觉得生活还有一线希望。

年幼的林尽杉体弱多病，这是因为母亲怀他时未摄足营养的关系。每逢寒冷的冬季，风疾雪寒，林尽杉常因风寒感冒而卧病在床，母亲无法依靠丈夫，于是放下手上的活计在家陪伴。林尽杉终年饮药为饭，家中并没有太多的钱为他治病，母亲担心养不活林尽杉而以泪洗面，她开始怀疑自己将林尽杉带到这个世界上是不是一种罪过，她日夜祈祷，希望儿子能够早日康复。因为长期未能经营面铺，家中资金已捉襟见肘；而丈夫一旦出门，便会失踪多日，听着林尽杉日日咳嗽，母亲也辗转难眠。

有时母亲哭哭啼啼，父亲便大声辱骂，林尽杉在被窝里迷迷糊糊地看着这个昏天暗地的世界，心中反而有了必须活下去的意志。

父母之间感情的罅隙仿佛是林尽杉心头的一道刀疤，此刻能给予母亲希望的，只有自己健康地活下去。从那时起，林尽杉的身体开始逐渐好转，咳嗽的次数慢慢减少，母亲终于又拾回了生活的希望。

上小学之前，母亲把林尽杉带在身边，常从每天所赚的钱中拿出几元来为林尽杉买书，刚开始是简单的儿童书籍，到后来，慢慢过渡到注音版的名著。母亲在面铺忙碌时，小尽杉便坐在一旁的小板凳上阅读。母亲没有足够的金钱让林尽杉从小接触钢琴、绘画或者英语，所以只有不断地用书籍与知识来填补他的童年。在我们还在地上拍纸片的时候，林尽杉已经能够背诵小学语文课本上所有的诗词。他的眼中终年漂浮着雾气，看不透其中的经纬。林尽杉或许是在与生活的艰苦抗衡，他不甘于自己的现状，更是将母亲的辛劳尽收心中。

上小学之后，他争取做了班长，因为从小到大的隐忍与坚强，他的眼中容不得一点沙子，他是老师的好帮手，但同学不大喜欢他。他的能力极强，所有老师交代的事情，他都处理得游刃有余，家长会上，他永远是老师表扬的对象。刻苦认真、努力进取，这是我们小学教室黑板上方的八个大字，每次老师都用这八个字来形容他。虽然如此，但林尽杉的不快乐只有我知道些许，那时候我是他唯一的朋友，或许因为感激我妈常年帮助他家，他第一次看见我时，就笑着对我说，他叫林尽杉。

我清楚地记得林尽杉母亲每次听见自己的孩子被表扬时的神情，那是一种自豪而认真的神情，她将所有的爱倾注在了林尽杉的身上，从不打骂他，因为她这一生太凄苦，只希望林尽杉能够勇敢快乐。

林尽杉的房间里贴满了奖状，桌上放着大大小小的证书，是整个家唯一干净整洁的地方。母爱是浓厚的，母亲与林尽杉始终关系亲密，每次抚摸着自己孩子的额头，都觉得内心温暖无比。

6

当晚，林尽杉将胸针放在母亲床头，底下压着一张小字条，写着"妈妈生日快乐"几个字。他躲进房间，假装关灯睡觉，听着母亲开门的声响，他暗自微笑。

母亲拖着疲惫的身子走进房间，开灯，安静了片刻，林尽杉在猜测母亲看见胸针时候的表情。而母亲什么也没有说，只是看着林尽杉已经入睡的模样扬起嘴角。她将胸针别在胸前，然后轻缓地走进林尽杉的房间在他额头轻轻一吻。或许是长期处于诚惶诚恐、如履薄冰的状态，这枚胸针给了她极大的安慰。林尽杉纹丝不动，心中却早已欣喜若狂。偏偏这个时候，父亲带着剧烈的声响闯进家门，林尽杉不觉微微一怔，母亲走出房间，注视着倚门喝酒的父亲，淡淡说了一句："你回来啦。"

显然父亲忘记了母亲的生日，走过来就扯住母亲的手："给我点钱，张四明天要拿刀来砍我了。"母亲试图抽回自己的手，但是手腕被掐得很紧："我没有……上周我已经把刚挣的钱都给你了，孩子的书本费还是方老师垫着的，我要尽快还给她。"父亲的气息中混杂着难闻的酒气："我他妈都这么求你了，你就忍心看着我死？"母亲回头望着房间的门："你别嚷，孩子刚睡着不久。我没有钱，家中的钱都被你输光了，今天面铺一共才赚了七十几块，这是我们家所有的家当了！"父亲一偏头看见了母亲胸前的胸针。"这是什么……"他一举夺过来，"你他妈没钱！没钱还买这些东西，说，你身上还有多少钱，全给老子拿出来！"父亲厉声威胁道，她咬着牙不愿再说，父亲发怒了，掴了母亲一耳光："家里都揭不开锅了，你还有心思打扮自己，又想出去勾搭哪个野男人！"

林尽杉再也忍不住了，他穿着裤衩跳下床："爸，那是我买给妈的生日礼物！"

他很少叫父亲，从小到大，他心中无数次咒骂着这个男人，这个将他带来世上，却从未承担父亲责任的男子。父亲用尖锐的眼神看着他，感觉如芒在背："谁给你钱买的？"林尽杉不想开口，他不愿意让母亲知道自己捡垃圾的事情，怕她伤心。

父亲步步逼近了林尽杉，母亲跑过去抱住他。"你们娘俩现在串通起来骗我是吧。说！这钱是哪儿偷的？！"

林尽杉执拗地看着父亲，依旧不肯开口。父亲再也忍不住，挥手想要打他，林尽杉才终于说了："是我捡垃圾卖的钱，爸，你别打妈了，今天是妈的生日，但是你看她一点也不开心。"

林父倒吸了一口气，他实在没有想到林尽杉会这样回答，他低着头，收回了手，三个人僵持在这浑浊的空气中。父亲没有再说话，将手上那枚已经捏得变形的胸针放回茶几上，愤然离开。他没有留下一句祝福，甚至一句道歉。

那个看起来光鲜而美丽的胸针已变得别扭而丑陋，上面闪闪发亮的晶片已经掉了，只剩一个光秃秃的金属壳。这是林尽杉构想了数月可以逗母亲会心一笑的礼物，顷刻之间变成了垃圾废物。

"小杉，你真的去捡垃圾了？"母亲泪水充盈的模样让林尽杉无法再隐瞒，母亲将林尽杉的头埋进怀里，"是妈让你受委屈了……"林尽杉扶着妈妈的手臂："妈，我不委屈，只要你开心。"

自那个时候起，林尽杉有了一个坚定的信念，要成为更好的人，才能给母亲带来更好的生活。

同是那一夜，父母反复盘问我饮料瓶与啤酒瓶的去处，我撒谎告诉他们学校要捐款给希望工程，我不愿意找父母要钱，才出此下策。父母倒是没有再责怪我，只是告诉我以后不要因为这样的事情浪费。

深夜，我透过窗户看着林尽杉的家，那些年里，我经常写作业累了，就喜欢往窗外望，瞧那个身体单薄的少年坐在小板凳上看书，我经常想，到底怎么样才会让他开心一点。

7

小学毕业的那年夏天，林尽杉的父亲因涉嫌偷窃而被拘留，家中却因此换来了少有的安宁。林尽杉拉着我跑到派出所门口，我们站了很久，却没有走进去。

那是艳阳高照的七月天，蝉声聒噪，铺满墙壁的爬山虎露出生机勃勃的绿意。林尽杉站在路口踌躇，然后叹气说："算了，我们走吧。"

那时候我并不了解林尽杉到底要做什么，后来我才知道，他总是跑到派出所的门口，站在那个熙熙攘攘的路口等待，他希望能够看到父亲从里面出来。他和我说那种心理他自己也无法说清楚，父亲不在的时候，他明明应该感到安心，但并没有。他也奇怪为什么自己会有一种期待，期待着父亲从里面出来的时候,真正洗心革面,然后带着世界上最慈爱的微笑回来。

我告诉林尽杉城西的边隅有一个废弃的教堂,我带着他在教堂里面双手合十,一起祈祷。林尽杉祈祷的时候嘴里总是念叨着什么,而我只是默默地祷告,时不时偷看他一眼。

我们两个傻傻地站在那里,四周是陈旧的木桌和掉色的墙壁,正前方的耶稣也已经失去了色泽,这里早已经被人遗弃,我们都不知道虔诚的愿望能否实现,但是林尽杉表情严肃,非常认真地对待着这件事。

傍晚回家,游戏的孩童还在欢笑,追逐着从我们身边跑过,林尽杉的侧脸映着绯红的夕阳,他走着走着,突然倒了下去,面色苍白,额头不停地冒着汗水,却吃力地想要站起来。

我不知所措地扶着他,连忙问道:"你怎么了?"

我学着父母的样子用手去试探他额头的温度,没想到他额头滚烫。他看起来视线模糊,差点就要昏睡过去。我立马把他背到背上,以最快的速度向前奔跑,这时我才发现他原来那么轻。他说他要回家,他爸爸可能回来了。

我们离居住的小区太远了,一路上甚至看不到一辆可以搭乘的车辆。我开始责怪自己为什么发神经一样带他来这么远的地方,我找了附近的小店铺,给我妈打了一个电话,电话接通的那一刻,我没出息地差点哭出来。

或许现在回想起来,当时的自己真是愚蠢而又幼稚得可笑,但是我真的担心,林尽杉就这样死在路上。

我第一次这么害怕失去。

我妈赶来得很及时,林尽杉很快被送到了医院急救,医生说如果再多烧一会儿,烧成肺炎就麻烦了。医院的走廊上,林尽杉的母亲步履匆匆地赶来,医生说林尽杉已经烧了好几天了,他瞒着母亲是不愿意让家里花费钱。

他母亲拉着我妈的手说:"方老师,谢谢你,真的。"母亲微笑着说:"都是老邻居了,不要这么说,你家尽杉这么争气,我从小看着他长大,有什么事情,大家都担当着。"

我傻傻地望着病床上的林尽杉,他望着天花板在发呆,不知道在想什么。

醒来之后,林尽杉问了他母亲一句话:"爸回来了吗?"

8

林尽杉父亲回家的那天,天气闷热潮湿,乌云密布,雷雨将至。那个男人踢开了家门,然后坐在沙发上,调查证实林尽杉的父亲并未直接涉案。母亲看着瘫倒在沙发上的父亲,没有说太多的话,依旧是那几个字,不咸不淡地问了句:"你回来啦?"

林尽杉跟在母亲身后,父亲闭着眼睛,什么话也没说。母亲让林尽杉先回房间,顺手带上了房间的门。林尽杉的耳朵贴着房门,但是始终听不清楚外面到底说了什么。这一次,他没有听到外面有任何摔东西的声音,反而如同死一般寂静。林尽杉紧张起来。他悄悄打开门,露出一道微狭的缝隙,看见父亲双手死死地掐住母亲的喉咙。

林尽杉立刻跑了出去,用力去拉父亲的手,但他的力气终究敌不过长他几十岁的父亲,于是他拿起旁边的凳子砸向父亲的后背。父亲终于因为疼痛而松开了手,回头就揞了他一耳光,然后大骂起来:"你个狗崽子,打起老子来了!"

林尽杉已经呆住了,母亲难受地喘着气,满脸通红,她哭叫着:"打吧,你打死我们算了!"

父亲双手抱着脑袋,歇斯底里地大吼:"为什么?我在里面的这些日子,你们他妈的都不来看我一眼,为什么?"林尽杉才终于知道父亲发怒的缘由。

林尽杉的父亲突然泄了气。母亲看着自己所嫁的男人第一次表现出对家庭温暖的渴望,不觉有些动容。

窗外电闪雷鸣,雷雨还是到来了。

9

收拾抽屉的时候,翻到林尽杉之前寄给我的一些信,那些用暗黄色信封装好的一页页信纸，似乎又把我带回到了往昔岁月，让记忆慢慢铺陈开来。林尽杉在信中除了提及一些琐事外，还提到了另外一个人，那个人的名字隐藏在字里行间。他所说的那个人，我已经有些时日没有联系了，在我和林尽杉的世界里，她的存在举足轻重。在那些青黄不接的年月里，林尽杉世界的另一端，站着一个任性而率直的女生，骨子里永远带着天真和倔强。我的眼前浮现出她的轮廓，像是一只展翅欲飞的蝴蝶，艳丽多彩。一想到她，我就不经意地笑了。

对了，她叫我，哥。

第二章

> 每扇木门,都是新的,都像洋槐花那样洁净,窗纸一声不响,像空白的信封。
>
> ——顾城《初夏》

1

进入十一月后,早晨的雾气就变得异常凝重。

尚未亮透的天空,夹杂着路边没有熄灭的灯光。我妈已经第三次叫我起床了,语气里透着不耐烦,或许是觉得我变懒了,在她眼中,我应该早起读她最在意的英语,把这个单元新学的单词都写一遍。可是我一想到要远离温暖的床,与寒冷的空气亲密接触,就宁愿躺在被窝里。

说着说着,她又进来了:"程涵宇,你已经初二了,你以为你还是那个衣来伸手的小学生吗?你自己说说,闹钟都响了多少遍了!"

我缓缓睁开双眼,嘟囔着:"知道了,知道了,妈你烦不烦啊。"她双手叉着腰:"你看看人家尽杉,上个周末我出去买菜,正巧碰见他,问他去哪里,他说去和老师讨论题目。你说说,像你这样,一上午就比别人起步慢了半拍,每天这样就掉了一大截,时间就……"

她还没说完,我就坐起身来接下去:"就和海绵一样,要挤才会有。"

她看着我终于起来了,转身说了句:"知道就好。"

"那你让林尽杉当你儿子好了。"我不禁小声嘀咕道。

"你说什么?"

"没什么,没什么。"

我不得不起床穿衣服,收拾好昨晚做的作业,对着镜子洗脸刷牙,这时我发现我的嘴唇上已经长出绒毛般的小胡须了。我三两下吃完了桌上的早餐:一个鸡蛋、一杯牛奶、一个大馒头。日复一日,让我觉得恶心。我挎上背包:"妈,我先走了,不和你一起了。"她在厨房也不知道听没听见我的话。

七点十分出门,林尽杉已经在路口等着我了。浓厚的雾气中透着微薄的光线,我还是远远就看见了他的身影。"这么早啊,这么冷的天怎么起得来?"

尽杉耸耸肩:"睡不着就早点起了,而且我要帮我妈搬东西到店里去。"

我不以为意地点点头:"也是,走吧。"

上了初中之后,我和林尽杉分在了一个班,但并不是我们有缘,而是我要求我妈这么做的,不幸的是,我妈正是我们班的班主任。

早晨的路上,许多老头儿老太太都在广场附近锻炼身体,我和林尽杉习惯了一边骑车一边聊天,我说:"尽杉,我昨天学会的,放手骑,你会吗?"说着就放开了手。

林尽杉在后面望着我:"涵宇,你小心点,这里车多。"

我摆摆手:"没事的,特好玩,你要不要试试?"

林尽杉苦笑着摇摇头。

我们的路线需要穿过广场,绕过菜市场和百货大厦。那些年,我们居住的城市还没有发展起来,头顶是交错的天线,墙角总是潮湿的,沾染着青苔,清晨一大早便有商贩的叫卖声,清晨八点还会放广播。但是,我和林尽杉都很享受这样的世界,这个我们生活了十四年的小城。

林尽杉的自行车是我上个月送给他的生日礼物,其实我早就想他也能有一辆自行车,这样我们就可以一起骑车上下学,每每想到他要和其他人一样挤公交,便觉得有些孤单。后来拿着两百多块的零花钱为他买了车。

林尽杉总是不太愿意接受我送的东西,因为他觉得会亏欠别人,但是生日礼物就不一样了,我对我妈说了这件事,她也没有怪我,好像在林尽杉的事情上,不管我做什么,总能得到我妈的谅解。

上了初中之后,生活不再像小学时那么轻松了,我妈会管着我的一切,有时候偷偷在后面看我上课的情况。我觉得自己像被安上监视器一样,极其不自在。

林尽杉依旧是我们班的班长，他学习更加刻苦，除了上下学以及吃饭时和我同一步调，其余时间都花在课本上。

　　初一结束的时候，他拿了全国数学竞赛二等奖，那时候我妈差点用口水淹死我，因为我一无所得，勉强把成绩维持在年级十名之内。好在我妈从来没有对我失去信心，她想我能保持住这样的成绩，考个好高中也是没问题的。

　　进入青春期后，林尽杉果真像一棵树一样疯狂地蹿个儿，之前他坐在我的前排，慢慢开始遮挡起我的视线。体育课上我总能感觉到他长高了，当我抱着篮球侧身的时候，会注意到他高高的身影，他在前方叫着，把球传给我。

　　有一天早上林尽杉红着脸和我说话，却总是欲言又止，后来我有些急了，他才告诉我他昨晚做了一个梦，早上起来内裤湿了。那时候我笑了一上午，结果下个星期五，我遇到了和他一样的情况。

　　班上的男同学讨论游戏、讨论女生、讨论篮球，他从来都不参与，很多时候我都觉得他是孤孤单单一个人坐在教室的角落里。下课的时候，我和一群男生在走廊上朝隔壁班的女生吹口哨，林尽杉看见了总是皱着眉头，放学的时候他劝我说不应该那样。我知道他担心我变坏，担心我走歪路，担心我不将心思用在学习上，但是，我很想告诉他，我不是你，我不需要努力学习来改变命运。但是我还是没有说出口，我知道我从小就是一个自大自私、以自我为中心的人，可对于林尽杉，我愿意放低自己犀利的姿态，留一点口德。

　　我和林尽杉就这样在晨曦微露的时候骑着自行车狂奔到学校，又在暮色苍茫中离开，很多时候我以为我们的青春会这样一直持续下去。漫漫的长路中，当时的我不知道前途是否有磕磕碰碰，前方是歧路还是直道，是高山还是湖泊。

我以为人生与天上的浮云没有两样，只是一个由液化到汽化的过程，而实质不会发生太大的变化，然而岁月告诉我，你最美的韶华不过是匆匆流年的一处剪影，蒙着模糊不清的光晕。

2

这是再寻常不过的一个下午，我逃了最后一节政治课跑到后山上，那时我妈已下课回家，这时我就像身上的监视器被解除了一样。虽然我和林尽杉提前通气的时候被他再三阻挠，但是我依旧义无反顾地挎着背包冲了出去。

我叼着野草躺在地上，特别喜欢这样静谧的时光，没有喧嚣，没有压迫，没有老师们的谆谆教诲，也没有大家一起读书的朗朗声。我就这样哼着歌不知不觉地睡着了。

大概是到了暮色将至的时刻，四周又腾起雾来。

这个时候，林尽杉从另一头走了过来，他拍了下我的肩膀，把我叫醒："我就知道你在这里，涵宇，你不应该这样，要是方老师知道了，怎么办？"从上初中后，他开始改口唤我妈为方老师。

他太听我妈的话了，这让我很不爽："林尽杉，你是不是我兄弟？"

林尽杉点点头："当然！"

我笑了："那好，我们不说这事儿了，我们今天在外面吃，我请你去吃兰州拉面。"

"可是……"

"刚说了是兄弟，是不是想反悔？"我笑着赶紧用话堵住他的嘴，让他没办法像唐僧教训孙猴子那样说我。

林尽杉自然不懂我为什么有这么好的心情，其实我也不知道，我只是为自己大大方方逃课而想要庆祝一下。林尽杉说："怎么了？今天觉得你怪怪的。"

"跟我走就是了，就你废话多。"

我拉着他往山下走，他突然停住了脚："等等，我的车还停在那头，我去骑过来。"

我点点头："那你去吧，我在这儿等你。"

天已经快黑了，每当冬天即将到来的时候，黑夜总是提前来袭。等了半个小时，林尽杉还没有回来，我才觉得有点不对劲，跑了过去，结果看见一群人围着林尽杉踢打。

"你们干什么？！"我一边跑一边喊。

只见林尽杉死死地抱着自行车:"涵宇,他们要偷车!他们要偷车!"

那群人似乎是看见有人过来了,立刻作鸟兽散。林尽杉的衣服被踩得很脏,脸上还有淤青,嘴角有血丝,我扶他起来:"怎么回事啊?"

林尽杉咳嗽了一下:"刚才我过来,他们正准备偷车,我抓住其中一个说要带他们去警察局,然后那群人就开始打我。"

我说:"那你就跑嘛,自行车重要还是人重要啊!"

林尽杉摇头:"自行车重要,这是你送我的生日礼物,我的第一辆车,怎么能随便被别人偷走呢?"

林尽杉直视着我的眼:"涵宇,不好意思,自行车被弄得很脏了。"

虽然只是简单的几句话,我却被他弄得有些不好意思,我不知道林尽杉将我送的东西看得这么重要:"车是你的啊,你不用在意我的看法,何况一辆自行车而已,你别把自己的命搭进去啊。"

林尽杉用手抹了抹嘴角的血丝,然后拍了拍身上的灰,他说:"涵宇,你坐后座,我载你去拉面馆,天要黑了,吃完了,我们还要回家做作业呢。"

他奋力地蹬踏着自行车,偶尔咳嗽几声,望着他的脊背,我不由得反复回想刚才林尽杉的话:"这是你送我的生日礼物,我的第一辆车……"眼眶不禁有些湿润。

周末的时候，林尽杉约我一起去图书馆，他要去还上周借的《三国演义》。周末的时候，很多同学都到这里来，林尽杉尤为突出，他喜欢看中国名著，先是借了本《西游记》，后来是《孽海花》，听他说他本来想看《红楼梦》的，但是看了几章发现看不懂，又不愿囫囵吞枣，就拿回去还掉了。

或许是林尽杉母亲怀他的时候的影响，林尽杉对于书本总表现出一种饥渴的状态，他没有多余的钱买书，于是就每周跑一次图书馆，但我一点也不喜欢，我不爱看书，我永远体会不了"书中自有颜如玉"这句话，有一次我陪他坐在图书馆看书，翻了几页就昏昏欲睡。

我在门口等他，他很快就从里面出来，有时候他待得久，我就去旁边的游戏厅玩两把拳皇。

图书馆成了我和林尽杉周末必去的一个地方，有时候，林尽杉非要拉着我一起去挑书，我遇到熟悉的女生一边做鬼脸一边大笑，所有人都对我侧目而视，我却不以为然。林尽杉轻轻皱下眉头，然后向我挥挥手以示警告。有时候，他会向我推荐几部不错的书，但是我左耳进右耳出，从来没有当一回事过。

3

天气越来越冷了，我围着我妈织的大围巾，林尽杉穿上了前几天他妈给他买的羽绒服，我知道，这件衣服的钱也是省吃俭用省出来的。这些年来，林尽杉的轮廓越来越清晰，班上开始有女生注意到他，给他写情书，或者在背后偷偷讨论关于他的一切，但是林尽杉永远是冷漠地面对着这一切。他的目标明确，就和他当初说的一样，要读最好的学校，要考最好的大学，只有改变自己的命运才是唯一的出路，其他都是无关紧要的。

我们在街道上穿梭着，林尽杉突然开口说话："涵宇，你想过考哪所高中了没？"

我快速地蹬着自行车："不是还早吗？"

风鼓着他的羽绒服，他一下追到我前面："不早了，明年下半年我们就初三了，时间过得很快的。"

我仔细想想，似乎确实如此，不知道是不是因为小学的无忧无虑太过漫长，初中生活居然一下子就要走近尾声了："没想过，你呢？"

林尽杉说："我想留在本校，虽然我们远大不像茗相那么有名气，但是方老师说过，如果我们以优异的成绩留下来，就可以免去三年的学费。"

免学费这样的事情对于林尽杉意义重大，但是我还是忍不住说："林尽杉，不要因为我妈的一句话而放弃了更远大的目标，如果在茗相和远大之间，你只能选择一个，你会去哪里？"

林尽杉摇摇头："所以我才来问你，我们不是说好了一起奋斗的吗？"

这句话在当时的我看来，愚蠢透了，我揽过林尽杉的肩膀："尽杉，我知道你把我当成最好的朋友，但是，我清楚你的实力，你应该去茗相，而不是留在远大，书里不是经常说什么海阔凭鱼跃，天高任鸟飞吗？我就算了，我也不想在那残酷的环境下与那些废寝忘食的疯子竞争。"

我说的是实话，其实在我心目中，我根本不愿意像我母亲所规定的那样，走那条光彩夺目的道路，我只想轻轻松松读完初中，在高中好好玩玩，至于大学，那么遥远的事情，我是完全没有思考过，清华或者北大，如此宏大，我大概只有望而生畏。

林尽杉垂下了眼帘："涵宇，我觉得你有时候真的得好好为自己的未来想想，至少找到一个方向。"

林尽杉语气里有些失望，那天，他说完这句话，就骑着自行车扬长而去，留下我一人在铺满白雪的路上。

我的方向？我不觉冷笑了一下，我根本就没有方向，从小到大，只有那条早已为我铺平的路，毫无新奇。说实话，我讨厌有人向我一味地说教，哪怕这个人是林尽杉。

上课的时候，我开始没有目的地发呆，在课本上画无规则的线条。代数和物理，都让我觉得头痛，语文课让我昏昏欲睡，唯独我妈的英语课，让我无法神游太虚。

那段时间，我常常回想幼时的时光，天真无邪的两人在天朗气清的田野边放风筝，山脚下的水面反射着靛蓝色的光泽，我们摘下荷叶抖落上面的水珠，累了就在海浪一样的麦穗下睡觉。那会儿，林尽杉的世界还没有那么多的书，只有我才是他唯一的朋友。我开始大片大片地回忆，将自己沉溺在幻想之中，很多次都在老师的抽问中哑口无言，他们失望地摇头，看着我面红耳赤地坐下。

母亲开始在办公室当着众人的面训斥我，对于我的懒散与任性她已经忍无可忍。林尽杉偶尔在办公室遇见我，总斜着眼睛看我一眼，眼神中充满了无能为力的样子，然后在母亲对我的数落声中匆匆离开。

日子久了，我开始对这样的教育方式麻木，没有人能够体会我内心那个纯真的世界。我甚至将发呆延续到了我的生活中，吃饭、走路、骑自行车，很多时候我自己也不知道为什么。从某日开始，林尽杉和我之间的话少了很多，放学后他会叫我先走，自己在教室里做作业。

放学的路上我看着灯火阑珊的街道，将自行车停在过江大桥上，然后扶着大桥的栏杆看这个城市，我只要想到林尽杉以后可能会不理我了，便感受到内心前所未有的孤独。众叛亲离的疏离感，让我像陷入无底洞一般无助和恐慌。

放学的时候，我在教室门口等他，但他总是不冷不淡地说你先走吧，我耸耸肩，应声好，就这样走下了教学楼。

前几天我还在和林尽杉讲《灌篮高手》流川枫和仙道对抗的部分，接着几天，没有人听我慷慨激昂地讲故事了。

我知道他是在用冷暴力抗衡我的任性。

"涵宇，我觉得你有时候真的得好好为自己的未来想想，至少找到一个方向。"

我突然想起林尽杉的话,像是巨大的海浪时时侵袭着我的世界,眼前尽是他严肃而认真的表情,我默默地叹了口气。

我开始明白,对于林尽杉而言,现在的生活来之不易,所有的学习生活在他看来都安逸祥和得奢侈。而这样的平衡,是不能被打破的,所有的光辉与荣耀都是他能够支持自己与母亲生活的精神粮食,而不管是谁,都无法去打破这个平衡,我以为是林尽杉胆小怕事,其实并不是,他只是不愿意让身边的人失望而已。

4

某一天傍晚,我停下自行车,像平常一样在桥头观望,隔壁班的江超跟一群坏小子正好路过这边。我和他并不熟,但是他认识我,因为我妈也教他们班英语。

他远远就看见了我。

"哟,怎么今天一个人啊?你们班长呢,你俩不是形影不离的吗?"

我冷笑着没有回答他。他从口袋里掏出一支烟,很随意地点燃:"小子,你抽烟不?"

我摇摇头刚想走,江超一下拉住了我:"男人不抽烟算什么男人?要不要哥儿几个教教你?"

我努力挣脱他的手:"不了,我急着回去。"

江超露出近似狰狞的笑容:"你怕啥啊,我又吃不了你。"他叫两个人把我的手反扣着,然后用力将烟塞到我嘴里。

他们早就看不惯我妈,我知道他很多次在英语课上被叫出去罚站,这会儿,他自然有仇报仇,有冤报冤。

正当这时,我感觉到有人用强大的力量将我身后的两个人扳开,然后给了江超一拳,是林尽杉。江超咬牙切齿:"妈的!"江超想回敬一拳,我一下抬起停在一边的自行车向他扔去,然后拉着林尽杉一起跑开。

"涵宇,你的车!"

"不要了,快点跑啊。"

我们不知道跑了多久,直到万家灯火都亮起来了,虽然是寒冬腊月,两个人却跑得热汗淋漓。一开始我们紧张得不得了,后来我们边跑边笑,完全忘记了江超那群人。天气已经很冷了,林尽杉一开口就腾起白雾,他说:"那个江超越来越大胆了,连你都敢欺负。"

我说:"他是早看不惯我妈了,刚才谢谢你,还好你赶来了。"其实我心里感谢的并不是林尽杉救了我,而是他终于和我说话了。

林尽杉说:"怎么和我客气起来了。"

我摇头:"那天是我的错,对不起。"林尽杉笑了。

我们并肩走在回家的路上，雪积得很厚，我们的脚印一深一浅，走着走着，我蹲下捏了个雪球，朝林尽杉扔去，他的头发瞬间花白起来。

"喂，尽杉，打雪仗来不？"

林尽杉看了看小吃店里的钟，好像距离开饭还有段时间："来！"

后来我和林尽杉追打在雪地里，完全忘记了回家吃饭这回事儿。

有时候想，要是我们能一直这么欢快又无忧无虑就好了，可是，我们怎么也想不到，那天我们居然犯了大错，以至于我们的人生好像从那一天起，慢慢变得不一样了。

那一夜，我和林尽杉在路口分别，大雪渐止，他朝我微笑挥手，然后融入浓墨一般的夜色中。我还在想以什么借口来告诉母亲自行车的去处，可是就在我上楼的时候，她正急匆匆地往楼下赶，我们相遇的那一刻，她用充满血丝的眼睛看着我，气急败坏地问我："你到哪里去了？"

我被她的样子吓到了："我……我去林尽杉家里做作业去了。"

她的嘴角微微抽搐，二话不说就扇了我一耳光："你什么时候学会撒谎了！你是不是和二班的江超打架去了，你知不知道，刚才他家爸妈打电话过来了，他们说你用自行车砸断了他的脚，他现在正在医院急救室，你……"她的眼角湿润起来，我瞠目结舌，怎么会这么严重，我当时只是想把他困在那里而已。

她拉着我的手往下走，我爸紧随其后："涵宇，你这次怎么闯下这么大的祸!"我想解释,此刻却说不出半句话来。

在去医院的路上,我妈压制着自己的火气,她甚至没有看我一眼,我知道这件事让她对我彻底失望了。她用手托住下巴,长吁短叹,欲言又止,视线一直望着出租车窗外。我爸看在眼里,只是悄悄地握紧我的手。我想如果现在是她的其他学生去打了人,她大概只会以老师的身份训导,然后等待星期一升旗的时候校长公布结果。但是现在,是她自己的儿子犯了错,她应该怎么去处理呢?怎么去面对呢?我多想林尽杉现在在我旁边,让他和我妈说两句也好,但是我又想,不能让他出现,如果他也牵扯进了这件事情,事情就麻烦大了,我不能耽误他的前程。

出租车很快到达了医院,一下车,我妈拉着我的手就往急诊室跑。我该说什么?我该怎么办?我是不是要被学校开除了?心里有无数个疑问,最后只留下一句,程涵宇,你不是很勇敢吗?为什么在这一刻胆怯了?

世界上有成千上万的不幸,只要没有发生在你的身上,你永远不会相信它与你有半点干系。

踏进急诊室,江超的父母坐在他的床边,他们一看见我们进来,立刻站起身来:"方老师,你看看,我们江超都成什么样子了。"江超的脚绑着绷带,悬挂在床头,看起来很虚弱。

"对不起,我代表我们家程涵宇向你们道歉。"

江超的父亲有些激动:"对不起有什么用啊,医生说了,搞不好以后我家江超就是个残废,那么重的自行车就压着他的脚,你家孩子的心是什么长的啊,你还是老师,自己孩子都教不好,还去教别人!"

我妈沉着气,我实在看不惯他们这样误会我:"是江超先欺负人的!"母亲用力扯了一下我的手,示意我别说了。

她开口:"你们看这样好不好,医药费全部算到我们身上,如果以后江超的腿真的好不了了,我们每个月都给你们家五百块赡养费。"

江超母亲没有点头也没有反对,倒是他爸又叫起来:"谁稀罕你们家那点臭钱啊,我们不要,我跟你说,我要把这件事闹到校长那里去,看看你们学校都是些什么学生,太猖狂了。"

我妈的耐心已经达到了极限,她深深吸了一口气,沉静了片刻,说:"好啊,那你就带着江超去啊,大不了我儿子一个记过处分,但是我跟你说,江超可不单是记过那么简单了,你自己问问他,在学校都做过些什么!"

这时医生从病房外边进来:"照片结果出来了,这孩子的脚没有大碍,只是这段时间需要住院调养。"

江超父亲一时哑口无言,江超母亲的态度突然转了一百八十度:"方老师,你看这都是孩子之间闹着玩,我们……"

母亲看着他们:"行了,江超的医药费我会照给,学校那边我会帮他请假的。"

我跟着母亲走出病房,她依旧没有理我,我又可怜巴巴地望着我爸,我爸拍拍我肩膀说:"没事,你妈很快就消气了。下次可别做傻事了。"

我妈似乎听到了,扭头看了一眼我爸。她呼吸急促,刚才肯定也是心里打鼓,不清楚自己能不能处理好这件事。

我始终不敢抬头看她,她只说了一句话:"程涵宇,你真是太让我失望了,回去好好反思,你这段时间都在干什么?!"

她叫我全名的次数屈指可数。我憋着一肚子的委屈,什么也不想再说,但细细一想,只要不牵扯到林尽杉,一切都好。

夜空月明星稀,月色看起来格外高远,下雪的夜晚,很难看见这么美丽的月亮,这养眼的景色让我稍稍舒心,我想,一切都会过去。

然而事情并不如我所想的那么简单,这件事情只是简单地画上了一个句号而已。

5

在我和林尽杉的成长过程中,有一个人始终绕不过去。

那是江超事件发生后的一个周末,我没有陪林尽杉去图书馆,而是独自去了网吧,这是我第一次爽约,不知道为什么,从那天起,我开始害怕面对林尽杉,心中总存着一丝尴尬与难受。

刚刚走进网吧,我就看见一个熟悉的身影,她戴着耳机一边快速地敲打着键盘，一边笑着和身边的男生打闹。她是我舅舅的女儿，方好茜，小我一岁，刚上初一。我没有想到在这里遇见她，而她一抬头便看见了开门走进来的我，脸色大变，摘下耳机侧过脸。

一时间我忘了自己是来网吧的目的，只是朝她走过去，佯装出兄长应有的姿态询问道："你怎么在这里？"这一句质问其实没有丝毫底气，因为我自己也同样出现在这个好学生根本不会来的地方。

方好茜朝我不经意地笑笑，然后说："你不也在这里吗？"说完就准备跑出去，但由于我太过用力，她始终未能挣脱。

旁边的男生站起身来："你谁啊，做什么？"

方好茜立刻瞪着眼睛回敬他："他是我哥！"男生立刻沉下了脸。

那天天空还下着小雪，她穿着粉色的羽绒服，戴着一顶毛线帽，蹦蹦跳跳地走在我旁边。

"咦，你会帮我保守秘密的吧？"我真是说得一点底气都没有。

方好茜露出一副嘲笑我幼稚的神情："这算什么秘密？"

"怎么不算？"

"好了，知道了，我不会告诉姑妈的。"

一路上，她和我讲了些她的事情，并不多，有些我也能够猜到几分。

仔细想想，我和她也有两三年没有见过面了，舅舅长年在外，两家来往极少，有时候我妈打电话叫好茜过来吃饭，她都直言拒绝。方好茜的长发从帽子边缘露出来，额前的刘海剪裁整齐，她自小眼睛大而明亮，白皙的肤色从未改变，只是两眼之间多了几分惆怅与她这个年龄不该有的成熟，那年她正好十四岁。

我们找了一家奶茶店坐下，好茜点了她喜欢的丝袜奶茶，然后淡淡说了一句话："对了，我爸与张曼曼离婚了。"

"啊……什么时候？"

"有段时间了。"

幼时的好茜，跟着舅舅出入各种场所，从小便看着舅舅辗转在各色女子之间，他们时而觥筹交错，时而纵声歌色，她只是带着冷漠的目光看着灯红酒绿的世界。

在她出生后不久，舅母便与舅舅离婚，几经波折，舅舅才获得好茜的抚养权。起初舅舅希望靠自己将女儿带大，但时日一长，才发现力不从心，于是渴望为好茜找一位新的母亲。那些女子有的妖娆动人，有的温文尔雅，有的声色俱佳，有的秀色可餐，但是当她们听说舅舅还带有一女，便纷纷离开。

好茜总看见舅舅在阳台上一个人寂寞地抽烟，那忽明忽灭的烟火，充满了他对婚姻的无限叹息。

虽然舅舅从不将工作上与生活上的压力带进与女儿独处的世界，但是由于长期的感情缺失，舅舅变得沉默寡言，父女俩在家相处的时间总是短暂，而餐桌上除了舅舅几句多年来不断重复的嘘寒问暖，再无其他，直到舅舅与张曼曼相遇。

那是舅舅继舅母之后的第二次风花雪月，经历了多次的感情碰壁，舅舅开始不信任身边的女人，他每次将自己还有一个女儿的事情说出口，就会让很多人泄气，相反，张曼曼却欣然接受，她淡淡地说，感情的真假说到底便是能否容忍对方的缺陷。

张曼曼不算是漂亮的女人，她的眉角有一颗痣，眼神犀利，让人胆怯，终年是一副尖酸刻薄的表情，可是她愿意与舅舅在一起，说她愿意慢慢修复这个破碎的家。这句话顿时感动了感情快要枯竭的舅舅，他很快便将张曼曼带回了家。

好茜的童年是与继母张曼曼一同度过的，父亲长年工作在外，回家的次数越来越少，好茜就像是童话中的仙度瑞拉，在黑暗的压抑中成长。继母对她严厉苛刻，经常为了小事动粗，好茜到了叛逆的年龄，便开始与之抗衡，家成为了她们之间的战场。但继母从来不敢让她挨饿，因为担心舅舅会突然回家。好茜就是在这个时候开始蜕变的，虽然她还是一个小女孩，但是已经开始慢慢懂得傲慢与倔强。

她将继母所有的罪行录音，然后在自己父亲归来的时候放在他的床头，看着父亲与继母争吵的场景，默默微笑。这绝不是十四岁的女孩应有的行为，但是她好像提前长大，虽然骨子里依旧充满了稚气，总按自己的思想行动，从不考虑大局，却会因为看着继母夺门而出而心生欢喜。

舅舅不在的时候，她与继母相互攻击与诋毁，她甚至热衷于这样的争吵，在她看来，这变成了一种日常的游戏。偶尔，她会怀念幼时父亲与她相近无言的日子，那时餐桌上只有筷子敲打碗沿的声音，可如此恬淡而安静的生活已然成为过去式，只能在深夜默默缅怀。

好茜上初中之后，与班上的女生不合，于是大多数时候就与男生混迹在一起。班主任知道之后开始怀疑好茜早恋，便将这件事告诉张曼曼，张曼曼暴跳如雷，回家之后质问好茜，好茜甚至不屑解释。张曼曼一气之下给了她一耳光，然后让她不得再和班上的男生随意接触。好茜一把将张曼曼推倒在地，然后锁上房间的门给舅舅打长途电话，一边哭泣一边诉说，然后舅舅在半夜赶回，又开始与张曼曼争吵。

上学的日子，好茜大多时候都是桀骜不驯的，她在课堂上与男生传纸条，然后下课与他们一起吹口哨，她在自己喜欢的老师课上安心听讲，在厌恶的老师课上为虎作伥，和几个调皮的学生一起起哄。张曼曼在她放学的时候出现在校门口，就像是要搜集证据一样随时监视着她，但好茜从不理会。

张曼曼开始减少给好茜的零花钱，然后对其进行经济封锁，好茜便以离家出走来威胁。长期的持久战让双方都疲惫不堪，张曼曼终究是厌倦了这样的生活，收拾好大包小包的行李，打电话叫舅舅回家，说她再也容忍不了这样的家庭，没有丈夫的关怀，还要与一个孩子勾心斗角，她提出离婚，要舅舅支付她一笔不菲的生活费。舅舅对此相当不满，他们又开始了感情与金钱的纠葛，足足闹了两个月，最后张曼曼偷了家中的存款，远走他乡。

好茜与我说起张曼曼的事情，只是几句带过。她笑得很阳光，一点也不像一个坏心肠的女孩儿，我相信这才是她真实的一面。

"那你现在怎么办？舅舅大部分时间都不在家。"

好茜捋捋头发："从小到大，我爸就没在家待过几天，我不也过来了吗？"

我突然想起林尽杉的话来，学着对好茜说："呃，别整天都顾着玩，抓紧学习。"

好茜无所谓地点点头，然后说："对了，哥，你们学校有什么好玩的么？有机会我来你们学校玩啊。"

"一天到晚就知道玩，念书啊！"

"知道了，你很烦！"

6

后来我想，两个人的相识其实是上天无意间的捉弄。

那是一个平常的放学时间，我坐在林尽杉自行车的后座上飞驰在回家的路上。

匆匆而过中，我看见了好茜，她混杂在一群男生里面，说着什么开心的事情，我立刻叫林尽杉停车，然后叫住了她。

好茜像兔子一样蹦跳过来。"哥，你回家啊？"

我点点头,然后说:"你怎么不回家?准备去哪里啊?"

好茜背着手:"我爸今天不回来,我去同学家吃饭。"她回答得理所当然。

"刚才那群男同学?"

好茜摇摇头,我稍稍舒心,她接着说:"其中的一个。"

我瞬间对她有些无语:"你……"

好茜嘟着嘴:"不是你想的那样,只是很好的朋友,你不要像张曼曼那个三八一样多疑好吗?"

林尽杉却突然开口:"那你早点回家。"

好茜歪着头看了他一眼:"我回不回家和你有什么关系啊?"

我立马阻止了好茜说话的方式:"这是我的好兄弟,林尽杉,也是你哥,别放肆。"

好茜微微一怔,若有所思地多看了林尽杉一眼,一副欲言又止的样子,然后说:"噢……反正你们不用担心我。不和你们说了,我还要去那边买杂志,这期的杂志上面有三森的文章,我爱死他了。"

好茜离开的时候回头对我们一笑,我觉得她不像是对我笑,而是对林尽杉。

回家的路上,我问林尽杉:"你认识我妹妹吗?"

林尽杉摇摇头,我接着说:"我感觉她好像认识你。"

林尽杉没有说话,片刻之后,他才开口:"你妹妹叫什么?"

"方好茜……"

"不认识。"说完林尽杉便快速地蹬着自行车离开了。

第三章

　　有时我想过,八月之杯中安坐真正的诗人,仰视来去不定的云朵,也许我一辈子也不会将你看清。

——海子《八月之杯》

1

　　我一直想给林尽杉打一通电话,但一直找不到开启对话的由头。不知道你是不是能想象,曾经你有过一个无话不谈的好友,你以为你会和他一辈子保持亲密无间的联系,大到国家大事,小到生活琐事,然而,一旦你们分开多年,你却发现联系起来并没有想象中那么容易。

　　说来也奇怪,曾经我最不喜欢的就是书,但是和林尽杉分开后的日子,我却时常一个人坐在图书馆里看他以前看过的书,我发现原来我以为自己看不进去的书,现在慢慢都能读进去了,后来我才知道,并不是那些书无聊,而是自己还没有成长到可以读懂那些书的年龄,相比之下,林尽杉确实心智比我要早熟好多年。

　　我曾经和林尽杉一起奔跑在共同进步的道路上,我以为一辆自行车就可以轧过我的一生。但是林尽杉从不认同我的看法,他就像是一棵坚韧不拔的杉树在大雪纷飞的山间傲然挺立,我时常想起我们还没有成长为自己的那些岁月，总会因为周遭的一切影响自己，但是到了最后，我们才知道，任何齐头并进的奔跑，都无法同时抵达终点，差距从起跑的刹那就产生了，我们一边奔跑一边呐喊，彼此的回音在长路漫漫中显得稀薄，最终到无法听见。

七岁的儿童节，我在清晨中微笑着醒来，享受着人世间最温馨最幸福的一刻。那一天或许对每个小孩儿来说，都显得隆重而特别。我妈为我买下红色的大气球，然后在儿童乐园门口买了一支棉花糖，我爸穿着新买的外套，带着我在湖上划船。

那天夜里，林尽杉在楼下大叫我的名字，我将上午逛街买的波板糖分给他。

"这个给你。"我尽量让自己显得大方一些。

林尽杉接过来，给我鞠了个躬："谢谢你，程涵宇。"

"以后叫我涵宇就行了。"

他微微一笑，左边的脸颊有一个浅浅的酒窝。

但也是这一日的清晨，他刚刚穿好衣服走出房间，便看见自己父亲烂醉如泥地躺在地板上，手臂上还有新添的瘀青。他扶着父亲坐上沙发，父亲醉醺醺地将一个酒瓶扔到了墙上，刚好砸碎了他与母亲的结婚照。中午的时候，母亲从小面铺带回一点糕点给父亲，父亲却一醉不醒，面色发紫，送去医院才得知父亲酒精中毒，林尽杉就这样坐在医院的走廊上，看着来往行走的护士医生，闻着消毒水的气味度过了他的儿童节。

　　这是我们七岁的儿童节，那时候我和林尽杉即将背上我们人生的第一个小书包，戴着红领巾去上学，那时我是他唯一的朋友。

　　十岁过生日那天，我妈带着我去图书馆买了一套百科全书，然后叫上我爸带我去科技馆看了一天的机器人。但是我妈完全不知道，其实那套书我一点都没看，我最想要的是游戏机而不是这个，我爸也完全不知道，每年生日都带我去看机器人，其实我早就能背下那些冰冷的钢铁机器的名字了，而且毫无兴趣可言。那天夜里，林尽杉把他过年买的篮球送给了我，然后用黑色的笔在上面签上了"最好的朋友"。

　　也是这天，方好茜还躺在温暖的被窝里，张曼曼就用力掀开了她的被子，扔给她两件衣服后便出了门。方好茜顶着一头乱发，踩着板凳够到水槽，用冰冷的水洗着小脸。当时，天花板上莫名地湿了一大片，一滴一滴的水珠落在方好茜的脖颈上。那天夜里，舅舅和楼上的住户吵了一架，但没有办法，这是厂区的小屋子，潮湿、阴暗，几家人共用一个厨房。第二天舅舅就乘飞机去了上海。

　　我很难去想象除开自己以外，其他人的童年到底如何，我只以为幸福是每个人理所应当拥有的。

　　就和林尽杉说的一样，我远不懂得知足，我可以选择可以挑剔，我会为了不合我心意的事情随意闹小情绪，可是在同一个世界的其他角落里，我又怎么知道有多少像林尽杉和方好茜这样的同龄人根本没有幸福可以选择。

2

林尽杉时不时望着窗外洋槐树的枝叶发呆,忧郁的气质在他身上日益加重。

放学后的教室里,夕阳的余晖刚好洒在林尽杉的桌角,他伏案做作业,仿佛与世隔绝。

一开始很多女生对林尽杉还颇有兴趣,可是日子久了,大家对他冰山一样的态度有所忌惮。有时候,好些女生羡慕我,觉得我是林尽杉唯一会笑脸相对的人,当时我还会露出一副洋洋得意的姿态,说:"那是必须的,你们和林尽杉穿过一条开裆裤吗?没有吧,我和他可是真的穿过的。"

那是江超住院的第三天清晨,他依旧在路口等我一起上学。

"涵宇,你车没了,坐上来,我载你。"

"行,过两天我就去买新车了。"

"你上来吧,上来。"

我狐疑地看着他,总觉得他有些怪怪的,就在骑车下坡的时候,林尽杉突然开口:"涵宇……"

我裹了裹围巾:"怎么了?"我以为他是要问江超的事情,但是他没有。

"没什么……"自行车差点倒在一边,我看出他神不守舍。

"你怎么了?"

林尽杉摇摇头:"没什么,刚才有点走神了。"

我知道他并不是一个轻易走神的人,便拉住他的手臂。"你有啥就和我说啊,和我还藏着掖着,"我转念一想,"是不是家里出了什么事?"

这时我才发现他的表情有片刻的抖动,但是又很快恢复正常,我快速挽起他的衣袖,上面有新添的伤。

"怎么了?"

林尽杉依旧不语,坐回自行车上:"要迟到了,先走吧。"

我不动:"说吧,我知道你心里有事儿。"

林尽杉自小便拗不过我,他吞吞吐吐,犹豫了好久才开口说:"涵宇,我想问你借点钱……"

我接着问:"借多少?"

林尽杉伸出手掌:"五千……"

这个数目在当时绝对不算小数目,当我听到的时候,我也为之震惊。

"你要这么多钱干什么?"

林尽杉无奈地叹气:"没事,我就瞎说说,走吧,再不走真的要迟到了。"

我自认没有能力帮他这个忙,即使拿出自己这些年的所有存款,也只有两千元。坐在后座,林尽杉落寞的背影让我很难过,一路上我没有再说话。我一直以为自己强大,结果也有帮不上忙的时候。

那天上午在课堂上,我一直想着如何攒够这笔钱,我可以拿出我银行卡里的所有钱,那剩下的呢?一开始自然想着要不要去偷,从母亲或者父亲的银行卡里取钱出来,但是,这样的事情迟早会被发现;找班上同学借,眼下看来,这也是不可能的,每个人最多拿出十几块钱,全班也并非所有人都愿意。

可我明显注意到钱的问题极大地困扰着林尽杉。上数学课的时候,老师问了他一道昨天才学的题目,他居然哑口无言,老师也为此生气,叫他回去好好复习。下课之后,林尽杉在二班的门口走来走去,和几个人说了说话就回了教室。我几次想走过去安慰他,可始终迈不出步子。

放学之后,林尽杉早早地收拾了书包下楼,破天荒地没有留在教室做作业,我从楼上看见他骑着自行车飞快地离开,有一种极其不好的预感。

我急忙奔下楼去,好不容易拦了一辆出租车,跟在他的后面,他所走的这条路线,我越发觉得熟悉起来,过了一会儿我猛然发现这是去医院的路。他是要去找江超!我明白为什么他会在二班门口徘徊这么久,原来是要找江超!在这个时刻,或许只有江超才有办法,但是,我心中的不安却愈加深重。

林尽杉在江超病房的门口迟疑了片刻,然后推门而入。

我靠在门口,借助着从门缝透露的细微的声音来了解他们到底在说什么。

"江超,我需要五千块钱,你有没有办法帮我弄到?"林尽杉开门见山,他确实急着要。

江超显然对林尽杉的到来有些诧异:"我凭什么要帮你?"

"我想来想去,只有你有这个本事了,我知道外面那些人都叫你超哥,当我欠你一个人情,以后不论做什么我都愿意。"林尽杉说得如此决绝,似乎是早已考虑清楚,我捏着拳头,心中暗骂这个傻瓜。

"好,这是你说的。我可以教你弄到那笔钱,但是,你要先答应我一件事情。"

"什么事?"

江超朝林尽杉做了一个手势,示意他过去,他在林尽杉耳边说了些什么,我一句也没听到,但林尽杉的脸色苍白,我不知道江超到底要求了什么事情让他如此为难。

林尽杉的表情让我看出他在艰难地做着思想斗争,我再也忍不住了,冲了进去:"林尽杉,你傻啊,干吗去找他?跟我走!"

他为我的突然出现感到惊讶,江超却在一旁呵呵笑着,我一手拉住了他:"你要的钱我帮你解决!"

说这句话的时候,其实我根本就不知道要如何去解决,但是我知道我不能让林尽杉用江超的方式去获得钱。

林尽杉真的就和我走出去了,出门的时候我瞥到了江超嘴角的冷笑,他用一种挑衅的眼光看着我,多少年后我仍难以忘记那一抹笑。我与林尽杉快速下楼,直到终于离开了医院,才放下心来。

"林尽杉,你疯了,去找那种人借钱?"

"我没办法,我爸现在欠了很多钱,昨天晚上又有人到我家里来闹了,他们说如果我爸再不还钱就把我家给拆了,我唯一能做的事情只有帮我爸筹到这笔钱。"

"怎么弄到,去抢去砍?你就为了你爸自毁前程吗?"

林尽杉低着头说不出话来,我接着说:"我希望你能坚持住你做人的原则,而不是用这样旁门左道的办法去解决问题。"

我的话大概让他很难受,他低着头,脸青成一片。

"我知道,所以刚才我没有答应他!他说如果帮我弄到钱,就让我狠狠地打你一顿来作为回报,我怎么可能答应他!涵宇,我真的很乱,每次家里出现问题的时候,我都觉得自己没有能力去解决,我不想总是逃避,你知道吗?"

这是我第一次看到快要落泪的他，我能感受到他内心的纠结和撕扯，但我绝对不允许他自毁前程这样的情况发生。

我拿过他的钥匙，打开自行车的锁："上来，跟我走！"

我知道或许我根本帮不了什么，但是我现在就必须把银行卡里的钱全部取出来给他，哪怕微不足道。

林尽杉曾经和我说，简媜的《行书》中有这样一句话，行路不难，难在于应对进退而不失其中正。

现在回头想来，林尽杉在那一刻是早已乱了阵脚，他也不是永远都可以在冷静中应对自如的少年，又或者那时候我们都太小，根本没有能力来让我们永远走在正途上，所以，我们需要身边时时刻刻有一个声音来指引自己，我的那个声音是林尽杉，而他的声音是我。人生的路途上，总是独立行走的人必然会在孤单的路上经不起诱惑，偏离原来的轨道。好在那时候我们还没有离开彼此。

我输入密码后取出了存在银行里的所有钱，然后从书包里撕下一张作业本纸裹好给他。

他伫立在银行门口，带着童年时反复出现的那种感动目光，对我说："涵宇，我不知道应该怎么感谢你。"

我推了他一下："我俩什么关系啊，但是，这点钱根本不够，剩下的钱怎么办呢？"

林尽杉摇摇头:"涵宇,刚才谢谢你从悬崖边上拉回我,剩下的让我自己想办法吧。"

林尽杉的话依旧让我担心:"你怎么想办法?我真担心你做出什么来。"

说实话,经过刚才那次悬崖勒马,我相信他不会再做出什么出格的事情来,但是剩下的钱确实不是一笔小数目,他说自己解决,我并不放心。

林尽杉淡淡一笑,带着几分苦涩:"我不是自己一个人,放心吧,如果我真有什么问题,一定和你说。"

有林尽杉这句话我就放心了:"一言为定。"

暮色已至,林尽杉推着自行车往前走,我默默地跟在他身旁,突然间,夜空中绽放了一朵艳丽的烟花,我们顿时停下脚步,不约而同地抬头仰望。

"嘿,好像明天就是元旦了吧。"

"对啊,我都差点忘记了。"

仔细想来,竟然一年又要过去了。

我和林尽杉看着烟花绚烂地盛开,这一幕盛大的景象无比璀璨,却又总是平静地消亡。华灯初上,林尽杉拍拍我的肩说,我们走吧。

我点点头。

一路上，我都在想要说点什么，来让我们之间的氛围不那么尴尬，但是偏偏这个时候一句话都说不出。其实越是细想，越是想问林尽杉"真的没问题吗"，但这样的疑问无疑是加重尴尬而已。

"涵宇，我一直想问你，你有没有想过如果没考上大学怎么办？"

"啊？"说实话我真没有想过，"考不上就考不上呗，人生应该不是只有上大学这条路吧。"可是刚说完，我才意识到，他这个问题不是问的我，而是在问他自己。"喂，你别胡思乱想啊，距离高考还有好长段时间呢，你急什么？"

"我没急，就随便想想。"

我一下揽过他的肩膀，凑到他耳边说："明天元旦啊，开心一点，要不我们去近郊玩吧。"

"可是快考试了。"

"你着急什么啊，我都不急。近郊的树林里肯定有雾凇了，要不要去？"

"这……"

"走啦走啦，一天时间耽误不了你什么。"

"想想,我还是不去了吧。"

我们的对话就此戛然而止,没有再继续下去,实际上,第二天林尽杉还是和我去了近郊,不过并没有看到雾凇,那天树林里特别安静,好多树木都变得光秃秃了,我递给林尽杉一把小刀:"写点什么吧。"

"啊,算了吧。"

我拔出小刀,在一棵树上写起来。

"林尽杉会出人头地!"最后那个叹号我刻得特别重。

林尽杉接过小刀,写下了"愿无岁月可回头"几个字,我呆呆地望着他,问:"这是什么意思啊?"

林尽杉说:"活在当下的意思吧。"

周末有时候,我会拉着林尽杉去巷子口的影碟店租电影来看,我喜欢打打杀杀的香港动作片,但他会喜欢温情一点的台湾文艺片,唯独有一次我们同时选中了一部《牯岭街少年杀人事件》的片子,我是冲着名字去的,结果没想到内容却冗长而乏味,但是林尽杉特别喜欢,当时张震还是一个十来岁的少年,和我们的年龄差不多大。

看电影几乎成了我们长大一些后唯一的共同爱好了,因为只有我家有VCD机,所以林尽杉只能到我家来看。当时林尽杉非常迷恋一部叫作《雾中风景》的片子,而为了陪他看这部电影,我几乎睡着了三次。

3

每个人都有不能言说的秘密。

那是一个大雪纷飞的日子,所有的人都开始进行期末复习的准备,学校一夜之间成为一座空城。恰恰是这个时候,方好茜突然出现在我们学校,冒着风雪站在一棵青松下面等待。

放学的时候,我与林尽杉一同下楼,她远远就看见了我们。她少了前几日的欢快,淡雅的着装显得安静怡人,这才是她最本质的模样。

她冲着我们微笑,然后走到我们的身边。

"你怎么来了?"

好茜背着小手,仰头说:"过来看看你不行吗?"

她偶尔瞥一眼身旁的林尽杉,然后说:"其实也不是啦,我爸又开始相亲了,他要我和他一起,这么尴尬的事情,我可不愿意去,所以就跑过来找你玩。"

林尽杉一直沉默着推着自行车,我说:"舅舅也是为了你好……"

好茜朝我吐吐舌头,然后走到林尽杉的身边,一把拉住林尽杉,说:"你这么急着走干吗啊?"我立马抓住好茜,说:"喂,怎么这么没礼貌? 他叫林尽杉,你以后就叫他尽杉哥。"

好茜笑笑，说：" 好啊！" 然后伸出她干净洁白的小手："我是程涵宇的妹妹方好茜。"

林尽杉没有露出合适的笑容，只是伸出手来表示应答。

接着方好茜说："林哥哥，其实我认识你。"

这是再平凡不过的一件事情。十五岁的少女情窦初开，对一个俊秀的少年产生了爱慕的情愫，对于林尽杉而言，不谈其家境，自是让少女痴迷的少年，在那些岁月中，一张对尘世漠然冷静的脸是提前成熟的标志，让众多的女生产生无比的安全感。我想方好茜也不过是众多痴迷者中的一员，然而，那仅仅是我片面的想法，其实方好茜早已认识林尽杉，只是我不知道而已，深藏多年的情感更像是一坛酝酿多年的老酒。

多年来，方好茜出入最多的地方并非学校，而是市图书馆。她用大量的阅读来填补幼年时父亲不在的日子，十岁之后，方好茜开始在一些无人问津的书架上寻找图书，一开始是因为无聊，或者热门图书的位置人太多，她喜欢翻阅图书时陈旧的纸张散发的气味，那些封面素净并且富有沧桑感的书本，显得特别有分量。

她坐在图书馆的地板上阅读，将那些生僻难懂的词句抄在本子上，那是她夜晚独享的盛宴。从某天开始，她惊奇地发现自己从图书馆借阅的书籍卡上都会有同一个名字，那便是林尽杉。

这个少年的名字，在成长的岁月中逐渐发酵。起初只当是巧合，到了后来，几乎自己看中的书籍都已经被他读过，那泛黄的借书卡上工整地书写着"林尽杉"，就像是苍劲有力的杉木。她常常躲在书架的背后偷窥着每一个借阅者，但是她终究无法认出谁是那个名叫林尽杉的少年。

这种妙不可言的缘分持续多年，那三个字就像是每本书上必有的标签，她甚至开始对这个人的真实性与存在感产生怀疑。她开始肆意地翻阅毫无兴趣的书籍，却发现并没有这个名字，那种微小而真实的窃喜感充盈着她的内心。

她开始等待，等待一束奇迹的光辉，直到数日之前，在昏暗的黄昏中，她听见自己的兄长说，这是林尽杉。幻想多时的少年模样与现实并没有太大的出入，方好茜刻意地不礼貌其实是掩饰着少女时期的内心喜悦。

方好茜不断地与林尽杉交谈，但是林尽杉只是仓促地回答，我看着方好茜笑颜如花的神态，不知说些什么。

方好茜说："林哥哥，你看过三森的文章吗？"

林尽杉默默摇头，方好茜接着说："他的文章超级好看，我每个月都在杂志上看他写的故事，文笔淡雅清新，故事特别真实，我以为林哥哥会知道。"

林尽杉沉默着，然后说："不过是文人的无病呻吟，比起那些大家，写得再好，怕也是差点火候。"

方好茜的笑容一下淡了下去，或许还是因为年少轻狂，心中一直崇拜的偶像被别人小看，难免有些怒火："你都没看过他的文章怎么能够胡乱猜测呢？"

好茜没有想到林尽杉会将自己喜欢的三森批评得一无是处,她一度认为林尽杉会和自己趣味相投。

林尽杉突然停下脚步,我才发现已经走到路口:"好茜,很高兴你和我谈这么多,不过我要先回去了。"林尽杉匆匆与我告别,然后转身离开。

方好茜耸耸肩,嘟着嘴说:"臭屁什么?居然当着我的面侮辱我的偶像!"

我摇摇头:"习惯就好,他这人就这样。"

我是想安慰一下她,好茜将双手插在上衣口袋里:"我和那些故意接近他的女生又不一样,何况,我还是你妹妹,不看僧面也要看佛面吧。"

好茜潜台词中包含的意思我不是不懂,但林尽杉对于任何事情都分得很清楚,我拍了拍她的肩膀:"你刚刚说的那个三森是谁啊?"

在表扬自己偶像这一点上,好茜丝毫不含糊:"是一个作者,写的东西特别好。"

"是吗,真的假的?"

好茜点点头:"我骗你干吗?!虽然是很小众的东西,或许很多人都不喜欢,但是我觉得写得特别真实。"

我笑道:"那有机会我也去看看。好了,你和我一起上去吃饭吧,我爸妈也很久没有见到你了。"

方好茜摇摇头:"我不去,我怕看见姑姑。"

想起我妈那些絮絮叨叨的教导,我也不禁打了个冷战:"那好吧,不过,以后少逃课,学习要紧。"

好茜点点头,大概走了几步:"哥,你真的觉得学习是最重要的吗?"

我没有回答,因为连我自己都不知道答案,我说:"快回去吧。"

4

与林尽杉相识之后,方好茜的内心算是得到一种安宁。她开始频繁出现在我们教室的玻璃窗边。

那是学期末的最后几天,大雪铺天盖地,她戴着绒线帽,像一个洋娃娃一样站着。班上的男生开始讨论她。她从来不打扰我们,只是静静地等待着下课。

考试前的最后一天,她背着一个大包跑到林尽杉的面前。

"林哥哥,这是我收集的三森的文章,现在我把它们全部都送给你。明天我也要考试了,不能再过来了。"

林尽杉的表情依旧是终年不化的冰雪:"你带走吧,这是你的私藏,我不需要。还有，你不要再来学校了，很多流言蜚语对你不好。"说完转身离开。

方好茜吃惊地望着林尽杉的背影，眼眶突然有些湿润，像是内心一直的期盼如多米诺骨牌一样瞬间倾倒。她发疯一样将那个背包扔在地上，然后蹲下痛哭，任由来往的学生对着她指指点点。

我跑过去，帮她把背包拾起来，然后拍着她的肩膀："喂，你干吗啊？一个人跑到我们学校来哭啥哭？"

好茜的嘴唇咬到失去血色，她像是一只孤独的小兽，抱着膝盖看着我："不要你管啦！"

"你什么态度啊？"我忍不住指责她。

"总之，和你没关系。"

说着她便愤然离开。

十四岁的方好茜带着极为幼稚的爱慕，在跌跌撞撞中企图能够得到林尽杉的认可，但是林尽杉从不妥协，他像对待其他女生一样用残酷的方式扼杀了还在摇篮之中的爱芽。好茜背着那个沉重的大包步履缓慢地离开了学校，甚至没有和我告别。

少女萌芽的爱恋总是这般战战兢兢，如履薄冰。

林尽杉用尽所有的冷漠拒绝那些热情洋溢的表白，他从不动心，不知内心是以何为核才让他一再坚定地拒绝早熟的爱情。

我想起那些年林尽杉将那些有着精致信封的情书一封封还回寄信人手里,然后漠然冷视的模样,就像是正直的武士,用利剑一般的眼神斩断所有迷惑人心的法术。

很多人都开始认为,林尽杉是浩淼海水之中的一座孤岛。

考试结束的那一夜,我在考场门口等林尽杉一起回家,每次考试,他一定要待到最后一秒才会离开。

一路上,林尽杉表现出难得的安静,我知道那是他胸有成竹的样子。

我和他就此告别,像往常一样回家。

夜幕早已落下,他将自行车锁在楼下的空地上,正准备开门,便看见路灯下蹲着的方好茜。她站起身来,默默走向林尽杉,两个人对峙了一会儿,林尽杉轻轻地呼出了一口气,然后绕过方好茜。

而这时,方好茜固执地在背后叫住了他:"林尽杉……"

她第一次叫出他的全名,这个名字在她的脑海中时常出现,但真正叫出口时,却显得底气不足,她的嘴角微微颤抖着:"林尽杉……我喜欢你。"

这是落雪时刻最温情的一幕,然而林尽杉什么话也没有说,默默地开了门。这是第一次,他没有婉言拒绝,也没有开口答应,他选择用沉默来回答这一切。

当那扇木门紧紧合上的时候，好茜终于忍不住哭出声来。方好茜的哭并不是因为她脆弱，而是一贯倔强的她终于表露出了内心真实的一面。

她在林尽杉的门口站了很久，最后用力踢了两下门，再离开。

那一夜，林尽杉始终无法入眠，闭上眼睛便看见方好茜带着绒线帽站在大雪之中的样子，这是第一次，一个完整的女孩图像在他头脑中回放，而之前那些匆匆而过的女生，不过是林尽杉生活中几帧毫不起眼的残像。她背着黑色的尼龙大背包，静静地站在窗外等待。

林尽杉忽然觉得头痛，坐起身来打开床头的台灯，拿起夹着书签的习题册。他飞快地动着笔，试图让自己在题海中安静下来。林尽杉想不明白，其实那不过是一句简单的告白，和其他女生口中的话并无两样，对于他而言，早应该司空见惯，可是，就在刚才，他知道自己心狠狠痛了一下，像是一粒种子，冲破土壤的束缚。他反复演算着假设性命题最后的答案，还时不时地看一眼床边白色的书柜，以及上面那一排整齐的书，此时的钟刚刚抵达凌晨一点。

返校取成绩单的那天，我坐在林尽杉自行车的后座上，他突然刹车。我差点落下车去，抬头正想询问，便看见挡在林尽杉自行车前面的江超。他背着一根铁棒，带着邪气的笑容，缓步走到我的跟前。

"还真形影不离啊！哈哈……"江超的笑声带着猖狂与不屑，他抓住我的衣领，狠狠地盯着我。

林尽杉叫着:"你想干吗?"

良久,江超没有采取进一步的行动,而是淡淡一笑。"没什么,别紧张,"他放下我,然后走了几步,"很久没有见到你们了,过来打下招呼。"说完将铁棒扔到了一边,叫上身后的几个弟兄离开了。

林尽杉紧张的神情稍稍舒缓:"涵宇,你没事吧?"

我摇摇头,却惊魂未定。刚才那一刻,我以为江超会给我当头一棒,但是没有,反而是他那诡秘的眼神让我觉得意味深长。

看着江超渐渐走远的背影,我产生了极其不安的预感。

那天,林尽杉没有悬念地折取桂冠,而我拿到成绩单的时候却难受得想将这一页纸撕掉。

"倒数第三名!"我妈将成绩单给我的时候,刻意扣了扣桌子,"程涵宇,你好好向林尽杉学习一下啊。"

我看着其他老师表扬林尽杉的表情,是我这辈子大概都无法享受得了,渐渐地,我发现,林尽杉的光芒太盛,我们之间在不知不觉中已经出现了一条无法逾越的鸿沟。

5

有段时间我开始被梦境困扰不安。

"尽杉，你在吗？"

这是我梦中唯一的一句话，眼前有着一片蓊蓊郁郁的森林，铺天盖地的枝叶完完全全挡住了头顶的阳光，纵横交错的道路分别通向未知的领域，路边的草木总是在不断地变化，前一秒苍翠欲滴，瞬间又变得残破不堪，我不知道这是哪里，但是我只是想知道林尽杉在不在。

接着森林慢慢消退，变成一扇扇金色的大门，有一个声音呼唤我打开它。我刚要推开门的时候，看见了她，是好茜。她的脸上没有任何表情，只是静静地看着我。

惊醒后，我感觉到自己呼吸紧张，口干舌燥，双手发麻。我总感觉那个梦预示着什么，这让我感觉到异常的恐惧。曾经有人告诉我，人所做的梦其实是对未来的一种隐喻，不管是真是假，我愿意相信这种说法。

此时已是九月，我和林尽杉已经进入了紧张的初三，那个梦就是从这个时候开始出现的。

我曾将这件事告诉过林尽杉，他只是安慰我说因为学业加重，是我的压力太大。

当然这也是事实，自从进入初三之后，我妈就像疯了一样，每天在课堂上刻意针对我，班上的琐事她也总是插手，偶尔还问林尽杉我有没有早恋。她把我房间的锁换掉了，不准我锁门，每天早上提前半个小时叫我起床，非得让我把单词听写完之后才能去学校。

我对林尽杉说，其实不是我紧张，而是她紧张，好像参加中考的人并不是我，而是她。

初三之后，江超就把教室当做他偶尔进出的场所，常常整个星期都不出现，晚上吃饭的时候，我妈总是提起这件事，带着嘲讽的语气说这样反而更好，他只需要参加一个会考，轻轻松松拿个毕业证就行了。她说话的方式让我非常不舒服，好像是故意说给我听的。另一方面，虽然江超不来学校了，但是我仍旧担心他会突然出现来找我麻烦。自从上次被他拦截过一次之后，我总觉得他心怀不轨，伺机而动，只是我不知道他肚子里到底有多少坏水。

初三对于我而言，不过是每天堆积如山的作业，老师语重心长的教诲而已，但是林尽杉却将中考当成了人生的头等大事，加倍刻苦，心无旁骛。

我当然知道原因，如果他能够在中考考出年级第一的成绩，并且留在远大高中部，那么他高中三年的学费可以全免，这对他而言，无疑是最理想的未来。他家已经没有多余的钱来供他念书，如果他失败，那么上学读书就从此与他失之交臂。

我试着不去打扰他，放学之后一个人走回家，在路上我总是会想起小时候，我们在这条路上疯玩，然后在街角的老伯伯那里买糖葫芦，那时候他爸还会偶尔带着我们去河边钓鱼。

怀念有时是一件很残忍的事情，因为它会让你对现实顿生厌恶，对现下生活失去激情。

我已经很久没有见到好茜了，也不清楚她的近况。

有一天在饭桌上，母亲突然说好像看见好茜和一个混混模样的男生厮混，说完又感叹了一番。

我匆匆吃完饭回到房间，虽然母亲的话中带着些许不确定，但是我的直觉告诉我那就是好茜。

时间像仓皇的飞鸟，在四季残余的日光中一闪而过。

2000年的春天，我逃掉了所有无聊的课程，在网吧里疯狂地玩游戏。

2000年的夏天，林尽杉在家温习初二的所学内容并借到初三的课本，而我在院子里喂养野猫。

2000年的秋天，我在开学测试中再次得了全班倒数第三，我妈开始发疯似的叫嚣，下课的时候我看着在厕所里偷偷抽烟的男生，突然想向他们讨一支烟。

在跨世纪的千禧年里，我到底做了什么呢，只让自己得到了毫无意义的空虚与乏力。

我有时候在想，当一个人进入叛逆期的时候，他到底会有多想与主流社会背道而驰。其实他并非想与全世界的人作对，只不过是想凭一己之力逃离监护人的管束而已。

现在每一堂课老师都会说"时日不多"，好像我们全部面临着死亡，即将走向棺木一样，但是我觉得我们的青春不该是这样的。有时我希望自己立刻升入高中，再也不会在课堂上听见我妈的声音，什么从句、简单句、介词、副词，统统给我滚一边去！

就是那个时候，我一个人孤独惯了，喜欢上了在小镇的边缘地带闲逛，有时候会骑自行车去离家很远的地方。有一次，我走到了与家相距甚远的一个巷子口，第一次有一种压抑的气氛笼罩了我，这种感觉就像是半梦半醒时无法说话一样压抑，而我远远地就看见了他——江超。

他的身边没有任何人，他只是站在那个路口看着我，用目光暗示我靠近。

我不知道上天是不是故意引诱我陷落，在我对青春的含义产生质疑的时候，让我最讨厌的人出现在我面前，关键是我时刻感觉到威胁，透不过气的威胁，但奇怪的是，我仿佛被内心的恶魔牵着线，带着一份胆怯又好奇的心理，一步一步地走到他的面前。

我宁愿相信这是一场噩梦，那条充满潮湿气息的巷子，墙壁上有油烟与青苔，墙角散落着破碎的酒瓶，光着膀子的少年在来回走动。江超搂着我的肩："放心，我不会打你。"

我似乎被这一切蛊惑了，心甘情愿地相信他脸上的"善意"，也心甘情愿地和他为伍。

那一刻，其实我多么想林尽杉就在我的身旁，一把拉着我往回跑，但是他不在了，当我的心底绝望地呼喊着"尽杉"的时候，他不在了，和那个反复出现的梦境一样。

在这条弥漫着颓废和堕落气氛的巷子里，我跟着江超越走越深，我胆怯地看着他。他在手上把玩着一把水果刀，好像随时能刺进我的身体。

"程涵宇，我们是朋友，不是吗？"

我表情呆滞地看着四周。我们是朋友吗？当然不是！只是因为我骨子里也有一种渴望释放的血液，它在沸腾、在尖叫、在欢笑、在义无反顾地强迫我把自己与平时的自己隔离开来。

反正林尽杉已经不见了，对，就这样自顾自地奔跑在前面，也没有什么等我的意思。既然如此，我就在自己的世界好好生活好了。

江超带着我走进一间阴暗的房间，这里有很多很多的人，他们慵懒地躺着，目光锁定着小小电视屏幕上不堪入目的场景。江超朝我笑笑，让我在一个角落坐下。他站在我的旁边，依旧拿着那把小刀，一手压着我的肩膀，让我硬生生坐在那里。

我就像丢掉灵魂的躯壳，与众人一样沉迷其中。这是怎样的感觉，身心完全地陷入一种精神世界的泥沼，这一刻，我忘记了林尽杉、方好茜，忘记了我爸妈，自甘堕落地享受着这种氛围。

我感觉浑身发热，血液沸腾。

江超猖狂地笑着，那狰狞的面容一点都没变，他就是希望我这样，与其让我的肉体受伤，不如让我的精神支离破碎。

江超点了一支烟放在我的嘴边，我望着他的脸，犹豫了很久，还是忍不住猛地吸了一口，感觉肺在一瞬间要爆裂开来，我开始不停地咳嗽，头有些眩晕，眼前的一切都虚幻起来，四周的人都对我露出鄙夷的眼光。我接着吸了第二口、第三口，我的神经开始变得麻木。

江超拉着我绕到后面的台球室，挑了一根杆递给我，在昏暗的灯光下撞击那些彩色的球。我也不知道自己是怎么了，竟然会为此有一些欢快。

这时，一群人拖着一个男生进来，他们把他推倒在地上，江超让我去踢他，所有人都凶狠地斜觑着我，那个在地上的男生也胆怯地看着我。

江超带着邪恶的微笑，说："让我看看你内心隐藏已久的那只小兽"。

我已经忘记那一夜是怎么从巷子里出来的，我在心中祈祷那个被踢得浑身是伤的男生能够原谅我。

这个时候，我看见林尽杉在我家门口等着我，他远远地望着我，并没有显得太热情，相反，他像是有些焦急。我一想到刚才所做的一切，就觉得有些害怕，害怕面对他，便吞吞吐吐地说："你……你怎么在这儿？"

他好像被我问住了，但依旧面无神色地看着我，良久，问道："你去哪里了？"

我真担心他从我的脸上读出什么，于是强掩自己内心的恐惧："我在外面兜了几圈，有些累了。"

林尽杉深深地叹了口气:"方老师刚才打电话问我你去哪里了,我还帮你撒谎说你在我家,我真够担心你的,在你家楼下等了快一个小时了。"

我的眼角湿润了,我给了林尽杉一个深深的拥抱:"尽杉,谢谢你。"

他拍拍我的肩膀:"我知道你压力很大,但是方老师也是为了你好,别让大家担心。"我点点头。

入睡前,我希望能忘记今天所遭遇的一切,在第二天醒来的时候完全和今天的自己隔离开。可是,那一夜,我始终无法入眠,好像黑色的恐惧挥之不去地笼罩在我心里。

我抱住被子,觉得自己快要窒息,快要陷入一个万劫不复的深沟里去了。也许我所经历的这一切必将成为我成长中无法抹去的一个污点,但是我知道,我不能让它扩大。

之后,我开始远离所有的诱惑,学着林尽杉的样子安静地坐在教室里,复习课程、认真听讲、完成每一门功课,林尽杉和我妈都以为我长大了,想通了,但他们并不知道我是为了逃避那一处黑暗的无底洞。放学后,我与林尽杉一起学习到人去楼空,然后坐在他的自行车后座上回家。看着茫茫夜色,我突然觉得这个世界是如此美好,毒瘤一样的江超,我希望他再也不要出现。

尽杉你看,我所以为的青春和你的完全不同。你是永远自带光芒的开拓者,而我永远为着逃避而生存着。

大千世界,有成千上万的人,他们将会走上成千上万种道路,每一种人生，或许丰富多彩，或许惨淡颓唐，但他们都将经历长大这一刻。我没有目标，所以我恐惧，我多么羡慕你，羡慕你在人生最残酷的环境下拥有一颗坚韧的心。你像夸父一样片刻不停地追赶着，而我走走停停，漫不经心地应付周遭的一切，只能看着你走远了，远到我再也看不见你。

6

周末宁静的午后，林尽杉在木桌的那头给我讲解几何最难的题目。或许是太久没有来林尽杉的家中，我已经有些忘记这间居室的摆设，白色的墙早已微微泛黄，上面还有残留的污渍。林尽杉咳嗽了一声，提醒我注意听讲解。

一周前，补习的要求是我提出来的，我说："尽杉，你帮我补习吧，我给你钱，随便讲点什么都好。"

林尽杉瞪了我一眼，他说我和他谈钱太伤感情了。我知道他的自尊心受了伤，便问："那你愿意帮我吗？"林尽杉乐意地点头。

于是周末的补习成了初中尾巴上的一种习惯。

过了一会儿，林尽杉有些口干，便起身去厨房喝水。我转头看他那个白色的书柜，里面放着几本小说，还有成排的杂志。我打开玻璃门，拿出一本，翻看目录时一眼就注意到了那个名字。

三森。

我的心开始打鼓，于是取下旁边的杂志查看。期数并不连续，唯一的共同点是所有杂志封面上都有三森的名字。

此时林尽杉推门而入，看着我些许惊讶的表情，他没有说什么。

"尽杉，你不是也很喜欢三森吗，你不是也一直收藏着他的每一篇文章吗，为什么当初……"

"没有为什么。"林尽杉冷冷地回答。

"什么意思？"

"因为，我就是三森。"

第四章

任你是佯装的咆哮,任你是虚伪的平静,任你掳走过去的一切,一切的过去,这个世界,有沉沦的痛苦,也有苏醒的欢欣。

——舒婷《致大海》

1

我从未想过林尽杉到底会陪我走多久,漫漫前程之中我总怀疑自己会在某个路口和他失散。之前的岁月我从不感伤离别,是因为那时的离别并没有带走我生命中重要的部分,轻描淡写的忧伤不足挂齿。虽谈不上未雨绸缪,可人一旦患得患失起来,就会特别可怕。我曾试想过,如果我的人生中从未出现过林尽杉,我会不会和现在一样。

数年后的我常常想起我家乡的那座小城,鳞次栉比的楼房、雨水的倒影和路边的洋槐、浓郁芬芳的白玉兰、褪色掉漆的木门窗、青砖的墙、沾染的青苔、阴暗潮湿的巷子,以及楼下院子里大簇盛开的山茶。夏日的夜晚,道路弥漫着水汽,生锈的铁栅栏上攀爬着藤蔓。那是我少年时期对生活环境最深的记忆,那是我与林尽杉独有的一座城。

林尽杉就是在这座小小的城市里写下他第一篇文章,幼时大量的阅读让他的内心充斥着无穷的倾诉欲望,当他在白纸上写下一小段句子,顿时文思如泉涌,倾泻而出,顷刻间填满整张空白的纸。他一个人的时候，会爬到顶楼的天台，偶尔带一本书或者带一个素色的本子，看着高远的天际，他的心胸顿时宽广起来。

一开始，他只是将书写当做宣泄压力的一种方式，在文字落成篇章的时候，产生由衷的满足感。他没有想过，他所写的文字有朝一日可以换做生活中所用的金钱。

那是父亲喝醉的一夜，林尽杉看着父亲像饥饿的难民一样在柜子里寻找着食物，又大声地与母亲争吵，心里非常难受。第二天，他趁着自习的时间写下了心中所有的苦闷。课间去办公室的时候，他看见老师摊在桌上的杂志一角上写着征稿启事，于是匆匆把地址抄了下来。

他没有抱任何希望，只是单纯地将本子上那些历经岁月的陈旧手稿撕下来，整理好，并为自己取了个笔名——三森。

他不能让其他人知道他在写作，那些时日，写作被老师看作是一种不务学业的堕落，他需要好好地隐藏自己，而且，因为他的名字中包含了三个木字，三与杉，也是谐音。

三森是一个充满了绿意与希望的名字，他期待这个名字可以像护身符一样保佑稿件顺利到达杂志社。林尽杉甚至从来没有奢望过自己的稿子会被选上，他只是希望稿件能够被一个自己不熟悉但懂得文字的人阅读。

那段时间，他像是着了魔，非常想写东西，但是心里又忐忑不安，他所写的每一个故事都充满了自己的影子，一旦被身边的人知道，便如同将自己彻底曝露。

然而，就像是神在指引一样，杂志社收到了那一叠厚厚的写在笔记本纸张上的稿子，虽然这种不正规的方式让编辑头痛，好在编辑还是挑出其中一张浏览，便惊奇地发现作者笔下的文字巧夺天工，于是便将那一叠稿子细细阅读，文字中所包含的苦痛与自赎让他感动不已。

父亲的债务像是毫无预兆的灾难，林尽杉在无法凑够那笔五千块的债款的时候，想到了杂志社每月到来的微薄稿费，他写信向主编请求一次性付清所有稿费，就林尽杉看来，这样的要求带着几分冒犯和无理。若主编拒绝，或许今后再拿不到一分钱，然而在林尽彬向主编写明原因后，主编竟以最快的速度将未刊登部分的稿费一起付给了他。

林尽杉有些不知所措，他无法将这份喜悦告诉任何人，即使是我。他悄悄从柜子里翻出户口簿，将稿费取回，又把这沓厚厚的人民币，交到父亲手上。

"别问我钱从哪里来的，这是我最后一次帮你。"

父亲诧异地看着少年递交过来的人民币，还是忍不住问了句："你是从哪里搞来的这么多钱？"

林尽杉带着平淡的表情："每一张都是干净的，你不用担心。"

他不能将稿件发表的事情告诉父亲，他知道这个男人一旦知道自己投稿赚钱的方式，必然会进行疯狂地掠夺，而父亲看着林尽杉强硬的态度与固执的神情便也知道追问不会有结果。

父亲离开家后，林尽杉无力地躺在沙发上，他好像不知道到底发生了什么，也不知道自己到底做了什么，眼前全是白晃晃的光。

林尽杉没有想到，自己小众的文字居然可以获得读者的喜爱，主编在来信中提到，认为林尽杉可以考虑往这方面发展，他觉得林尽杉是一个有才华的少年。林尽杉也不知是真是假，倒也有些许窃喜。他担心信件被父母收到，便要主编将来信全部寄到学校的班级信箱，他是班长，班级信箱的钥匙在自己手上，就不怕被其他人看到。

相当长的一段时间里，林尽杉在日光灯下写着那些惊心动魄的故事，它们长短不一，文字朴实，让人耳目一新。每当样刊寄来，他都小心翼翼地放进书柜，那是他年少时期唯一的财富，他要好好珍藏。

但他绝没有想到，身边还是有人注意到了这个秘密，方好茜的出现打乱了他生活的节奏，与方好茜保持距离是他唯一能保护自己的方式，或许对于好茜来说有些残忍，但他必须为自己保守这个秘密。

他曾在书中反复读到造化弄人的故事，那些曲折而纠结的感情，不料有一天也会发生在自己身上。

那场大雪，他看见了她落泪，但是他依旧沉默着关上了门。

他希望她喜爱的是那个一直指引着她的幻象，那个署名"三森"的作家，而不是林尽杉。

2

每年的夏天都会让人觉得悠长而不知尽头,清晨被日光弄醒,睡眼惺忪地看着镜子里头发蓬乱的自己。洗脸刷牙之后,看着日历才发觉暑假过半。

这是我最难熬的一个夏天,中考结束的季节,所有人匆匆离散,我以勉强跨过联招线的成绩升上远大,而林尽杉以全校第一的成绩免去三年学费,可谓众望所归。我妈因为成绩的事情开始与我冷战,用长久的沉默来责怪我的失败,她的眼神犀利,仿佛分分钟要把我开膛破肚。

从小到大,我的假期便是她的假期,父亲上班,整个家中便只剩下我们两人。她依旧给我准备早饭、午饭与晚饭,但是拒绝与我说话,她不会叫我起床,哪怕早饭已经在桌上冷掉。她不打我,也不骂我,只是选择用最残忍的沉默来让我反省。

我趁我妈午睡跑出去,只有真正离开家我才能感受到一点自由的气息,斑驳的树影在青石地板上随意摇晃,我来到林尽杉的家门前,踟蹰很久也不敢敲门,或许是长时间的疏离让我有些胆怯。

这时林尽杉的父亲打开了门,他的脸上有少许皱纹,留着多日未曾打理过的胡茬。他看见我,微微笑了下,露出被烟熏黄的牙齿:"你找小杉啊?他不在。"

我点点头,想到他大概是去图书馆了,转身准备离开,林尽杉的父亲又忽然叫住我:"小宇……"

我转头看着他:"叔叔,什么事情?"

他呵呵地笑着,整张脸都扭曲了:"你能帮我买包烟吗?五块的就可以了。"

那是我第一次买烟,将烟递给林尽杉父亲的时候,我鬼使神差地问了一句:"能给我一支吗?"

那个男人猥琐地笑了下,撕开外面的塑料纸,然后抖出一支给我,"给,谢谢啦。"他没有再说什么,拿着烟匆匆离开了。

看着手上那支小小的烟,我皱了一下眉头。我不知道我为什么要找他拿那支烟,可就在那一瞬间,我想要抽一支。这种想法不是第一次出现,很多时候,我看着那些在厕所偷偷抽烟的少年,他们沉迷与不屑的眼神酷到了骨子里,我想知道香烟到底是如何一种迷幻的味道。

那一次在小巷,江超给了我一支烟,那是我生平第一次吸烟,我还没有感受到香烟到底是什么味道,只是觉得有一种强烈的刺激感,让我不断地咳嗽和眩晕。

我花了一块钱买了一个打火机,然后拐进了住宅的楼道里。我的手微微颤抖着,最终还是点燃了打火机,看着在黑暗角落摇曳不定的火光,心中第一次产生亲近的渴望。

在烟卷被点燃的那一刹那,烟草燃烧的气息弥漫四周,我将黄色的烟嘴放到嘴边,轻轻地吸了一口。和之前那一次不一样,这次没有强迫的气场,而是安静无人的角落,我尝到了一种寂寞的味道,在林尽杉不能与我相伴的时候，香烟可以成为聊以慰藉的精神食物，我痴迷地吸了第二口，终于成为它的俘虏。

沉迷在自我放纵的氛围里，我想起了江超，那个心狠手辣的家伙，我想起了那个逼仄的巷子和那间潮湿的屋子，还有那麻木观望的少年们。

但是很快，头脑中迅速切换成了我妈严厉的表情，林尽杉一本正经的劝导，以及那些优等生骄傲的姿态。人总是在胡思乱想中发现矛盾，然后在光明与黑暗的罅隙之中，苟延残喘。

我蹲在漆黑的世界里，盲目地放纵自己，渐渐地，我又开始厌恶自己身上所带的罪恶感，因为我害怕被其他人看见。当你在做一件事情，却害怕世人舆论的辱骂时，你就会怀疑你的行为是一种罪。但是这种刺激恰恰又是你最贪恋的，你明知道是错，却又戒不掉。无人督促的时候，又是自我放纵的绝佳机会。

我快速地抽完了那支烟，然后将烟蒂扔在一边。我知道自己正身不由己地陷落进一个泥潭，内心不可抑制地想见某个人，我知道他会在那里。

那是一片开满鲜花的疆域，仿佛能够让你尽情酣睡而不知昼夜更替。

我步履缓慢，在进入那个阴暗潮湿的巷子前再三犹豫，而江超是在我身后出现的。他见我的第一眼，充满了怀疑与诧异，但是接下来的笑容极快地掩饰了一切，仿佛这在他的意料之中。

他点了一支烟给我,然后问道:"近来可好?"他脖子上那条链子晃得我眼痛,左耳上插着一颗耳钉。

这一切让我恐慌,我摇摇头准备逃跑,他显然看出了我想要逃跑的念头,接着说:"既然来了,就不要急着走,我带你去看点有意思的东西。"

我停住了脚步,站在那里,良久,他走近揽住我的肩膀拍了拍:"我想你会很快乐的。"

江超带我走进那个充满了颓靡的空间,那是已荒废很久的旧厂房,四壁早已发黄变黑,上面有用炭渣写的字和画的画,几乎都是不堪入目的东西。江超告诉我,这里是他们一群人的大本营。几个蹲着的少年站起身来看着我,他们朝江超笑笑,然后将烟头踩灭。

这一切让我感觉压抑,江超在背后拍拍我的肩膀,然后说:"最近是不是很郁闷?"

我没有理他。他突然哈哈大笑起来:"听说你中考很差劲啊,你那个兄弟考了全校第一,说实话,真不知道你们怎么能在一起做朋友的,你不会觉得自卑吗?"

我推了一下江超,其实我并不敢用太大的力气:"你别在这里挑拨离间!"

江超见我生气,笑得更厉害了:"是吗?那你告诉我,有一天,他成了万人瞩目的优等生,而你不过是在放牛班里摸爬滚打的后进生,他怎么看你,和你走在一起的时候,不怕别人笑吗?"

我不知道,是的,这也是我一直担心的事情,我的心一阵疼痛,好像心脏被江超握在手心里,狠狠地捏了一把,我说:"我只是无意走到这里,我得走了。"

江超摆摆手:"其实你只是在逃避,程涵宇,我他妈和你打赌,你有一天会和林尽杉分开,到时候,你自然明白我说的话。"

穿过那条巷子,不过要五分钟,但是那天我跌跌撞撞离开的时候,却发现走了很长一段时间。头脑中不断闪现着江超的话,每一个字都像是一枚针,我闭上眼睛深深地吸了一口气,睁开眼睛继续向前跑。正是在这个时候,我突然看见了林尽杉,他的自行车停在我的面前,叫了我一声。

"涵宇,你怎么在这儿?"

每当林尽杉用温情的语调问我的时候,我都想哭,我忍着眼泪抬头看他:"带我回家吧,赶紧走吧。"

这是我唯一的话,林尽杉淡淡一笑:"你怎么看起来心事重重的样子?"

我摇摇头坐上后座,他缓慢地蹬起车来:"你很久没来找我玩了,暑假里都做什么了呢?我去书店的时候看见了高一的习题册,也想帮你买一本呢。"

我无奈地笑了笑:"是吗?不过你知道我从来都不去做的,买了浪费钱。"

"我督促你嘛,高中可不比初中,一个不留神,就会落下。"

是啊,可是我已经离你很远了。于是我换了话题:"对了,昨天我看了一篇你写的散文,写得真好,我都快哭了。"

"你别总是夸我,不过是一些没有意义的文章,涵宇,你知道吗?其实我一直很害怕别人知道我写东西,因为我觉得那样会让所有人看穿我。"

"是吗?"看着林尽杉的后背,我默默地想,这么多年来,我以为我早就看穿了你,其实并没有。

"涵宇,你怎么了?"

"没事。"

"哦,怎么听你说话像在哭?"

"没有……"

3

那天回去之后,我妈看着我匆匆归来,她将饭菜放上桌,突然开口对我说话了:"程涵宇……"

或许是太久没有听见她叫我,我略微感觉到她的声音在颤抖。

"呃,怎么……"

她说:"好茜三天没有回家了,你知不知道她去了哪里?"

我摇摇头。

片刻,她又开了口:"你真的不知道吗?我以为她会跟你说,这孩子真是的,让你舅舅操尽了心。"说着她的眼眶不觉湿润。

我坐到老妈旁边:"好茜为什么出走的?"

她抬手擦了擦眼角:"你舅舅说,夜晚回来的时候看见她还趴在桌上写作业,就给她做了点吃的,进去才发现她是在抄杂志上的文章,你舅舅一气之下将那本杂志撕掉了,然后好茜说那是她最喜欢的作者的文章,就开始和你舅舅闹了起来,两人不欢而散,早上起来便发现好茜出走了。"

我太清楚她的个性了,何况正巧在她叛逆的时期,她最讨厌自己喜欢的东西被别人破坏,不管那个人是谁。我安抚着老妈,告诉她不会有什么意外的,但她还是因此而落了泪,说一个女孩子夜不归宿又怎能让人安心。

这一刻,我好像一下子忘记了和老妈多日以来的隔阂,劝她先吃饭,然后再想办法。她只是吃了少许米饭,然后就坐到一边。

我匆匆扒完碗中的饭,说:"我现在出去找找,一旦找到了给你打电话。"

母亲轻声嘀咕了一句:"你去哪儿找?"

"她身上没多少钱,走不远的。"

我径直跑到林尽杉的家门口,疯狂敲打林尽杉的家门,林尽杉刚开门我便拉起他的手,说:"我妹妹不见了,她是因为你不见的,现在你跟我去把她找回来。"

我混乱得词不达意,也不知道林尽杉听懂了没,他先是一愣,然后转身进屋套上一件格子衬衣:"我们马上走。"

我将事情的原委告诉他,他眉头紧锁,想说什么又没法开口。

我看着眼前这个我再熟悉不过的朋友,心里忽然间充满了嫉妒与厌恶,为什么他可以得到众人的关爱与敬佩,然后用一脸无所谓的表情去面对,他好像把一切的苦难和荣耀都看做理所当然,不挣扎也不抗衡,我嫉妒他的韧性,嫉妒他的才华,甚至因为好茜为他离家出走而感到愤怒。

但是在寻找的路上,我默不作声,而他焦急地询问路人,时而回头安慰一下我。在熙熙攘攘的街道上,我有些不知所措,我不知道好茜到底去了哪里,这虽然是一座巴掌大的小城,但是也有我不曾涉足的无数的角落。夜越深，我越是胡思乱想起来，无数阴暗的画面在头脑中滋生。林尽杉顿了顿，叫了我一声，顺着他的手指方向，我看见了好茜。

她穿着特别短的牛仔裙，将头发扎成一束，走在一群男生的中间。林尽杉先我一步跑了过去，一把拉住了她。

好茜看着林尽杉，先是惊讶，然后是厌恶。

林尽杉说："好茜，你哥找你好久了，你赶紧回去吧，大晚上的，女孩子在外面很危险。"

我站在远处没有靠近，但是我清楚地听见好茜厉声说："呵，我与你非亲非故，你凭什么管我！"

身边的男生推开了林尽杉，但他并没有理会，继续说："别说了，你必须跟我走。"说罢伸手去拉她。

好茜用力挣脱："我不要你管，不要你管！"

身边的男生用力推了林尽杉一把，把弱不禁风的林尽杉推倒在了地上，好茜尖叫一声，心疼地看着倒在地上的林尽杉，她转身给了那男生一耳光，然后说："谁叫你打的！"

我连忙跑过去，扶起林尽杉，抬头望着好茜："方好茜，你闹够了没有！"

方好茜被我的话震动了一下，她呆呆地站了一会儿，忽然说："我不要你们管我,我没闹够,我闹得还不够,凭什么你们认为的就是对的,我做的就是错的!"说罢转身吻了身边另一个男生的脸,所有的男生都莫名其妙地看着她。

林尽杉推开我的手,走过去:"没人会去在意你的对错,爱你的人只会在意你安不安全。"好茜侧过脸,忍不住哭起来。

此时,我上前拉住了好茜的手:"你跟我回去,你看你现在都成什么样子了!"

好茜死活不肯,她用力地抗拒着,然后使劲咬了我一口。其实,那一刻我并不是真的要拉好茜回家,而是要让林尽杉知道,好茜并不是只会因为他才回归平静,但是事情似乎变得更加糟糕。好茜甩开我的手,开始向前奔跑,我和林尽杉立马追了上去。

好茜穿过马路,来往的车辆挡住了我们的去路,当车辆离开的时候,好茜已经不见了,于是林尽杉与我只好分头寻找。

记忆中那晚特别炎热,白衬衣因为汗水紧贴在身上,空气溽热难熬,在奔跑中似乎整个人都会蒸发掉。我翻过爬山虎栖息的围墙,声嘶力竭地大喊,纵横交错的道路看不清前面的方向,不知不觉我到了一个从没到过的地方。蝙蝠在头顶吱呀作响地飞过,飞蛾冲着路灯来回扑撞,黑猫从墙头悄悄溜过,前所未有的恐慌席卷而来。

一把匕首突然抵在我的腰间:"小子,别出声……身上有钱没有……"我战战兢兢,颤声说:"没……没有……"身后有人咧着嘴笑:"真没钱?你这一身上下可不像穷人,把身上的钱都交出来。"

忽然前方也冒出了几个人,看起来与我身后的人是一伙儿的,我知道如果我跑,他们便会堵住我的去路。薄薄的衬衫后便是尖锐的刀子,寒气让我怯弱,就在我最艰难的时候,我听见一个人的声音。

他说:"阿武,放了他。"

那个声音我再熟悉不过了,江超从阴暗之中走出来,黑暗中是他那张讨厌的脸:"真是丢脸啊,被一个初中生挟持,看你刚才狼狈的样子……"

我瞪着江超:"你到底什么意思?!"

江超讽刺地笑:"现在变厉害了,不错不错。"

对于我而言,江超即使笑得再温和,也让我觉得是一张狰狞的脸,那种逼人心肺的恐惧令人不寒而栗。

他说:"程涵宇,你不觉得你自己很弱吗?你和我根本就是一个世界的人,又偏偏喜欢用那些所谓的规矩来束缚自己。别以为我不知道,你骨子里根本就渴望与我们为伍,如果不是,你干吗三番五次走到那个路口来找我?你以为是上天安排你走到那个路口的吗?其实就他妈是你自己要走过来的。欺骗自己最没有意义了,你一直把林尽杉当成你的借口,其实也仅仅只是个借口而已,你最终发现,你们是不同的。当两个人都不在同一条路上行走的时候,就是该分开的时候了。"

我大叫了一声:"别再说了!"

我不敢再听下去，江超所说的句句属实，他早已经看穿我的心理，其实我不是不知道，他在报复，报复当初我砸伤他的腿，报复我妈长期让他在学校出丑。他的报复便是将我的缺点和懦弱暴露无遗，那是带着恨意的揭露。

我激动的模样给了他得逞的快感，他接着说："程涵宇，在这个世界上，只有两种人不会被欺负，一种就是林尽杉那样光彩夺目正气凛然的家伙，因为他太优秀，所以不会有太多的人将这样强大的人选作对象；而另一种，就是像我这样。你看你，上不着天，下不着地，永远都是被欺负的对象。你妈得罪了太多像我这样的人，所以，你会活得很艰难。要怪，只能怪你自己没出息。程涵宇，这是我对你的唯一忠告，以后我不会再说了。"

江超的笑容融入漆黑一片的夜色中，那群人也慢慢消散，留下我一个人站在路口中央。很多年后我仍然记得这段对话，如果当时我没有孤身一人走到那个路口，或许就不会有后来的事情发生。

小时候，我觉得孤独是一件羞耻的事情，但是每当我看见林尽杉一个人在路边自娱自乐，我又立刻推翻了自己的想法。我想，为什么自己不能够像他那样，成为他那样子的人一直是我的目标，可是，我不希望在别人眼中，他真的成了我的目标，督促我，监督我。

林尽杉永远是茕茕孑立在道路的一头，但是我从来看不出他的孤独。他好像永远知道自己要什么，该做什么，把所有的一切规划得那么好，而我，从出生开始，就被父母认定了要走该走的路，不偏不倚，没有半点空间。

林尽杉是自由的，每当我打开窗户，看见群飞的鸽子，我就会想到他。我起初没有嫉妒也是因为自己还有资本，小时候的我成绩与他相当，而且还有一个完整和睦的家，比起林尽杉鸡飞狗跳的那个窝，我是幸福的，所以是我可怜他、怜悯他、帮助他、救济他，我在他之上。

然而现在，所有的事情都变了，他的成绩越来越好，模样愈加俊朗，越来越受女孩子的喜爱，甚至连好茜也不例外。他的光芒刺眼夺目，让我担心，最重要的是，他就是所谓的三森，那个写得一手流利文章深受读者喜爱的少年作家。相比之下，我以为我拥有的高高在上的所有荣耀瞬间坍塌，我有什么值得炫耀的？什么也没有。

当我妈坐在一群老师中间，看到别人的孩子都考上名牌大学，或者出国深造，而自己的孩子仅刚刚高过联招线，差点要塞钱读远大高中，她就无法理解自己曾经的一片苦心到底起了什么作用。

而林尽杉呢，他从不用父母操心，全靠自己便拿下全校第一名，免去三年学费。这个世界上，有的人是适合读书的，比如他；而有些人是无法安定下来学习的，就像我。

我甚至开始怀疑，我与林尽杉长久以来的惺惺相惜到底是不是友谊，还是仅仅出于习惯。

如今的我已经没有办法去帮助他，反而是需要用仰望的姿态来观望他，如果这个社会还有等级，那我无疑是金字塔最底层的一批。

4

同一时刻,林尽杉在路的尽头看见她。

她神色慌张,像一只迷失方向的小鹿。她终于停住了奔跑,转身凝视着林尽杉。长久的僵持与无言,却是方好茜先打破了沉默,她噘着嘴问:"你何必要管我呢?"

林尽杉摇头,他用他惯有的温和语气不加任何表情地说:"我只当你是妹妹,如果你有危险,我肯定会担心。"

好茜耸肩笑了笑,笑颜中夹杂着无法言说的苦涩,她缓缓走到林尽杉面前,高傲地仰着头,直直地盯着林尽杉。

"谁要当你妹妹了?你以为自己随便认个妹妹就可以把所有事情都解决了吗?我可不是那些普通的女生。"

"我……"

"你什么?"

林尽杉被好茜问得说不出话来。

好茜吸了吸鼻子,垂下脑袋,还没等林尽杉反应过来,她就一下子抱住了林尽杉。

"你不是讨厌我对不对,其实你还是喜欢我的。"

林尽杉不语，他僵硬着双手不知所措，这是第一次，一个女生近距离地接触着自己的身体，她的呼吸与发丝的香气，让林尽杉有些紧张，但他没有做出进一步的行动，他依旧是那句话。

"好茜，我只当你是妹妹，听话，跟我回去，别让家里人担心你。"

方好茜摇着头，两人的汗水隔着衣衫混在一起。

她或许不愿承认自己被拒绝的事情，又或许是太担心林尽杉离开自己，这片刻的温暖是她长年来缺失家庭温暖的弥补，哪怕根本只是微弱的一丝，她也愿意紧紧抓住。

然而现实与幻想还是有着太大的距离，林尽杉没有让这样的依靠持续太久，他摆脱了她的拥抱，撑起她的肩膀，说："好茜，如果，你跟我回去，我就告诉你一个秘密。"

"我不想听什么秘密，你就让我好好抱一会儿你不行么？"

"不要任性！不然我马上走。"林尽杉也没想到他会说出这么严厉的话来，但他依旧非常执着。

方好茜被林尽杉的言语所威慑，默默地点点头。

林尽杉面色稍稍缓和，他将开她额头的头发，然后说："现在你跟我回去，在路口我会告诉你。"

"是什么事情？"

"到了你就知道……"

"那你答应我一件事。"

"你说……"

"牵着我走到路口去,可以吗?"

小道旁爬满蔷薇与藤蔓的铁栅栏,赋予夜晚更加良好的氛围,偶尔有闪烁的萤火虫在林尽杉与方好茜的身边飞过。月光皎洁,树影婆娑,夜色微凉,四周呈现一派安详的景象。

好茜说:"这里真美。"

但林尽杉没有露出半点笑容,温馨的气氛瞬间冷冻。

好茜此时才发现,林尽杉那么瘦,月色下单薄的身影让她心痛,这个少言寡语的少年,从来都像是雾气中难以看清的幻影,好像随时会消失不见。

这种感觉又让好茜回到了很多年前,她在书架之间穿梭,反复寻找那个名叫林尽杉的少年踪迹,每天当夕阳余晖洒在书架角落的时候,她总是失望而归,她只能去揣测那个少年的存在,担心一切都是自己幻想的,于是反复验证书页上借书者的名字。而现在,也没有太多的变化,她与林尽杉的咫尺距离仍像是一个假象,内心无限的距离感无时无刻不存在于他们之间。

方好茜依旧是担心的,她担心这只是一个梦,林尽杉的手会随时松开，漆黑的道路上只有自己一人独行。这份静谧的时光让记忆与现实重叠，好茜更加用力地抓紧了林尽杉的手。

此时，他们已经走到了路口，林尽杉转身正对着好茜说："好茜，接下来我所说的话，请你不要惊讶也不要为之深思，你只要知道这个事实便可。在告诉你之前，我还希望你能答应我，不管以后发生了什么，好好地在自己的路上行走，不要迷失方向，也不要再刻意地来找我，如果有机会，我相信，我们自然会相见。"

林尽杉的言辞决绝，不允许好茜有任何反对。

好茜沉默片刻，点了点头。

林尽杉只是淡淡地说了几个字，声音甚至不及夜蛙的鸣叫。

他说："我就是三森。"

5

或许这个世界上人与人之间存在的禁锢是无法打破的，这种禁锢属于人与人关系的一种，他们彼此束缚、压迫、妥协，成为一条链子。

方好茜不为我的任何言语所动，却愿意听从林尽杉悬崖勒马。她是他行为动作的下一链，她被他的一举一动束缚着，但是，当我明白这个道理已经是多年以后。

我在路口与他们相遇，好茜依旧是倔强不羁的神情，她站在林尽杉的身后。

他们根本不知道十五分钟前我所遭遇的事情，也根本不知道那时的我惊恐得如同一只孱弱的羊羔。

我一边舔着上唇，一边气愤地看着方好茜，企图让她给我一个解释。

而林尽杉平静地说："好茜已经答应回家了。"

这是最讽刺的一刻，林尽杉愈是平静，我愈是感觉羞耻，他像一名大英雄带着自己的胜利在我面前炫耀，我苦笑着耸耸肩，不愿再多说。

三人默默地走在回家的路上，没有一个人愿意再说话，那夜太静，沿途的灯光染黄了我们的时光。

好茜在家门前微笑着向我们挥手告别，从那天起，我很长一段时间没有见到她，我不知道林尽杉到底与她说了什么，但是从那次之后，我们三个人的命运便开始慢慢改变。

九月，我与林尽杉一同升上高中。

夏末秋初的一场雨揭开了高中生活的帷幕，假期之后，林尽杉仿佛完成了一次蜕变，双眸渐渐褪去了幼时的青涩，变得清亮起来，面孔也如同夏日茂盛的枝叶一般饱和圆润，高挑的个子使他的肩线呈现出一种美好的比例，加上干净的白衬衣，让他出落成美好少年的样子。

在与他并肩行走时，不断地有女生对着他指指点点，窃窃私语着他就是传说中的第一名。我终于体会到了那种浑身难受的感觉，关注他的人越多，我的存在感就越渺小。我觉得自己随时随地会变成空气里的一粒尘埃，这种感觉真是太难受了。林尽杉和我说话我通通听不进去，好像那些在讨论他的人同时也都在嘲笑我。

与他一同走进教室，看着陌生的环境与那些冷漠的眼神，我才意识到自己走错了。

林尽杉说："放学等着我。"

我点点头，然后走了出去。

林尽杉的十班与我的七班隔着两间教室，而恰恰是这两间教室，却像是横亘彼此之间的一条滚滚流淌的长河。

我随意找了座位坐下，内心拒绝感受四周的一切，来来往往的新同学在我身边走过，我却不愿抬头去看一眼。

我觉得自己不属于这里，望着窗外，看着遥遥相对的初中部教学楼，那里留着我和林尽杉曾经一起学习上课的回忆，而现在，四下环顾，只是一群为着三年后一同挤独木桥的竞争者。

班主任在上面滔滔不绝，我感觉他的眼神一直在我身上徘徊不定，我认识他，刘舒康，物理老师，是我妈大学时候的好友。那一刻我才明白，即使升入高中，我也始终不曾逃离我妈的视线。

正式上课之后，我减少了在课间与林尽杉的交集，常常趴在桌上看窗外的风景。我甚至极少和班上的同学说话，以至于很多人怀疑我有自闭症，我戴着耳机听音乐，看闲书，试着去逃离这个我完全融入不进去的班级。

日复一日，我趴在自己小小的世界里，冷暖自知，不求怜悯。

天气好的时候，我透过窗户往外望，我看见林尽杉穿着白色的短衫在篮球场投球，每次命中都有女生在旁边尖叫。

下课的时候，路过他的教室，看见他与其他同学讨论问题，依旧未改他严肃认真的神情。

我发现原来没有我，他的世界一样可以很好，心中不由得微微发痒难受。

我与林尽杉慢慢疏远，不再坐他的自行车，我们之间的话题也变得越来越少。他偶尔讲起班上的事情，我甚至不知道他口中的谁和谁到底是哪个人。

有时走在路上，我听见身边的窃窃私语，大多是厌恶的口气，他们都像是在说："林尽杉怎么和那种人在一起？"

上学期间，成绩是唯一的准绳，身边的人自动把我们分类，这种人和那种人，仿佛大家自动延续了旧时代的等级观念。

即使林尽杉充耳不闻，常常露出与我在一起的时候才会有的笑容，但他对我的客气与温和更加让我感觉惭愧，有一次我干脆上去教训了在旁边说闲话的家伙，好在林尽杉当场制止我，不然肯定要出大事，我其实并不是在生他的气，而是在生林尽杉的气，或者说，我其实是在嫉妒他，这种强烈的反差时常折磨着我自己。

林尽杉偶尔收到方好茜的来信，但他从不会跟我提起那些厚厚的折叠整齐的信件里面的内容，我也不知道他是否回过信。

偶尔，好茜也写信给我，内容单薄，多是琐事。

我常常在课上睡着，醒来的时候，已经开始上下一堂课了。

刘舒康开始找我谈话，语重心长地说他不会告诉我妈，但希望我能够想清楚。我的成绩直线下滑，各科老师都对我摇头侧目。

高一结束分科的时候，林尽杉毅然选择了理科，而我在反复思量中决定跟随，我开始对自己的人生迷茫起来，我妈更是心事重重。她与我在饭桌上频繁地争吵，不欢而散，夜深时能听见父亲安慰她的声音，我将自己封锁在一个任何人都无法靠近的世界里，讨厌学习，讨厌学校，讨厌这条世人必走的道路。

母亲早已丢下狠话，她说，如果我自暴自弃，那么她也没有管我的必要，人一旦放弃了自己，没有人可以救你。

那段时间，没有人能帮我，我知道自己彻底烂了。我悄悄在厕所吸烟被老师抓到，又因认错态度不端正而被老师警告，他们还是看在我妈的面上，没有将事情闹大。考试的时候，面对整张卷子，我竟不知从何下笔，只好随便写几笔就交卷。

十六岁的时候我觉得我这一辈子都完了。

刘舒康常常与我在走廊谈话，他语气和善不像其他老师，好像我越是抗拒，他越是柔和，好像钢拳打在棉花上。

他说："程涵宇，你想过你未来要成为什么样的人吗？"

他问这句话的时候，我只是表示不屑，小时候我告诉我妈我要做科学家，还要做宇航员，大了我说我想成为一个律师或者一名经理，而后来，我再也不知道自己还能做什么，我一无所长。

刘舒康的脸逆着光，他说："有些时候，你得好好想想，你的未来要做点什么。"

对于刘舒康，我总是怀着复杂的心情，虽然他从未在我妈面前告状，但是我始终不愿相信老师，在我眼中，所有老师都是串通好的坏人。

他是我妈的大学同学，在我小时候常来我家做客，偶尔会在家中与我妈叙旧。他和一般的老师不一样，不怎么喜欢管学生的琐事，教学也有自己的一套方式。另外，他没有结婚，母亲多次帮他介绍，他都婉言谢绝，好像藏着什么秘密。

林尽杉会在周末的夜晚来找我，我们就像之前一样，约在楼顶天台相见。

林尽杉总是安静地坐在我的旁边,他低声说话,时不时笑一笑,他问:"涵宇,你高考是留在北方,还是去南方?"

我不知道怎么回答他,因为我没有告诉林尽杉,这次的月考我掉到了班级三十名之后,年级排名更不用说,我的前途早已无望,我根本不知道高考之后的去路。

林尽杉以为我还未想好,便自顾自地说:"涵宇,我想去南方,我想去看海,我想知道小桥流水的意境到底是什么样子,你会不会和我有一样的想法?我希望我们能够去同一个城市,一起奋斗,你觉得呢?"

林尽杉一边憧憬一边微笑,夜深得看不清他的脸,但是月色刚好能够映照出他的笑容,那种笑是充满自信与美好的笑,好像他已经看见了海,看见了小桥流水,看见了未来,但是我,什么也看不到。

此时的林尽杉与那个郁郁寡欢的少年判若两人,他望着繁星裹了裹衣裳,说:"秋凉,别感冒了。"

他笑的时候可以给人慰藉和希望,可以让你的罪恶得到净化。

可是,风暴却暗自潜伏着,那一夜,是我最后一次看见林尽杉微笑。就在那个夏天,那个充满了黑暗与埋伏的夏日之后,林尽杉再也没有笑过。

多年之后想来,原来所有的静默与沉寂,不过是喧嚣与嘈杂的伏笔罢了。

第五章

  天空的脊背上，礼花继续叙述着节日的弯曲，我在人群中俯视着自己的鞋，它是一截个人的尺寸，从集体中剪下来的孤独。

        ——严力《节日的弯度》

1

  林尽杉对我说："涵宇，我最理想的生活就是坐在一条安静的河边没日没夜地钓鱼。"

  那是十二岁左右的事，我与他在周末的黄昏走在郊外田野上，那是黏稠的盛夏，饱和的暮色渐行渐远，流淌的汗水仿佛要汇成一条河，无垠的稻田随风而动，行过之处的雏菊让人欢心，绯红的晚霞重叠在一起，映红了林尽杉的脸。

  我就和他坐在田坎上，面对空旷的田野，天地仿佛融合，让人为昼夜交替而倍感震撼，那是大自然最温情的一面，像是母亲的怀抱，将万事万物容纳。落日即将没入远处那间小草房的背后，看着这稍纵即逝的景色，林尽杉说："涵宇，我最理想的生活就是坐在一条安静的河边没日没夜地钓鱼。"

  当时的我漫不经心地笑了笑，因为我觉得林尽杉口中的理想生活并不理想，钓鱼这种事情随时随地都可以做到，但我注意到他说这句话的眼神，就像是他说自己一定能拿下奥数一等奖一样绝对，那是一种充满力量的目光，希望是它的骨架，盛景是它的衣裳。他没有太多豪华的梦想，只是希望选一处安静的湖畔，静静垂钓，而我仿佛能看见那个画面。

月亮在此刻升起，露出浅白色的光泽，年少的情感总是充沛得让人为之深深感动。

我对林尽杉说："如果可以，我们一起吧。"

这像是一句信誓旦旦的誓言，在玄色无边的天空下与苍茫的大地上许诺，但是没有人知道它到底会不会被实现。记忆之中的这一幕像是一幅让人沉醉的油画，在心底弥久珍藏。

可就在十七岁的末尾，林尽杉在文章中写道，人的一世充满了谎言与误会，它们让世界丰富，但也让世界罪恶。

当时，我和林尽杉刚刚升入高三不久，我糟糕的成绩让人心痛。老师开始对我的不上进忍无可忍，他们轮番在办公室对我进行说教，这是高三最平常的事情，老师为了升学率和职业操守，总是说服每一个看起来已经无药可救的学生重返正途。

我妈总是试图以林尽杉的事例来引导我，后来发现毫无作用，终究放弃。升上高三后，大部分人在晚自习上争分夺秒地找老师答疑，我却在晚自习上发呆或者看闲书，有时候会买来打口碟听，而林尽杉就像我所说的大部分学生一样，总拿着书本跑到办公室询问。老师对林尽杉这样的学生总是特别喜爱，他们有时候还会为一个题目争执不休，这看似极有意义的学术研讨让我莫名地鄙夷。

我与林尽杉已经有很长一段时间没有见面了，但我了解他的一举一动，或者说，大部分人都观察着他的一举一动，我即使不想知道也总是能听到些许。母亲说林尽杉还是会来找我，但是我多半不在家，他只好失望而归。

其实，从高二的下半学期开始，我已经单方面和林尽杉断绝了联系。我反复思索着江超那夜对我说的话，后来又去了那个巷子找他，彼此心照不宣。我开始跟着他们叼着烟在城边打架闹事，或者聚在一起看那些少儿不宜的片子，我们说着有的没的黄段子，好像只有彼此听得懂，有些时候将身上的钱扔在桌上，赌打桌球的技艺。所有人以烟代食，在剪碎的夜色树影下，颓唐不堪。那段时光是灰暗的快乐，它让你痴迷也让你担忧，那些被放逐的少年，不知现世忧愁，更不用去管前景是否惨淡。

当时的我被分裂成活在两个世界里的人，一个假装过着中规中矩的校园生活，另一个则彻底享受着校外厮混的日子，但是我隐藏得很好，因为我们从不在自家附近猖狂，所以，没有人知道我到底做了什么。

我原本以为它们的界限可以很清晰地分开，但是我错了。

春天很快又到来了，好茜寄来书信，说她参加了舞蹈培训班，之前荒废太久，学业早就跟不上了，班上像她这样的学生都已经开始准备艺考，争取在另一条道路上有所前进。

当然，她肯定也寄给了林尽杉相同的内容，林尽杉在课间来教室找我，表情略显兴奋，说好茜终于找到了合适自己的道路，很快他又带着我最讨厌的悲悯的口吻说："涵宇，方老师很担心你。"

他的语气中带着遗憾与劝阻，我只是淡淡一笑，然后将上节课的书本放进抽屉里。

我说："你好好考大学就可以了，其余的事情，不用你管。"

我强势的语气连我自己都吓到了，但我并没有打算解释什么，说完绕开他直接去了厕所。

等我上完厕所回教室的时候，看到几个男生把我的抽屉推翻，然后拉出几本教科书在地上胡乱踩踏，看见我走进教室，少许几个人停止了动作，我强颜欢笑："你们在干什么？"

带头的那个男生带着教训的口吻趾高气扬地说："你不读书就不要来学校，你还装什么酷，不要拖累我们班的成绩，更不要带坏我们班的风气……"

身边的几个人也争相附和，我不屑地苦笑，然后走过去抬起我的桌子，将沾满灰尘的书放回抽屉，弓着腰在他们面前拾书是我人生莫大的耻辱，带头那个男生咧嘴笑了，然后旁边的人跟着起哄。

我出其不意地抬手就给了那个男生一拳，把他打倒在墙角，他流着鼻血尖叫，正准备反击，我一脚踏在他的肚子上，然后说："你最好撒泡尿照照自己，要是你真有本事，不会沦落到与我为伍，既然你和我都在这潭烂泥里面，只能说明你原本就是垃圾。"

那个男生完全没想到我会反击，他吓傻了，或者说被彻底失控的我震慑到了。他欲哭无泪，一直向我求饶。他带着恐惧的眼神回到座位上，所有人都被我刚才的行为震慑，他们议论纷纷，不敢靠近。我终于明白了江超之前说的话的意思，他说得没错，一个人要么能力上强大，要么身体上强大，否则没人会把你放在眼里。

第二节课，有人立马告发了我，任课老师在课堂上勃然大怒，他原本想从讲台上走下来狠狠教训我一顿，但是看着我的眼神，他立马退却了，他拿着教鞭叫我滚到教室外面，并说下课后一定会告诉班主任。我根本没有什么害怕的，把书塞到书包里，堂而皇之地从教室正门走了出去。

我完全可以想象老师在后面和其他同学说什么话，我戴上了耳机，世界一下就安静了。

当时春寒料峭，我只穿着白色的衬衣加黑色的薄外套，路过林尽杉的教室门口，看着他认真记笔记的模样，我突然想起多年前，我与他坐在初中部教室里，看着窗外的风雪，一晃多年，林尽杉依旧那么认真。

校门口的保安总是有些烦人，好在前段时间江超告诉我有个秘密小道，他每次逃课都从那里走，屡试不爽。

我没有径直回家，而是绕到巷子里抽了一支烟，这个时候，距离高考只剩下三个月左右的时间，那些准备好过独木桥的人都在储存知识的食粮，像我这样早已弹尽粮绝的人，根本只有做逃兵的命，我再次在心中嘲笑自己，我发现现在的我除了自嘲再无其他。

中午的时候，刘舒康登门拜访，我干脆把房门紧锁，不予理会。

我妈很客气地接待了他，他们作为老同学叙了叙旧，后面的话我倒是没听了，即使不听我也知道他会将我的罪状完全告诉我妈，然后以一副高高在上的姿态安慰我妈说没关系。

但是事情并不像我想的那样。

我妈微笑着过来敲门叫我吃饭，她看起来神采奕奕，完全不是我想象的那个样子。

刘舒康在看到我迷惑的眼神时露出了略显得意的神色，母亲说："涵宇，老师来了怎么都不叫一声？"

我小声地叫了他，他越是表情温和我越是觉得他城府极深，这样的男人让我恐惧。

他是学校的物理高级教师，教林尽杉也教我，但面对我所在的那个成绩破烂的放牛班，他倒好像没有太多的失望。从小到大我妈对待成绩不同的学生态度一直影响着我，所以我不相信他不是一个以成绩来衡量学生的人。

可仔细想想，他确实和大多数老师不同，但因为我总觉得他是我妈安置在我身边的监视器，所以从不给他正眼。我猜测他应该是在想我会为他没有告状而感谢他，我对他的这种想法感到不耻。

饭后，他们闲聊几句便准备离开，我妈要我送他下楼。

楼道的气氛压抑得让人透不过气来,他收敛了笑容,走在我的后面。

我知道他有一肚子的话要跟我说,果不其然,他开口了,他说:"程涵宇,我今天的出现你应该没有感觉意外,但是我没告状你肯定意外了。"

他看不到我身后冒出的冷汗,现在我的一举一动都在他的眼中,我说:"刘老师,你是要我谢谢你吗?"

刘舒康浅笑:"我不会为了这么无聊的事情专门拜访,我只是选择了一个凑巧的时机拜访老友罢了。我是想你知道一件事,你不应该让你妈伤心。"

依旧是平日好为人师的口吻,让我极其抗拒。我用惯有的方式回敬道:"谢谢您的劝告,不过,我已经听厌了。"

他无助地叹气:"听说你和林尽杉关系很好,是吗?"

我没有回答,继续大跨步地下楼,他又说:"他家境不好,但是他很努力,程涵宇,其实你……"

我开口制止了他下面的话:"老师,已经到了,我想我得先回去了。"

他无奈地叹了口气,说"好吧",然后离开。

2

那是一个昏黄的傍晚,林尽杉趴在教室的桌上写作业,自从进入高三之后，他几乎都不吃晚餐，仅仅为了多挤一点时间来做题。

刘舒康在这个时候来找他，他静静地在门口站了很久，从窗户望进去看着他，不忍心打搅到他，但思来想去，他还是敲了敲门，走了进去。

林尽杉停下笔转过头："刘老师？有事找我吗？"

刘舒康摇摇头，坐到他的旁边，看着林尽杉的桌上满满的参考书与已经画得乱七八糟的草稿纸，他说："林尽杉，有时候不要太紧张，身体是革命的本钱，只要你按照平时的状态去参加考试，考上好大学不是什么难事，这样费力地投入或许会适得其反。"

林尽杉笑着呼了一口气："只是太投入，如果不能把这个题目做出来，吃饭的心情也没有了。"

刘舒康眯着眼睛看着这个少年，他说："是为了什么呢，迫使你要这么努力？"

林尽杉顿了顿，他抿了抿嘴："或许情况不像刘老师想得这么好。"

刘舒康略微点头示意自己明白："是为了家里吗？有什么需要帮忙的尽管说……"

林尽杉不想再开口，刘舒康也意识到自己的询问突破了底线，他起身的时候突然想起什么："对了，林尽杉，你知道程涵宇最近在干什么吗？"

林尽杉摇摇头，但是他说："刘老师，如果可以，我希望你不要放弃他，其实他挺聪明的，就是没有把心思放在学习上。"

"他是我的学生，我肯定不会放弃他的。"

林尽杉点点头，看着刘舒康信任地笑了起来。

晚自习后，林尽杉一如平日收拾好书包准备加入离校的人群，高三之后，他总是一个人打开自行车的锁然后骑车回家，他从不为沿途的任何风景停留，因为他的书包里还有未完成的作业以及自己计划完成的习题，他每天都在争分夺秒。

林尽杉只有一个信念，持之以恒完成高中学业，然后考入南方的大学，在某日出人头地，返乡将父母接走。这个信念已经支撑他多年，眼看就要到达胜利的终点。

那是再平常不过的一夜，林尽杉打开房门，看到家中一片狼藉，但他早已习惯，利落地洗澡更衣，准备做功课。春日的夜总是透着淡淡的芬芳，晚风吹拂着白色的窗帘，他埋头在橙黄色的灯光下，像一名泳者，一头扎进无边的题海之中。钟敲响了十一下，林尽杉伸了个懒腰，发现已经时至深夜。

他起身走向阳台，平日的这个时候，母亲应该已经回家了，他有些不安，但又立刻阻止了自己的胡思乱想，他站在阳台呼吸了一口新鲜空气，准备进屋继续奋斗。

这时，他看到了底下的两个身影。

在淡白色的路灯下，他认出其中一个身影是自己母亲，另一个的身影不太熟悉，但明显是一个男人，由于背向自己看不太清。

母亲似乎开口在说些什么，然后微笑着和他告别，这时那个男子从口袋里拿出一些钞票塞到母亲手里，两人推搡一阵，最终母亲还是收下。

这一刻，林尽杉第一次有一种难以言说的羞耻感，当然，他极力劝说自己，那不过是母亲的一个朋友，恰巧在路上遇到。

他努力让自己不去想太多，重新回到写字台上，但一个字也看不进去了。

母亲敲门，说："小杉，还在忙吗？饿不饿，要不要吃点东西？"

林尽杉点头回应，但是他思绪紊乱，也不知道自己是为前一个疑问点头，还是为后一个问题点头。

"那我去帮你炒个蛋炒饭……"

母亲没有多说，轻轻带上门，接着厨房里就传出忙碌的声音。

林尽杉用力地握着笔，指甲几乎要嵌入掌心之中。铁锅上油炸的声音更是让他烦躁不安，他索性甩掉笔，躺在床上休息。母亲很快炒好了蛋炒饭，开门端了进来。

那是林尽杉幼时最喜欢的一道饭，虽然不是能登大雅之堂的美味佳肴。喷香的蛋炒饭安静地放在桌上，母亲坐在旁边没有离开："趁热，快点吃吧。"

林尽杉拿起筷子，一口一口往嘴里送，母亲笑逐颜开："好吃吗？"

林尽杉点点头，母亲又坐近了些："那就好，好久不做了，都生疏了。哎，妈妈也没有多少时间可以做给你吃了，等你过了六月，考去别的城市，怕是一年才能见两次了。"

母亲的话语中带着伤感。

林尽杉埋头吃完了那盘蛋炒饭，低头不语。

母亲边将盘子收走边说："小杉，也别太累，妈妈也只是希望你开心就好。"

林尽杉突然转身开口。"妈，刚才……"来回酝酿了多时的话依旧哽在喉间，母亲疑惑地看着他，他接着说，"刚才的蛋炒饭真好吃。"

母亲温和地笑了。

那是失眠的一夜，他只要闭上眼睛，头脑中便立即浮现那个男人将钞票塞到母亲手里的情景，辗转之中他感觉到来自胃部的反感与恶心。这时林尽杉脑海中又不断浮现母亲潸然泪下的脸，父亲对她无情的辱骂和摧残，林尽杉说服自己晚上那一幕不是母亲对家庭的背叛，绝对不是。

那时候林尽杉对于爱情的定义模糊不清，不知道什么是爱。

高一的语文课上,老师教舒婷的《致橡树》,需要女生深情地朗读,林尽杉记得班上的男生起哄,说女生如果没有抒情的对象是表达不出来的,于是要求女生必须对着班上的男生读,那时候,班上最漂亮的女生一直盯着他看。

那双眼眸直白而羞涩,而林尽杉匆匆避过,之后女生记恨在心,四处为难,但林尽杉仍没有丝毫心动,那个女生便恶毒地告诉周围的闺蜜,林尽杉不喜欢女生。

他并不在意流言,也不懂得爱到底是什么,甚至怀疑少女对于那些面相和善的少年心怀憧憬与向往根本不是爱,只是为了满足自己内心的自我幻想,那就像是平静湖面上的一小处涟漪;而真正的爱,是如同山脉一样磅礴,气势如虹,像母亲一样能够经历苦难而依旧不离开这个家,她容忍着所有的痛楚,杜绝支离破碎对自己孩子造成的伤害,这才是足够深沉的爱,她爱丈夫也爱孩子,所以才能对这个家不离不弃。

林尽杉想到这些,便对自己怀疑母亲的态度感到愧疚,他突然想摘一朵洁白的玉兰放在母亲的床头以示歉意。

然而过了不久,父亲便和母亲大吵了一架,父亲抓着母亲的头发撞墙,然后脏话连篇地骂道:"你他妈现在有本事啦,知道去外面勾搭男人了,你嫌我没钱是吧,那你滚啊!"

母亲没有回答,额头已经磕出了血,林尽杉用力拽着父亲的手,大喊道:"爸,你疯啦,快放开妈!"

父亲完全置之不理，挥手就掴了母亲一巴掌，母亲大叫："打吧，你打死我好了！"

父亲气愤地踢翻了茶几，然后说："你还倔！我叫你倔，我叫你倔……"

父亲的手被林尽杉挡住，一记响亮的耳光落在了林尽杉的脸上。

父亲愣了一下，终于停止了自己的暴戾，沉静了片刻说："你妈现在都快住到别人家里去了，你还帮着她？"

林尽杉捂着脸，看着母亲，母亲的泪水无尽地流淌着。

父亲不愿再多说话，点燃了一支劣质香烟，抽了一口，然后走到一边："我过几天再回来……"

父亲夺门而出，母亲伸手想抱住林尽杉，可是这一刻，林尽杉动摇了，他的身子微微向后缩了一下。

父亲的话让他推翻了自己为母亲找的所有借口，他又想起那天晚上，那个身影模糊的男子将钞票塞到母亲手上的情景，他颤抖着声音问："爸爸说的都是真的吗？"

母亲的泪水挂在唇边，她噙着眼泪，试图重新拥抱林尽杉："小杉，你要谅解妈妈，你听我说……"

林尽杉站起身来："不，我不想听，我不知道我应该相信什么了……"

他没有理会母亲的挽留,踏出了家门,他不知道这一行为有多残忍,但是他知道他的心已经无法接受此刻的现实。

那一天林尽杉来找我,他说他想和我说说话,但是我推托说自己还有别的事情要做。

我不知道他遭遇了什么,只是看着他带着失望的神情说"好",然后转身离开。

他下楼的步履缓慢,似乎随时会回头看我,但是我没有在意,而是关上了门。

我不知道后来林尽杉去了哪里,也没有关心他找我什么事,我想他大概又要来和我说教了,我只是这么单纯地认为。

3

她终于练完了最后一套动作,腿被要求死死地压直,甚至痛得她无法动弹。她侧脸看着窗外,阳光充满了整间舞蹈室,她满头大汗地喘气,然后换了一条腿继续绷直。

教授舞蹈的老师非常严格,好茜与其他学生常常要练习整个下午,她们挥汗成雨,汗水湿透了她们的背心。录音机里的音乐长时间反复播放,听起来让人心生困意。休息的时候,好茜蹲在台阶上,大腿的肌肉抽搐不已，她似乎感觉到自己浑身在颤抖。

许多个下午，方好茜都在铺满木地板的舞蹈室度过，她带着一个袋子，里面除了装着女生常备的面巾纸、护肤霜、卫生棉以外，还带着一本书和一支笔，那是她在空闲时间消遣的。

和同来学习舞蹈的其他女生不同，她不爱在空闲的时间叽叽喳喳地聊天，她喜欢安静地坐在台阶上，放平小腿，然后沐浴着阳光阅读。她会因为一个小句子而惊叹，或者兴奋不已。每当这时，她会用笔将句子勾下来，然后在下一次写进信中，她喜欢与林尽杉分享这些句子，认为只有他才会理解。

慕禾会在这个时候过来，他已习惯在落日时分站在舞蹈教室外面等待，然后看着好茜微笑。

张慕禾是一个乖巧的男生，长相清秀、性情腼腆，他不擅言语，偶尔多说一些话也会脸红。

好茜时常想，像慕禾这样的男生确实不适合学理科的，所以在分科分班的那天，慕禾成了好茜的同桌。

十六岁的慕禾第一次产生美好的情感，是看见好茜的那一瞬间，虽然好茜自小便盛气凌人，但成长的逐渐蜕变让她变得愈加迷人。

班上的男生开始向她表白，然后唱情歌给她听，好茜对这样的男生产生了厌恶的抵触情绪，唯独慕禾不同，他安静地坐着，从不向好茜示好。

起初好茜并不喜欢他，她在桌上画好三八线，禁止慕禾越过，好茜的强势与任性让慕禾不敢靠近。考试的时候，好茜常常因为做不出试题苦恼，而慕禾似乎能看出好茜的心思，他悄悄将试卷铺开，让好茜一目了然。

从那天起，慕禾成为好茜在班上唯一喜欢的男生。她和慕禾讲起自己的心事，很多时候都会提到林尽杉，她口中的林尽杉是一个单薄而帅气的男子，皮肤黝黑，面容严肃，浑身上下透着疏离。

慕禾很喜欢听好茜说自己的事情，但他从不主动提问，他是一个忠实的听者。慕禾不是一个强大的人，甚至作为一名男生有些逊色，班上的其他人总在厕所欺负他，一边调侃嘲笑一边恶言相向，他们嫉妒慕禾可以与好茜说话。

慕禾软弱得不知道怎么去抗衡，只能蹲在地上哭泣。

有时课上到一半他才从厕所回来，是扫厕所的大爷帮他开的门。走进教室的时候，还会有男生用脚将他绊倒在地上，引起哄堂大笑。

众目睽睽之下，大部分人选择冷眼旁观，好茜有时实在看不下去，狠狠痛骂那些男生，她生气地将那些作怪男生的桌子推翻，然后指着他们："你们一群孬种！"

男生们虽然目瞪口呆，但是越是这样，男生欺负慕禾的次数越多，他们嘲笑慕禾依仗女生帮忙，甚至怀疑慕禾用什么方式讨好好茜。

有一次方好茜终于忍不住，从文具袋里拿出一把美工刀，抵着那个带头闹事的男生的喉咙,慕禾担心好茜做出什么出格的事,连忙在一旁劝解,但好茜根本不理会,她硬生生地从喉咙里挤出几个字来:"给我老实点……"然后便看见那个男生吓尿了裤子。好茜收起刀子,回到座位上,继续看自己的书。

下午,好茜多半是不在教室的,她需要在舞蹈室安心练习。体育课上,慕禾一个人站在操场边上,偶尔一个篮球飞来打在他的脸上,将他的黑框眼镜打落在地。

对于这些,慕禾不会对好茜说起,他只希望看见她的笑容,不愿意因为自己的事情牵扯到他人。

好茜能够成为自己唯一的朋友,他已经很知足了。

黄昏时分,慕禾与好茜会走到邮局,然后好茜将近日的信投递进去。

慕禾仅问过好茜一个问题,他说:"方好茜,既然你这么喜欢他,为什么不去找他呢?"

好茜笑得很从容,她背着双手走在慕禾的旁边,沿着人行道走了很久,才说:"我想变成另一个自己,然后重新出现在他的面前,你知道吗?我要他看一眼就喜欢上我。"

好茜说这句话的时候,脸色绯红,双瞳中闪着光。

慕禾肯定地点点头,然后摘了一片嫩绿的叶子放在手上。慕禾总是不由自主地去想象好茜一个人拿着书本乘车去看林尽杉的情景,在好茜的描述中，那是大雪纷飞的时节，和现在截然相反。

教室的顶楼有一处屋顶花园，那是退休的教师在上面布置的，慕禾偶然发现，便带着好茜前往。

慕禾兴奋得像个孩子，他说："方好茜，你看这里多漂亮。"

那些种着君子兰、美人蕉、仙人掌，攀爬着蔷薇的自然世界，并没有因为人工修剪而黯然失色。

好茜因为美景不自觉地跳起舞来，慕禾看着夕阳下的好茜，觉得她是一只展翅欲飞的蝴蝶。他望着好茜发呆，为她的美好姿态动容，但是他又忍不住自卑，觉得只有像她口中那名叫林尽杉的少年才能够配得上她，他自己是一个没有父母的孤儿，在姥姥家长大，既没有家世背景，更没有过健全的成长，他只能观望所有世界美好的事物，从来不敢占为己有。

他曾尝试过反抗，但都徒劳，因为吃亏的永远只有自己。

这时候好茜停止了舞蹈，她笑着走过来，说："慕禾，你看，那是不是火烧云？"

多年之后想起，依旧觉得这是自然界最盛大的回馈，慕禾记得好茜抱着双膝坐在自己旁边，眯着眼睛看绯红的云霞慢慢变为紫色，然后笑着说："如果每天都这么美丽该多好啊。"

4

而那段时间，我总觉得我距离死亡很近。

我靠着青砖墙不动声色地看着那群人拿着木棒殴打一个少年，口中带着警告和谩骂。我虽然从不加入，但是也无法阻止，久而久之，我甚至感觉麻木。江超常常递一支烟过来给我压惊，他说出来混不能总是这样一副孬样。

有一天晚上，我在赌场附近碰见了林尽杉的父亲，好在那时候他已经醉得不省人事，其实那时候我非常奇怪，已经让自己完全容身于江超的队伍之中，并与林尽杉基本断绝来往，却依旧害怕林尽杉知道此事。我不清楚自己到底是不愿意他知道，还是怕他知道后告诉我父母。

我宁愿是第二种，这样让我觉得我与他之间并无感情存在。

距离高考还有两个月左右，我逃了大部分晚自习和江超在操场会面，我们在黑暗中抽烟，然后游荡。江超骂着脏话啐了一口唾沫，他说这样的日子不能继续下去，得找一点新奇的东西来。

我吸完那支烟，将烟头踩灭，然后问他："那你有什么想法吗？"

江超的笑容从未变过，依旧是阴冷而狰狞的，他说："我们可以玩点刺激的，比如……"

他想了想，又咽了口唾沫下去，然后悄悄凑到我的耳边，声音很小，小到只有我们两个人能听到，他说："你知不知道那种地方，就是和片子里一样的那种地方?"

他语句的末尾带着猥琐的笑声,我摇摇头,虽然觉得刺激,但依旧有些胆怯,我说:"算了吧,有些东西,不一定非要亲自上阵。"

说完我就后悔了,我可以对其他人说这句话,但不能对他说,因为在江超看来,凡是没有尝试过的东西都应该去尝试。

江超并没有怪我,他搭着我的肩膀:"涵宇,不是我说你,跟了我这么久,胆子还是那么小。难道看了这么多片子,你就不想亲自体验一下?"

我退后了两步,摇摇头。江超叹了一口气,然后走在我前面,江超说:"其实就在远大,也有女学生……"

我打断了他:"行了,真的,我没兴趣。"

江超笑了:"程涵宇,我都怀疑你是不是正常男人。"

夜晚回家的路上,我竟然开始怀念起林尽杉来。

我想起他与我一起骑车上学的日子,想起他在那个大雾弥漫的路口等我,想起他和我坐在屋顶看星星,想起他垂钓的愿望,还有他考去南方的梦想。但是有些事情已经没有办法回头了,我看着熙攘离散的人群,突然感觉到一种压抑,此刻我是一个人。

华灯初上,林尽杉或许还在教室里做题,或者在办公室里解疑,他的生活已经离我很远了。我突然想起好茜近日寄来的信，她问我高考准备得如何，还说林尽杉已经很久没给她回信了。

是的，这才是他，为了未来，杜绝一切。

这时江超带着一群人走了过来，他说："程涵宇，我想到一个点子了。"

江超说，我们可以去抢那些路人的包。江超一直解释说，晚上黑灯瞎火没什么人看得见你，你放心好了。

说实话，我很担心，而且根本不想参与，但是江超执意拉着我，他说："你可以不参加，但是你要负责掩护我们，现在人手不够。如果抢到多的，我们就分了，兄弟们去找乐子，你那份自己看着办。"

我有些忐忑，似乎预见自己被警察抓住关进监狱的样子，甚至看到父母跪地哭得撕心裂肺的样子，我知道只要我参与了，那么我就完蛋了；可如果我离开，那么江超是不会放过我的。

我试着劝说："江超，我们或许可以玩点别的……"

江超用手推了我一下："怂货。"

他们知道这条路上每天晚上会有谈完生意的大老板经过，附近酒家很多，随便来几个他们就能捞到一票。

这时候，目标出现了，是一个大腹便便的男人，身材高大，看起来特别强壮,江超摇头,示意这个人不好对付,大家不要动作。等待的时候,我的心中不停地打鼓,不断催眠自己这只是一个梦,我需要赶快醒来。每看到有人过来,我的内心都煎熬着,仿佛万蚁噬身,我打定主意在混乱的时候逃离,这样江超便不会注意到我。

这时,一对情侣走了过来,从他们的轮廓看来,已经不算是年轻人了。那个男子在路口与女子作别,然后走进了另一条路。

江超看着迎面走来的女子,她的手上挽着包,虽然看起来不重,但里面肯定有钱。

江超向其他人做了一个手势,说:"待会儿我去抢包,你们在前边路口跟我接头,她跑不了那么快,一定追不上我们,我们抢了东西马上就离开,到小学后山坡集合。"

江超向前奔去,其他人从巷子的另一边绕行,剩下我一个人不知所措。不知道为什么,那一刻我心神不定,那个步履缓慢的妇女,我好像在哪里见过,直到江超奔去抢过那个包,我听见她的叫喊声,我才终于确定。

那是林尽杉的母亲。

江超的速度很快,林尽杉的母亲根本追不上,而我只是在巷子的一头傻傻地看着,不知道自己应该怎么办。

这个时候,我看着她越跑越慢,大口地喘息着,喊叫的声音越来越轻,在我迈腿准备帮她把包追回来时,她倒下了。之前走另一条路离开的男子惊慌失措地奔回来，他将林尽杉的母亲扶起来。

如果这世界上有晴天霹雳，那么我确定我一天之内被击中两次。

看着那个男子的脸我退却了，没有力气再向前踏。

我认识他，他一定会将我抓住，问我到底是怎么回事，不行，我不能去。

我选择了逃跑。

他是刘舒康，我妈的老友，我与林尽杉的老师。前一秒，他与林尽杉的母亲走在一起，他们微笑告别，暧昧如同一对情侣，就在这个昏暗的巷子里。

第六章

树胶般,缓缓流下的泪,黏和了心的碎片。使我们相恋的,是共同的痛苦,而不是狂欢。

——顾城《悟》

1

当林尽杉还是襁褓之中的婴孩时,她头脑中便浮现出终年不散的大雾,还有未知山脉的一处森林,郁郁葱葱,泛着幽蓝的光,而森林的尽头有一棵傲然耸立的大树,她虽然没什么学问,却在那个时候特别清楚自己看到的是杉树。仿佛有一道神圣的曙光照耀着这片大地,她在无穷的黑暗中穿梭,企图到达杉树下。

她轻轻地抚摸自己孩子粉嫩的脸颊,然后叫他。她想叫这个孩子林尽杉,一个充满了希望的名字,跟他如齿轮咬合一般完美。

十点左右,窗外下着绵绵细雨,这是春日长久的征兆。灰蒙蒙的天,看不到一丝月光。

刘舒康撑着伞站在医院外面,他不习惯弥漫在医院里的消毒水与酒精的味道。

林尽杉姗姗来迟，看见刘舒康的一瞬间，露出惊讶和疑惑，他向老师问好，正准备进去，刘舒康拉住他，说："你母亲还在抢救。"

他们走到台阶上，雨从林尽杉的额头滑落，灌进衬衣和运动鞋里，刘舒康说："我去找医生拿块毛巾给你擦擦……"

林尽杉摇头制止了他："不用了。"

林尽杉眯着眼睛看了一眼刘舒康，脑海中忽然闪现出黑夜中塞钱给母亲的那个男子的身影。

林尽杉恍然顿悟，感觉像是被刺狠狠扎进了心里，他略显颤抖的声音问着："是……刘老师把我妈妈送来的？"

刘舒康点点头。

林尽杉慢慢让自己镇静下来，他摇摇头，然后咬住嘴唇，眼前这个成熟的男子是自己最为尊敬的老师，而他同样也是在深夜与母亲幽会、企图拆散自己家庭的男人，这样的认知让林尽杉感觉自己的气管里塞满了棉絮，无法顺畅地呼吸。

雨渐渐变小，刘舒康从口袋里掏出一支烟来，深深地吸了一口，然后说："或许你早就知道了，我与你母亲的事情……"

此事在林尽杉的心中就像是不可触及的雷区，他感到一阵晕眩，脑袋嗡嗡作响。"刘……"原本的称呼在此刻却叫不出口，"你应该知道她有自己的家庭，你们这样让我觉得恶心。"

刘舒康弹了弹烟灰:"不,小杉,事情不像你想的那样,我不知道应该怎么告诉你,但你不该这样对你母亲。"

他有些激动,烟头的火星差点烧到他的手指。

这时,有医生从抢救室走出来,眉头紧锁,看起来并不乐观:"你们谁是她的家属,麻烦跟我来一下……"

林尽杉跟在医生的后面,刘舒康则目不转睛地看着急救室的大门。

医生看着面带稚气的林尽杉说:"你是她儿子?"

林尽杉点点头,医生微微叹气:"你爸爸呢,怎么没来?"

林尽杉撒谎说:"他……很忙,来不了,有什么你和我说吧。"

医生再次叹气,然后从抽屉里抽出一支笔:"现在马上下病危通知书,你母亲的病情很严重,你知道她有心脏病吗?"

林尽杉睁大眼睛摇头,医生用笔点了点纸:"很严重,而且她长期劳累,再加上刚才剧烈运动,血液供应不足……现在她还没有醒过来,还处于危险期。"

林尽杉抓着医生的手,带着哭腔:"医生你救救她好吗?我求求你!"

医生连忙安慰道:"你别激动,有些事情我们也只能尽力而为,只有看她自己的造化，一切还得等她醒过来才知道。"

那一夜林尽杉和刘舒康安静地坐在医院走廊的木椅子上，医生护士来来往往，只有他们是静止的。

刘舒康将外套脱下搭在林尽杉的身上，这一刻，他仿佛感觉到一种类似父爱的浓烈情感，但他又很快就打消了头脑中虚妄的念头。

刘舒康放平双脚，多次欲言又止，最终还是决定把一切都说出来。

他望着医院走廊的尽头，咽了一口唾沫："大概二十多年前，也就是你母亲还没嫁给你父亲的时候，我和你母亲是一对恋人，这么说好像正式了点，不过那时候我们确实……在谈恋爱。"

刘舒康感觉到身边这个孱弱的少年微微一震，他知道这孩子受到了惊吓，是谁都不可能在这个时候一下子接受这样的事实，他深深地吸气，开始将这个尘封多年的故事讲述给少年听。

2

在异乡的土地上，清冷的月光总是让人惘然。

二十五岁的刘舒康时常想起那个身着红衣裳的大辫子姑娘，她笑容清淡，常常站在高大的梧桐树下看他，一直看到他们都双双长大。

那是迁徙的年月，在暴雨来临之前，不断地有人脱离那座古老的小城背井离乡。

刘舒康的家住在街的东面，沿着青石铺砌的道路一直走到尽头，风化的石墙缝里长着小花，孩子们拉着风筝在街道上奔跑，大雨之后的树木显出格外青翠，空气中弥漫着清香。

每月初三是古城的赶集日，因为父亲生病，母亲需要照顾父亲，刘舒康便帮父母到古城南边的市场贩卖一些商品，他在人流中看见了她，她慢慢地走着，不时地东张西望，为热闹的气氛所感染，还穿着平日最喜欢的红衣裳。

她随父亲在刘舒康的摊位前停下，清秀的脸上带着少女独有的狡黠。年长的父亲说家里的簸箕该换了，于是弯下身子挑选，而刘舒康神不守舍地看着站在摊前的女孩儿，当少女父亲询问价格时，他竟出神地忘记了回答。

父女俩走的时候，他听见了那个女孩儿的名字，李清。

在那个封闭的时代，像刘舒康这样在校念书的学生是不能随便表达自己心中的感情的，他默默压抑着，在破旧的阁楼里偷偷写下送给心爱姑娘的情诗，并在心里念诵。他天真地期盼着一份隽永的情感，却又不敢诉说，只能在相遇的时刻深深凝望。

李清家不算富裕，初中毕业后，她就经父亲介绍到煤厂挑煤。父亲长年在外，母亲以帮人理发为生。李清每天早早起床前往煤厂，在路上她会遇到那个在集市上见过面的少年刘舒康，他穿着一件黑色的中山装，挎着菜绿色的布书包往学校赶。

他们匆匆相遇，又匆匆离散。

好几次，刘舒康都准备将深夜伏案书写的情诗交给她，但是又觉得难为情。他们的情感充满了含蓄与尊重，进展缓慢，很久以后她才知道他的姓名。

李清的工作是往复而劳累的，她穿着一件为工作准备的脏衣服，挑着一百斤左右的煤炭，她在黑色的土地上行走。夜晚睡觉的时候，两肩像撕裂一般疼痛，但是为了生计，她从不抱怨。

她有时候想，自己的一生必将在这个土地上碌碌无为地度过，安稳平淡也是一种美。

然而刘舒康的出现，打破了这种静态的平衡。

刘舒康知道李清的工作后，便常常出现在煤厂的空地上，他挽起衬衣的袖子，对李清说："让我帮你吧……"

即使把感情隐藏得再深，女子也总是能够敏锐地感觉到，李清自然懂得刘舒康的出现并非偶然。

李清看着刘舒康一人挑着两百斤的煤，那根担子就直接压在他的肩上，他冲着李清笑，呲呲地喘着气。累了，李清便用毛巾给他擦擦汗。晚餐分得饭票，李清就多买给刘舒康一个馒头。

初恋对于每个人而言都是再美好不过的，陷入情感之中的男女总是幻想着未来的某一天有着和现在不一样的境况。所有的人都会憧憬着成长之后的美好，却不知道成长的残酷和未来的虚妄。

刘舒康很快升入高三，父母要求他考上师专，那时候，成为一名人民教师是最大的光荣。

然而情况却不容乐观，在小县城能考上专科的人屈指可数，希望如此渺茫，如同大海寻针。

刘舒康常常在夜里与李清见面，他们暗暗体会着"月上柳梢头，人约黄昏后"的诗意，又羞涩得不敢牵对方的手，只是安静地走着。

月高远而澄亮，晚风拂面，刘舒康为李清背诵一段文章，然后告诉她其中的含义。那时候的李清非常喜欢听刘舒康为自己讲解，她就像一个好学的学生倾听师长的教诲。

有一夜，李清说："舒康，你一定会成为一名好老师。"

语罢，两人沉默无语，刘舒康有些暗自神伤，他从书包里抽出那封写好多时的情诗，塞到李清的手上，纸张因反复揉捏而满是褶皱，他想了很久，开口说道："李清，如果我考上大学，就要离开这里了，你会等我吗？"

李清望着古城的朔月，良久，她说："舒康，我愿意等，但不知道能不能等到你回来。"

刘舒康伸手，第一次触摸她的脸颊，李清微微颤抖，试图躲避，但最终还是正视了他的双眸。

那是一双真诚的眼睛,好像一片恬静的乐土。李清生在一个无书可读的时代,而家中男尊女卑的观念又注定了她的一生不会有太多的传奇,但是,她知道刘舒康不同,他是知识分子,他要走到更高的地方去。

李清不敢再往下想,她收敛了心中的期盼,然后说:"舒康,你会回来吗?当你走出这个破败简陋的小城之后,你还会回来吗?"

她期待一个肯定的回答,但那时的刘舒康已经懂得,男人不能随便给予承诺,一旦承诺便意味着立下坚贞崇高、不可动摇的誓言。

刘舒康无力地摇头,并非对于李清询问的否定,而是不确定自己的未来到底会走到哪里。

青葱岁月中一场悲伤的约会,双方都不知道自己将来何去何从,缄默的夜空下,他们在路口告别,李清手里还握着刘舒康递来的情诗。

如果丛林葱郁,

我愿意做潺潺而过的小溪,

在你的心间,

刻下深渠的痕迹。

如果天空碧蓝,

我愿意做展翅翱翔的雄鹰，

在你的眼前，

深深将你拥抱。

如果你站在岸的那头，

我愿意唱一支百转千回的夜曲，

如果你乘着河上小舟，

我愿意执一支桨带你游荡。

愿你将我深深铭记，

哪怕我只是苍茫夜空中平凡的一颗星。

至此，李清与刘舒康再也没有见过面，她常常倚着窗户，就着月光读那首诗。刘舒康的字刚劲有力，又整齐匀称，就像他的诗一样，像流水亦像雄鹰。

她偶尔也会在那棵梧桐树下驻足，想着刘舒康会不会突然走过，但是她没有再看见他。李清继续挑煤干活，刘舒康继续为学业奋斗，他们再次成为了两条不相交的平行线，在各自的世界生活着。

七月流火，刘舒康拿到了师专的通知书，父母喜出望外，整个小城都知道了这件事。当消息传到李清耳中的时候，她还在煤厂挑着煤，一听之下百感交集、无语凝噎。

刘舒康来煤厂找她，她却悄悄躲起来，她害怕看见他，甚至不知道这样的害怕与胆怯从何而来，只是感觉这个少年会离自己越来越远。

刘舒康有时站在李清的楼下，一等便是一天，后来李清就让自己的母亲用扫帚轰走他，尽管她的心颤动不已，但是不能动摇，她害怕自己耽误了对方的前程。

刘舒康终究还是带着行李离开了，他站在离别的车站张望了很久，一直没看到李清的身影。

火车疾驰，刘舒康却无心欣赏车窗外的风景，他捂着眼眶哭得一塌糊涂，耳边仿佛听见了李清在车后喊叫着追赶，一声一声，痛彻心扉。

差不多又过了一两年，林勇上门提亲，此时的李清对于感情已经麻木，加上已经到了适婚年龄，也就随父母之命嫁了过去。

林勇心高气傲，决定带着李清离开古城，到一个新的地方安居，而李清也想借此机会将过去的一切都忘得一干二净。

临走前，她把那封情书悄悄埋在了当年他们相会的梧桐树下，也把他们那段美好的记忆深深埋葬。

3

李清离开的第二年，刘舒康回到家乡，他从来没有忘记那个挑煤的少女，在外出求学期间写了无数的信寄给她，但是没有收到一封回信。

听父母说她已成亲，远走他乡，徘徊在那个梧桐树成排的街道上，刘舒康知道自己再也找不到她了。

他未向任何人提起自己这段青涩的爱情，过往的笑容就让它们在记忆中沉睡。有时候入梦，他会看见她，还是穿着那件初次相会的红衣裳，扎着一个麻花辫，面容白皙，笑容可亲。但她离自己太远，迢迢征途，不复追寻。

大学生活匆匆而过，有时也会遇见让人心动的女子，他游走在那些女子之间，却发现自己只是在寻求李清的替身。那份深藏多年的情感根本无法从自己的脑海中抽去，又或许是年少时候太过单纯，投入了太多的情感。

他在这个时候遇见了方红雪，那是一个高傲的女子，她站在演讲台上阐述自己的观点和理想，盛气凌人。

方红雪欣赏刘舒康的才华，两人常常在校园里面散步，但彼此都没有任何逾越友情的意思。

时间久了，刘舒康才发现方红雪并不太争强好胜，她只是有一个执着的个性，而私底下是非常随意的人。他们相处融洽，成为知己。方红雪告诉刘舒康，毕业之后她会回到故乡任教，然后嫁给一个她深爱已久的男人。她常常幻想着自己已为人妇的模样，笑说自己是太过传统的女子，相夫教子是毕生的最大愿望。当方红雪问及刘舒康的情感，他多半笑而不语。

或许是苍天有眼，又或许是造化弄人，刘舒康毕业之后被分配到方红雪的故乡，两人经常交换彼此的心得，常有来往。

直至某日，刘舒康前去探望方红雪，却发现对方不在。他路经一家面店，觉得有些饥饿便走了进去，却没有想到居然遇见了李清。

此时的李清已不是当年模样，长期的劳累让她的面容布满风霜，麻花辫也变成了短发，她挺着大肚子煮面，然后问刘舒康要炸酱还是清汤，他有些出神，虽然她一时没有认出他来，他也并未揭穿，摇摇头，说自己只是路过，便匆匆离开。

回家路上，他想起方才的对话便感觉讽刺，时间果然带走了记忆，也带走了她。现在的她已为人妇，甚至怀有身孕，他成了彻头彻尾的局外人。

风扑在脸上，如同刀锋在切割，他边走边笑，惹来无数行人侧目。

那一夜，他喝得烂醉，想起父母前些日子打来电话催促他早日结婚，他想将所有的故事说给别人听，但是又有谁愿意去听这些陈谷子烂芝麻的旧事呢？

世上有诸多巧合，刘舒康愈是逃避愈是发现命运的枷锁并不容易解开。

方红雪的孩子摆满月酒，刘舒康受邀前往，恰好碰到李清来还书，他们在狭窄的楼道间相遇，刘舒康迟疑地侧身让在一旁，李清在走了几步后猛然醒悟，她回头看着刘舒康的脸，那张已不如年少时稚气却更加淡然的脸，颤抖的声音带着惊恐与质疑："舒……舒康？"

刘舒康点点头，然后说："先上楼吧。"

他们没有太多的对话，方红雪留李清吃饭，李清摇头婉拒，她说她还需回去照顾小杉。

多年后的重逢并没有让他们两人抱头痛哭，他们平静地面对着这一切，好像什么事情都没有发生。

但那一夜李清心绪混乱，刘舒康的突然出现像一块石子激起了她心中的涟漪。她突然想和他说说话，哪怕只是几句问候，但是她没有办法抛下怀里的孩子。她知道哪怕现在自己的日子过得再凄苦，也应该明白自己的身份，刘舒康是少年时期爱慕的剪影，但这段未完结的情感已经不能再延续了。

她没有去找过他，一个人咬牙沉默，艰苦地维持着生计；刘舒康似乎也不曾想过两个人还会有复合的一天。他们在各自的生活中按部就班，日复一日，年复一年。

刘舒康送走了两届学生，教学优秀，获得了众多家长与学生的好评，于是远大将刘舒康调到本校，那是林尽杉六岁的那年，命运再一次将他们联系到了一起。

每当刘舒康在教学楼的走廊上看着那些嬉戏打闹的学生时，就会想起当年的自己，现在他已为人师长，不再是那个年少轻狂的自己。韶华易逝，刘舒康微微叹气。

有时候，他坐在方红雪办公桌的旁边，欲言又止，总想问问李清的情况，但又因为不妥而放弃。他不知晓这些年李清过得好不好，更不清楚她现在是否幸福，有时路过那家面馆也仓促离开，身边的人开始给他介绍对象，他也只是一笑而过，很多时候他在想，自己到底还能不能爱，会不会爱，敢不敢爱呢。

这一场爱情的等待未免有些太过漫长，春去秋来，花谢花开，他把那份年少的感情沉淀在心底，渐渐淡忘。

若不是十多年后的家长会，他不会知道那个才华横溢的林尽杉就是李清的儿子，他们在教室交汇了眼神，又游移闪躲。散场之后，他叫住了她，她虽然惊慌失措，但还是停下了脚步。

他顿了很久，似乎找不到一个对话的入口，两个人尴尬地站在过道上。

最后他说："林尽杉是一个很有前途的孩子。"

李清终于释然，他没有执着于过去而咄咄逼人，而是以一个新的身份站在自己面前。

他的这一句话，让李清内心微凉，眼角湿润，她说："刘老师，小杉这个孩子太懂事了，所以我担心他的压力太大，如果可以，你能帮我劝劝他吗?"

刘舒康望着李清担忧的神色,那一声"刘老师"叫得他无所适从,他点点头,然后将她送到楼下,李清说:"你上去吧。"

她不愿意这个曾经深爱过自己的男子继续为自己耽搁,她说:"听方老师说你还没有结婚,如果有合适的人,就结了吧。"

刘舒康有些感动,她还是关心他的,旁敲侧听地打听过自己的情况,但是,这又是何等决绝的一句话,她是在暗示自己不要再耗费自己的青春去等一个不会归来的人。

刘舒康伸出了手,将早已准备好的纸条塞在她的手里:"如果有什么需要帮助,打这个电话给我。"

她默然接受,缓步离开。

他原本以为,这便是感情最后的归宿。

莺飞草长,闲草流景,他在教室深情地演讲着自己的课程,仿佛要将自己所有的感情挖空,他想,或许真正守着那褪色回忆的傻子只有自己一人,那个梳着麻花辫的挑煤少女早已成为过去,唯独每日的黄昏落日,亘古不变。

冬日即将走到末尾,皑皑白雪都渐渐化作了河流。

李清像往常一样回家,那时林尽杉还没有下自习,林勇坐在沙发上吸烟,他一边咳嗽一边吐着烟圈。

李清脱下外套,正准备坐下,林勇便掐灭烟头,将一本红色存折扔到茶几上呵斥着:"这钱怎么回事儿?你还悄悄背着我存私房钱,是不是拿去给外面的男人用?!"

李清面色发青,她不知道林勇是从哪里翻出她这本存折的:"这是给孩子读大学的学费……你难道连这个也要拿走?"

林勇张口便是一股酒气:"大学?读个鬼大学,高中毕业就出去打工,家里哪里有钱养那个少爷!"

李清咬着嘴唇,林勇厉声询问:"密码多少?"

李清不语,林勇有些急了,起身给了她一耳光:"你说不说,密码多少?"

李清长久以来积蓄的委屈终于在这一刻爆发:"你要小杉变得和你一样一事无成吗?他不是你,他有一个你这样的父亲已经是最大的污点,这钱是绝对不会给你的,今天你就是打死我,我也不会说的!"

林勇再也忍不住了,他捡起阳台上的衣架抽打起李清:"你嫌弃我是不是?你嫌弃我一事无成,你有本事就滚出去别回来啊!我是污点,谁不知道你当年和刘舒康那个小子的烂事,要不是我要了你,你跪大街都没人要!"

他一边声嘶力竭地吼叫,一边用力地抽打,李清心灰意冷地发现多年来的委曲求全换来的不过只是一场幸福的幻影,她打开门冲了出去。

她第一次感觉到内心在滴血,彷徨在漆黑的夜里,怆然欲泣。她神伤不已,突然想起了刘舒康留给自己的电话,于是插上电话卡拨通了电话。接通的鸣音让她的心跳加快,直到听见刘舒康久违的声音,她才镇定下来。

"喂……"已经是第三声,声线沉重而紧张,"是李清吗?"

不断的啜泣终于暴露了自己的身份,她在冷清的街道上放声哭泣,刘舒康焦急地询问着:"怎么了,发生了什么事?"

李清终于冷静下来,擦去了脸上的泪痕:"没事,我就打电话问候下你……"

对方自然听出不是这么简单:"李清,你在哪里?我现在来找你。"

她的心是颤抖的:"不,你不必过来。"

刘舒康执意要求,李清终于说出了自己的位置。

刘舒康很快到来,他扶起蹲在地上的李清:"怎么了,你为什么会哭?"

她摇摇头,但是在那一刻,她也不知道自己为什么会说出这样的话来:"我能去你那里吗?我……我无家可归了。"

她多么害怕提出这样无礼的要求会惨遭拒绝，但她自身早已陷入无尽的恐慌。

刘舒康答应了，他带着她上了出租车，驶向黑夜的深处。

4

刘舒康微微叹了一口气，故事在此处戛然而止，他说："你母亲从来没有接受过我的爱，她说她不能做一个背叛者。"

林尽杉看着这个中年男人泪流满面，心中不禁起了怜悯之心。若不是刘舒康开口，林尽杉无法想象这样一段悲伤的恋歌发生在自己母亲的身上。他想说点什么，但是又不知从何说起，护士在这个时候出来，她说病人醒了。

林尽杉推开门，惨白的房间里母亲虚弱地躺在床上，神色憔悴，嘴唇发紫，双眼微微睁开。林尽杉坐到母亲身边，紧紧抓着她的手。

母亲费力地发出声音："我怎么在这里……"

刘舒康走过来："几个混混抢了你的包，你真傻，包丢了就算了吧……"

母亲好像回忆起来，发出颤抖的声音："钱，那包里有两千块钱……"

她的语气原本应该是慌张的，但是她疲惫得已经没有办法完整地说出一句话，或许太激动，心电图上的波段起伏增大。

林尽杉紧紧抓着她的手，片刻，她深深吸了一口气，说："小杉，你要原谅妈妈，妈妈没有抛弃你和家。"

林尽杉连连点头："我知道，妈，我都知道了……"

母亲继续用她微弱的声音说着："小杉，你知道吗？我常常责备自己，因为我从来没有给过你什么，有时候我会怀疑，将你带到这个世上是不是一个错误……你的童年是那么不快乐，如果我没有执意要生下你，或许你就不用和我一样经历那么多的苦难。小杉，妈妈有时候觉得你太懂事，太听话，反而让我很担心，我不知道你的心里到底在想什么，我觉得你离我很遥远。小杉，你背负得太多，这样的生活很累。我……我不是一个尽责的母亲，甚至不能靠自己来保护你，要怪只能怪我自己，跟错了人……妈妈跟你说一声对不起好吗？"

林尽杉趴在母亲的身上抱住她："妈，你别说了，你没有对不起任何人，在我心中，你是天下最好的妈妈……"

热泪簌簌而落，母亲激动得喘不过气来，她的脸色突然变得苍白，刘舒康拉开林尽杉，叫来医生。林尽杉担忧地看着母亲，她是那么痛苦，挣扎着，呻吟着，瞳孔放大，林尽杉差点失去自控力冲过去。

刘舒康用力拉住他，摸着他的头："不要怕，一切都交给医生，你过去也于事无补。"

其实刘舒康的心中也是胆怯的，他也害怕他们最终将在这里阴阳永隔。

林尽杉感觉到自己的身体像一个巨大的容器，里面盛满了疲惫与迷惘。

刘舒康拍拍他的肩膀："如果觉得累，就睡一会儿吧……"

林尽杉摇摇头，他担心闭眼睡去会让自己与这个世界隔绝，而不能清楚母亲的情况。

刘舒康像父亲一样，轻轻地环抱住他，林尽杉从来不曾知道父亲的怀抱是这样的温暖，他昏昏沉沉，终于闭上了眼睛。

林尽杉在睡梦之中看见激烈的雨滴撞击着玻璃窗，钝重而沉闷，母亲打着一把灰色的雨伞站在教学楼下，那天是林尽杉的生日，她决定带他去吃一顿好的。

那天母亲花了几十块让林尽杉吃了一次必胜客，当林尽杉看着菜单上价格都是两位数的食物，不觉皱了皱眉头，母亲微笑着说："放心吃，妈这里有钱。"

但林尽杉还是只点了一个小比萨，他没有点饮料，虽然在吃的过程中非常口渴，他仍硬撑着走出必胜客，然后花了一元钱买矿泉水。

他对母亲说："妈，这个饼和你做得差不多，下次我们在家里吃，别浪费钱了。"

母亲看着林尽杉，她第一次觉得这个孩子长大了。

然后，林尽杉看见了裂痕斑驳的地板，母亲打来水用力洗刷着。

那是寒冷的冬夜，母亲的手在冷水中冻得发红，林尽杉帮母亲捶肩，母亲便说："乖，你去坐会儿，明天就是除夕了，今天得把脏东西都清除掉。"

母亲一边刷着地板，一边用手捶着腰。林尽杉看着这个生育自己的女子，她已被生活的重压逼迫得失去了活力，那些美好的青春全部奉献给了这个家，献给了自己。

灯光微微一闪，他看到母亲额角的几缕银发，他拉住母亲的手，说："妈，你歇会儿，让我来帮你。"

接着，林尽杉看见了天台的一角，湛蓝的天空仿佛要滴出水来，在这一幕里，一个人都看不见，他孤孤单单地站在天台上，世界好像静止不动了。他害怕地奔跑，天台变成了广袤的田野，他永远也跑不到尽头，他不禁哭起来，而在这一刻，他醒了。

他慌张地推搡着刘舒康："刘老师，刘老师，我妈妈呢？"

刘舒康摸摸他的头："别急，你妈妈还在，她还没醒过来。"

林尽杉走到病房门口，透过玻璃看见母亲安稳地沉睡着，他又走到刘舒康面前："刘老师，我现在回去弄点吃的，妈妈待会儿醒了肯定会饿。"

5

慕禾总是怀疑自己生活的世界是一个漆黑的盒子，他们这一群人，是已经被家长抛弃甚至不被任何人看好的差等生，学校的生活只是为了完成剩余的学业，混得高中文凭，只有家中经济允许的孩子才可以走上艺考的道路。他们没有什么上课学习可言，教室里永远是零零散散的人，老师常常被气到走人，于是嬉闹的学生就在教室里为所欲为。这是没有任何前景的生活，四面楚歌，慕禾早已知道。

班上的同学喜欢在慕禾的身上寻找乐趣。

他们喜欢用残忍的方式，在慕禾的身上实验，那些几近变态的手段令人发指。

认识方好茜之后，慕禾就不怎么再哭了。夜晚时分回到家中，看着年迈的外婆蹒跚着脚步行动，很多时候他都想问外婆关于父母的事情，可每当提及，外婆便泪流满面。

他不敢再向外婆询问家事，有时从别人的口中得知，父亲是在矿洞被炸死，母亲也就改嫁走了，这些事虽是道听途说，但是慕禾相信这便是事实。

他对外婆心存感激，也常常担心外婆会突然离去，她是他生活中唯一的依靠。

夜幕来临之时，外婆总是躺在藤椅上休憩，她面目安详，鼻息平稳，慕禾害怕外婆有一天会这样一睡不醒，于是他尽可能多地与她说话，他用善意的谎言为外婆讲述自己的校园生活,从来不曾谈及自己遭受的屈辱,讲着讲着,外婆睡着了,他就坐在外婆边上看月亮,他总觉得自己看月亮的时候,方好茜也在看月亮,这样他们就能够因为一个月亮联系在一起了。

慕禾喜欢在舞蹈室看方好茜练舞,那些日子,好茜已经不再去教室了,她整日留在空荡的舞蹈室里练习,光滑的木地板上倒映着婀娜的身影,她忘我地独舞,忘却身边的一切。

有时候她听见微弱的掌声,打破午间的宁静,她便知道慕禾来了。

她开始习惯慕禾的陪伴,在漫长的午间时光中,慕禾蹲在舞蹈室门旁,他皮肤白皙,阳光好像可以穿透他一样,好茜多次产生错觉,好像他是一个女孩,但是当慕禾一开口唤她,她便又清醒过来。

慕禾在操场上为好茜捡了几片银杏的叶子,它们看起来都很特别,波浪的边缘、柔和的扇形,慕禾把它们夹在好茜阅读的书本里。

有一天,几位学习美术的学生叫住他们,把手上的素描本递过来。

好茜从来不曾知道,原来自己的一举一动像锦绣一般美好,慕禾小声询问,可否将绘画赠送,那几个学生商量后答应了下来。

好茜并没有要收藏的意思,她说:"慕禾,既然你这么喜欢,你就好好收起来吧。"

慕禾将那幅画小心收藏,夹在语文书里,放到书包的最里层,随身携带。

慕禾喜欢好茜疲惫的时候，这样她便会停下来，拿出提包里的白色毛巾擦汗，然后坐在地板上，和慕禾聊上几句。

好茜告诉慕禾，她的初中是在浑浑噩噩中度过的，那时候她什么都不怕，甚至常常和那些讨厌她的女生在厕所里吵起来。

说到这里，她就会淡淡一笑，她说她只要将手臂上的文身露出来，就没有人敢动她了，但是没有人知道，那不过是她在街头买的贴纸，洗澡之后就没有了。

她曾戏谑地问："慕禾，你有喜欢的女生吗？"

慕禾微微一惊，摇头否认，好茜耸耸肩，两手撑在地板上："那你就没有办法体会，看见自己喜欢的人时那种甜甜的感觉了。"

慕禾知道每次听见好茜说起林尽杉，他的心中都会略微地发酸，但他不清楚自己对于好茜的情感到底应该如何定义。

慕禾好几次闻到好茜发间的清香，那是一种难以克制的诱惑，他想拉住好茜的手，却始终没有这份勇气。

那时，好茜说得最多的一句话便是："慕禾，等我舞蹈考试结束了，跟我一起去找林哥哥好吗？"

6

李清在睡梦中醒来,浑身的乏力与疼痛让她知道自己的时日不多,她用力睁开双眼想再好好地看看这个世界,但是除了雪白的天花板,别无他物。

刘舒康静静地坐在旁边,默默地看护着氧气罩下的李清,仿佛在弥补过去那段岁月里缺失的感情陪伴。一旦没课,他便会骑着摩托来到医院,为了让李清安心治疗,他承担了所有的医药费。

林尽杉会在放学回家后洗衣做饭,然后用家里那个破旧的保温桶将饭带到医院去。

林尽杉渐渐产生一种错觉,他从刘舒康的身上得到一种父亲式的关怀和温暖,于是三人的关系默默地维持着。

林尽杉每天都坐在母亲的身旁和她说话,有时候会拿来一本散文在她耳边朗读。

李清渐渐对自己的人生没有了遗憾,好像之前所有的缺失都失而复得,她一遍又一遍地摸着林尽杉的手,试图能够将剩余的温存传达到儿子的手中。她没有任何的怨恨和不甘,心中唯一放不下的只有林尽杉,她不知道他的未来会是什么样子,担心自己去世之后,林尽杉会孤苦伶仃受人欺辱。

林尽杉不在的时候,李清就对刘舒康说:"我知道我这辈子欠你太多,但是请你答应我,如果我不在了,帮我照顾好小杉,他不能再走他父亲的路，我知道只有你可以帮他。"

刘舒康点头，让她放心，安心养病。李清摇头，她自己知道，她现在很累，很想闭上眼睛好好睡一觉，但是她担心一旦睡着，就再也醒不来了。

长夜之中，她开始不断咳嗽，感觉喉咙上有一只无形的手死死地掐着。她的病情越来越严重，医生在点滴中多加了药物，冰冷的液体流进自己的身体中，常常麻木得无法动弹。

黑夜之中，她好像看见了光，她的泪水模糊了双眼，以前她母亲说，如果一个人快要去世了，他便会看见牵引他的光，那些逝去的人会向他招手。

李清知道，她已经快到尽头了。

林尽杉的父亲在一个月后回到家，他发现家里变得冷冷清清，人气稀薄。他打开房间，发现李清的床上已经落了一层淡淡的灰，摆设与饰物都好像古董一样陈列着。

林尽杉用钥匙打开门，看见父亲的身影便呆住了，长时间堆积在内心中的话却不知道如何开口，他放下肩上的书包，拉住父亲："爸，妈生病了，你都去哪里了？"

林勇看见儿子眼角的热泪，意识到事情并不简单："病……有病吃药，紧张什么。"

林尽杉拉着父亲往外走："妈妈住院一个月了，她病得很严重，你现在跟我去医院……"

父亲走着走着，突然甩开林尽杉的手："我……我不去，我没钱帮她付医药费……"

林尽杉狠狠地看着父亲，他原本以为这个男人会念及夫妻之情，但是他错了，错得彻彻底底。

"爸！你难道要看着妈妈死在病床上吗，你还是一个丈夫，还是一个父亲吗？我为你感到羞耻！"林尽杉刚说完，父亲就掴了他一耳光："你他妈造反啊，儿子教训起老子来了，死个屁啊，她那点小病在床上要死要活，想骗我给她钱啊，老子没有，她哪有那么容易死啊。"

可是当巴掌落在儿子脸上时，他又有些心痛和后悔了，林尽杉扭过头，父亲带着试探的语气问道："真的很严重？"

林尽杉点点头，父亲深吸了一口气："走吧，走吧，这女人烦死了。"

林尽杉与父亲到达医院的时候，刘舒康还站在李清的床边，他为口渴的李清倒了一杯温水，扶着她坐起来喝。林勇打开房门的时候，正好看到这一幕，他被眼前的暧昧场面震惊，勃然大怒地打翻那杯水，把刘舒康推到墙上，狠狠地给了他肚子一拳。

林尽杉看见他的太阳穴青筋凸起，嘴里还叫嚷着："不要脸的东西，敢来勾引我女人！"

母亲激动地哭起来："小……小杉，快……快去帮我拉住你爸，他这样会打死人的。"

刘舒康没有丝毫还手的意思,他抱着头蹲在墙角,直到一群医生来将发狂的父亲拉开。

林尽杉抱着父亲:"爸,刘老师和妈没什么,你不要这样……"

父亲双眼发红:"好啊,你也帮起外人来了,他们的事我比谁都清楚!"

他一脚踢在林尽杉的身上,然后大吼:"刘舒康,你给老子滚出去,滚啊!"

母亲剧烈地喘着气,她试图去阻止这场纠纷,但视线越来越模糊,她伸着手,努力地挣扎着,但是,她知道,她再也没有办法支撑下去了。最后连同输液瓶一起滚翻在地。

这一刻,她选择安静地闭上眼睛,远离这世俗无法避免的喧嚣,她用最后的力气说了一句话。

"小杉……要努力活下去。"

病房开始杂乱起来,在母亲倒下的几秒后,所有人都反应过来,林尽杉号啕大哭,扑向母亲:"医生!医生!快来啊,快来救我妈!"

病床旁边的心电图已经变成了一条直线,那条绿色的线与李清一样,再也没有任何的动静。

恍惚的时候,李清感觉自己又回到了那条两旁都是梧桐树的古城,家乡的梧桐又发新芽了,人们熙熙攘攘地路过,到处都是叫卖声、欢笑声、打闹声，那些已然逝去又无法返回的时光再次汹涌而来，她还是那个穿着红色外衣梳着麻花辫的少女。

她笑了，笑得很甜，然后，与世长辞。

2003年，"非典"在中国迅速蔓延，而林尽杉的母亲也在这一年夏初去世了。

那时距离高考还有两个月。然而这一切只是狼烟滚滚的人生中最简单的序幕。

第七章

> 岁月并没有中断,沉船正生火待发,重新点燃了红珊瑚的火焰。当浪峰耸起,死者的眼睛闪烁不定,从海洋深处浮现。
>
> ——北岛《船票》

1

这么多年了,我一直很害怕收到林尽杉寄来的书信,我总觉得他像是躲在角落窥视我的生活,又好像总是在提醒我曾经犯下的过错。每过一段时间,我总是接到收发室打来的电话,让我去清空我的邮箱,不出意外,一定有一封林尽杉的信在里面。

离开家乡之后,我已经很久没有再回去过了,说实话,每次看见林尽杉的字,我都感觉浑身战栗。

明明已经进入了五月,我所在的城市却进入了接连不断的雨季,这奇怪的天气让我有些烦心。

我突然想起我是从什么时候开始嫉妒他的。

那时我们还在上幼儿园,每天黄昏等待着父母来领我们回家。

林尽杉常常陪我坐在小板凳上一起聊天，看着身边的孩子一个个被家长领走，我们就像被遗弃的两枚棋子，于是我开始哇哇大哭，林尽杉就抱着我拍我的肩膀，像一个兄长一样安慰我，说大不了我们两个人结伴回家。

我擦着眼泪鼻涕看着他，他的眼神让我感觉到世间最亲切的温暖，但是那时候我常常质疑，为什么林尽杉可以从容不迫地像个大孩子一样。

林尽杉的母亲因为要照顾生意常常很晚才能过来，而我妈要等到最后一个学生的单词写完后才来接我。我们就像相依为命的可怜兄弟，好在我妈比李阿姨来得早，所以等到我也离开了，林尽杉还在板凳上面坐着，他微笑着和我道别。

这时候幼儿园的老师会安慰他说，别着急，妈妈很快就来了，他只是点头，一副毫不紧张的样子。我就是那个时候开始嫉妒他的，这种嫉妒或许也是钦羡和厌恶，这两种感情交织在一起酿出了一味苦药。

后来有一次，李阿姨比母亲早一步过来，我知道这次自己是最后一个了，眼泪哗哗地流下来，林尽杉就对李阿姨说："妈妈，我想陪涵宇再等等，他一个人挺孤单的。"

那时候林尽杉的声音很细很轻，但每一个字符都落在我的心里，我的心又软了，因为在我最孤单的时候，他永远陪着我。

再后来，母亲与李阿姨商量好，若是谁先来，就接两个孩子一起走。每当我和林尽杉一起坐在小板凳上等待时，我不像从前那样着急了，因为我知道自己不是孤单一人。

159

升上三年级的时候，老师在语文课上要求写一篇题为《我的父亲》的作文，我扭过头去便看到林尽杉难看的脸色，我不知道他应该如何编造一个完美的父亲形象，谁知他洋洋洒洒地写完了作文，全班鸦雀无声地看他把文稿交到了讲台上。

老师先是高兴地笑了，待林尽杉回到座位后开始批改，我注意到老师在翻开作文阅读的那一刻脸色大变，她瞪了林尽杉一眼，没有说什么，继续读下去。

下课的时候，老师把林尽杉叫到了办公室。

下午的语文课上，老师在发作文本前说："这次作文中，有一篇很独特的文章，我想读给大家听听，这样的文笔对一名三年级的学生而言已经是相当成熟了，这是唯一一篇我没有写评语的文章，因为我不知道从何下笔。为了保护这位同学的隐私，我决定不公开作者。"

林尽杉目不转睛地望着老师，老师开始念："我的母亲……"

这篇文章讲述了一位母亲的伟大与无私，台下的同学从一开始就议论纷纷，终于有一个人忍不住叫了起来："老师，题目不是写父亲吗，他明明写偏题了啊……"

老师没有理会，继续念，念到后来很多人都感动得哭了，最后老师顿了顿，念出了最后一句："然而，我只有一个小小的愿望，如果我的父亲能够有我母亲的十分之一好，那该多好啊。"

这时，整个教室寂静无声，所有的人都停止了手中的动作，刚才大声表达疑惑的同学第一个鼓掌,接着所有人都拍起手来,老师说:"这样的手法很特别,欲抑先扬,所以我给了他满分。"

大家又开始讨论这篇文章到底是谁写的,然而只有我知道,是林尽杉。

那是我幼年时第二次嫉妒他,在掌声中隐隐滋长着,他为什么会有这样的思路和想法。我在那些赞扬的掌声中无所适从,一次又一次问着自己的内心,然而没有谁能将答案告诉我。

2

林尽杉的母亲死于五月的第一个星期三。她的葬礼在极其简单的形式中完成,林勇没有多余的钱,而且他不肯接受刘舒康的任何施舍,他将刘舒康骂走后,与林尽杉两人用担架抬走了李清的尸体。

林尽杉一边哭一边默默地看着自己的父亲,这个一度将苦痛与伤痕带给母子二人的男人,长年的颓废已经让他失去了年轻时的光泽,被酒精过度浸泡的身躯已有些佝偻。

而担架上,林尽杉母亲嘴角带着安详的笑容,好像走得并不难过。

父子俩缄默地行走,将母亲的遗体抬回了家中。

按照当地的规矩,需要停留一天,让所有亲戚朋友前来悼念,但是,他们已经没有任何亲戚朋友了。

那天晚上，父亲在阳台上抽着劣质香烟，一支接一支，仿佛是在抽着回忆，将回忆都变成云烟。

林尽杉坐在母亲身边，用梳子帮她梳头，然后拿出柜子里母亲极少用的化妆品帮她涂抹，黑夜之中，林尽杉忘却了死亡的恐惧，像是用心回报着母亲对自己多年来的抚育之恩。他自然知道为母亲办一场风光的葬礼是奢望，但是依旧要为母亲找到一处安稳的居所。

他翻出了抽屉里的存折，那是母亲临终前交给他的学费，他把存折递到父亲的手中："爸，从这里面取点钱给妈买一个好点的坟墓。"

父亲沉默地看着那本红色的存折，想起月初还在跟妻子为了钱争执，他没有理会林尽杉，而是掐灭了烟头走进房间，打开灯，看着已经失去气息的妻子。

"你给我醒过来！"他凶神恶煞地骂着，"你这么早死去哪里啊，你给老子醒过来啊！"

他用力踹着床沿，然后大叫："你给我滚起来，去找你的刘舒康啊，你他妈睡什么啊！"

林尽杉终于忍不住拉住父亲的手："爸！你别这样，妈已经去世了……"

父亲才终于停了下来，他呆滞地看着这一切，眼神空洞。林尽杉第一次看见父亲号啕大哭："我他妈不是男人，我对不起你们……"

他一边说一边扇自己耳光，林尽杉难过地抱着父亲："爸……你别这样，我和妈妈从来没有怪过你啊。"

那一夜，一个男人和一个少年放声恸哭，林尽杉怯生生地摸着父亲的头发，他不知道原来父亲的银丝已经有这么多了。

末了，林勇说："小杉，你去睡吧，我来守着你妈。"林尽杉点点头，缓慢地走回房间。

林勇傻笑着看着李清的遗容，这张饱经风霜的脸承受了几十年来的辛酸艰难，他想起在古城第一次见到李清的样子，清秀而又淡定，浑身上下透着一股大家闺秀的气质。

他那么爱她，虽然在酒精作用下一次次施暴，那其实是他在逃避生活，因为自己的无用他从未给这个家带来过什么，他害怕失去暴力，因为这样他便会永远地失去这个家。这样病态的思想在他的心里长年滋生，混杂着酒精与烟草的作用，让他越来越失去自我，但是他从没想过有一天她就这样离开了。

他抽完口袋里最后一支烟，缓缓走到林尽杉的房间门口。他不知道儿子是否睡着，他对这个身高已经超过自己的少年，心存愧疚。

过了很久，他才走回房间，打开梳妆台下的抽屉——那里是李清存放药品的地方，拿出了大大小小的瓶子。这是他思量之后的决定，他缓慢地旋开药瓶的盖子，仿佛在犹豫自己的决定，突然他停下手上的动作，仿佛意识到了什么。

翌日，散漫的阳光落在写字台上，拉长了影子的比例。林尽杉睁开双眼，感觉又回到往常的日子，一切似乎从未改变，他甚至在期待母亲的呼唤。

他怀疑昨天夜晚是自己做了一个世纪末日的噩梦，但是当他感受到眼睛的肿痛和屋内的寂静无声时，他知道之前的事情并不是幻觉。

他穿上鞋子，轻轻推开母亲房间的大门，发现父亲纹丝不动地趴在母亲身上，他顿时感觉到内心无比恐慌。

林尽杉推了推父亲，直到将他翻过身来，才看见父亲乌黑的嘴唇以及苍白的面容。强大的无助感像洪水一般袭来，林尽杉惊恐地坐到地上，这才注意到散落四处的药瓶，他终于哭出声来。

小杉：

　　我没有脸面再留在这个世界上，即使我活着也不能给你带来什么，反而会让你备感耻辱与痛苦。我是一个失败的父亲。选择死亡是我再三考虑做出的决定，我罪孽深重，只有出此下策。你妈留给你的那笔钱，是给你大学的学费，希望你能够成才，以后的人生是你自己的，务必好好把握。

林勇

3

我已经很久没有见到林尽杉了。

在我用江超教我的作弊方法应付完最后一门英语模拟考试后，我在教室门口遇见了他。

五月初夏，闷热携着蝉鸣提前到来，他依旧穿着那件白色的衬衣，挎着草绿色的书包，落魄地走着，额头的长发仿佛很久没有修剪，已经遮住了眼睛。

我忍不住叫住了他："林尽杉……"

他停下脚步抬头看到了我："涵宇……"

那两个字从他喉咙里发出来的时候，像是哽噎一般。他带着哭腔为我讲述之前的事情，他的话语断断续续，而我明显听出他省去了不少的内容，我没有打断他。

当我知道他母亲的心脏病突发是因为那夜的抢劫时，我的心跳漏了一拍："那……抓到那个抢包的人了吗？"

林尽杉摇摇头，我心中的压迫感稍有舒缓。

"那是我妈省下来的钱，几乎所有的家当都在里面，你知道在我们家里，两千块是什么概念。"

我不敢直视他的双眼，在我心中隐藏着的真相像厚重的枷锁勒紧我的血管。

林尽杉望着沉闷的铅云，突然对我说："涵宇，再陪我去一次小学后山好吗？"

我立刻点头答应，仿佛这是我唯一能够赎罪的行为。

我们坐在后山的山头，长枝茎的植物随风摇曳，荒草无情地蔓延生长，或许是太久没有来过，我和林尽杉曾经视为天堂的所在已变得荒芜不堪。

林尽杉长时间的沉默让我不知所措，我宁可他长吁短叹地向我诉苦，或者抱着我痛哭一场，但是他没有，他只是安静地望着薄如蝉翼的流云。

我打破压抑的气氛开了口："尽杉，不要去想那些事情了，都已经过去了。倒是以后，你有什么打算？"

林尽杉仰着头，深呼一口气："不知道，我好像突然失去了方向，看不清路在哪里。"

我转过身撑着林尽杉的肩膀："尽杉，现在不是你迷茫的时候，你要清楚现在的状况，因为'非典'的缘故，高考提前让所有人都举手无措，这是机会，你不要忘记你当初的梦想，是能够走出这个小城，去一个大都市。"

林尽杉无神地看着我："可是，你要记得我曾经是为了我妈，现在呢，已经没有任何可以让我前进的动力了！"

不知道为何，我扇了林尽杉一耳光，其实，我多么希望林尽杉能够打我、骂我，若是我能够当场阻止那次抢劫，事情就不会变成现在的样子。

"林尽杉,难道你要你妈在黄泉之下还为你操心吗?"

林尽杉终于湿了眼眶,我一把抱住了他。

我轻轻地拍着他的肩膀,我一直以为林尽杉是不会哭的,从小到大,他没有一次因为艰难而落泪,但是这次,好像支撑着他的所有柱子都土崩瓦解、坍塌流逝。

林尽杉说,他看着父母的遗体一起被送进火炉的时候,他好像看见他们的魂魄飞上了天空,他不知道有没有天国这样的地方,但是他知道他的父母一定都会到一个安乐的世界。

我不知道失去双亲的痛苦是何等的沉重,但是我记得在语文课上学过一个词语叫"如丧考妣",当时老师为了解释,讲述了他失去母亲的感受,他说那个从小对着你笑,陪你长大,一起居住的人在某一天就不见了,你再也找不到她,于是你看着照片会哭泣,那种痛,就像拿着刺刀在你心脏旋转一样。

末了,琥珀色的暮光落在我们肩上,我说:"尽杉,你不是还有我吗?"

那天,我再一次坐在林尽杉自行车的后座上,好像回到初中时候,然而物是人非,心情已不像曾经那样潇洒酣畅。看着林尽杉肩胛骨凸起的后背,我的心中难过得一塌糊涂。几次想把真相告诉他,但是,话到嘴边又咽了下去。

我害怕他知道真相，我害怕他了解那个胆怯而丑陋的我，更害怕他看到这兄弟般的情谊之下竟是黑暗源泉中的污泥。

林尽杉在路口停车，然后我与他告别，转身的时候，我注意到他家门边有模糊的人影，但我没有在意。

4

林尽杉拿出钥匙准备开门，身后有声音唤住他："小杉……"

他皱了皱眉头转过身，看见黑暗之中的刘舒康。或许是称呼的突然转变让林尽杉感到无所适从，他稍稍后退了一步："刘老师……"

不知什么时候，林尽杉对于刘舒康的感情突然发生了巨大的转变，那个让人尊重的师长却是自己母亲的初恋情人，每当林尽杉想到这样两个身份重叠在一起，就觉得压抑得透不过气来，可是，他从不讨厌刘舒康，这个儒雅的男子能够在课堂上巧妙地将动量定理讲得绘声绘色，他浑身上下透露出的气质说明他绝不是道貌岸然的伪君子。

但是林尽杉已经很难像以前那样面对他了，他拿出柜子里放置已久的茶叶，到厨房烧水。

刘舒康安静地坐在沙发上，林尽杉对着茶壶发呆，两人都仿佛酝酿着这场对话应该如何开场。

几分钟后，沸腾的茶壶唤醒了沉思的林尽杉，他将热水冲入茶杯，看着茶叶上下漂浮。

"刘老师,请喝茶……"

他将茶杯递到刘舒康的手上,注意到茶杯的边缘因为曾被父亲摔过而留下的缺口。

刘舒康接过茶杯,并没有立刻喝,他说:"小杉,我想和你商量件事。"

林尽杉抿了抿嘴,然后说:"刘老师请说吧。"

刘舒康双手在茶杯上摩挲:"你母亲生前叫我好好照顾你,我想带你去我家,剩下的日子就让我……"

林尽杉突然站起身来:"不,刘老师,谢谢你的好意,这件事我想我不能答应你,我们非亲非故,我没有理由接受你的恩惠,你对母亲的感情亏欠不能还在我的身上,还是请你收回刚才的话吧。"

刘舒康看着这个少年,瘦得让人心疼,他能猜想到林尽杉与李清过着如何捉襟见肘的生活:"但是……"

林尽杉摇头:"刘老师,不要逼我好吗?"

刘舒康深深地叹了一口气,放下手中的杯子:"很快就要高考了,若你无法摆脱现在的精神困扰,我担心你不能正常发挥。我不希望你辜负你母亲的希望。"

林尽杉不再说话，其实他深知刘舒康的好意，也明白自己在这个家里只会触景伤情，无法专心，可他无法轻易接受别人的恩惠。

刘舒康慢慢喝完了那杯茶，起身："既然你执意拒绝，我也无话可说，如果你有什么需要我帮忙，随时可以找我。"

刘舒康离开后，林尽杉用手捂住了脸。这些日子，他开始频繁做梦，他梦见母亲与自己相处的日子，梦见曾经那些美好却稍纵即逝的日子，愈是想念，愈是热泪盈眶。

他已经无法安心学习，最后冲刺复习的这段时间更是濒临崩溃的边缘，他开始怀念童年时的蒿草与野花，还有那座埋藏秘密与痛苦的后山。教室里倒计时的数字越来越少，他第一次感觉到面对考试的恐慌。

此刻的他，即使想到那个残暴而凶狠的父亲都会觉得亲切，只要身边还有一个人陪伴，或许自己就不会是现在这个样子。

深夜，他打开了房门，头脑中突然有一个疯狂的想法瞬间爆发。

他沿着空阔的大道行走，后来他开始奔跑，他用尽所有的力气狂奔，好像一只倦怠已久又突然醒来的小兽。几次险些被车撞到，在司机的辱骂声中继续奔跑。

汗水在他身上无尽地流淌，他想起金城武在《重庆森林》里这样说过：每个人都有失恋的时候，而每一次我失恋呢，我就会去跑步，因为跑步可以将身体里面的水分蒸发掉，让我不那么容易流泪。现在林尽杉想用同样的方法来麻痹自己的泪腺。

那场深夜的狂奔结束在开满月季的小区边,他注意到那层楼房的灯光还没有熄灭,刘舒康正穿着白色的背心趴在阳台上抽烟。

林尽杉踟蹰着来回践踏着花坛边的草地,不时地望一眼那个透着温暖光线的房间。他缓步走上楼去,正想敲门,刘舒康正巧打开房门,手里拎着一袋垃圾,俩人四目相对。

林尽杉只觉头脑一片混沌,长途奔跑让他消耗掉了所有的能量,他面色苍白,倒在刘舒康的面前,他还是不想自己表现得如此狼狈,伸手扶着墙。他的衬衣像刚刚浸湿的毛巾,一用力便可挤出水来。

刘舒康惊吓得抱住林尽杉,林尽杉此刻已哭不出来了,而这种心酸和伤楚是眼泪也无法表达的。他想叫一声刘舒康,但是难受得连话都说不出来,他想让刘舒康知道,他愿意住过来,他想好好努力考上大学,他不愿意独自承受着那间小屋黑暗的孤独。

他们心照不宣,从那日起,林尽杉就搬进了刘舒康的家中,刘舒康帮他办理了旧房变卖的手续,将出售后的钱存进了他的存折里。

5

曲曲折折的梦境里,我看见一只展翅欲飞的青鸟,那庞然大物的背脊上是林尽杉弱小的身影,灰蓝色的苍穹下,它好似要带着他离开。我想拉住青鸟的翅膀,但是林尽杉却笑着推开了我,他背着一个黑色的大包,好像过去好茜在大雪之中背上的那个。天空好像落雪了,雪花纷繁地降落,他用双手捧住一片,放在我的手上,他说:"涵宇,我要走了,珍重。"

我从睡梦中惊醒，浑身颤抖，想起林尽杉离别时的眼神，我不禁哭了起来。想起下午自习课上，班长在黑板上写下的话——毕业了，你会留恋什么？他想每个人上台发言，但是大家都急于完成手中的作业，无暇顾及。

后来班长以身作则，长篇大论地发表着自己的感慨，我原本是毫无感觉的，直到他说："在过去的时间里，你会犯过错，甚至伤害过你最亲爱的朋友，但是我们就要分开了，你会因为那份小小的内疚而留恋吗？"

我突然像被钢钻钻进了心窝，我想起林尽杉如井深邃的眼睛，以及他与母亲相依为命的日子，我埋着头，泪水哗哗地流了出来。我开始质问自己，对于林尽杉的感情究竟归属于什么，是否应该将真相毫不保留地告诉他。

下课之后，我快速收好书包，想在第一时间找到他，但就在我冲出教室的刹那，江超在走廊的尽头叫住了我。

他像往常一样叼着烟，单手插在裤袋里，走过来搭住我的肩膀。我侧头看到他十字架形的耳针，不寒而栗。

江超随手将烟灰弹在附近的花坛里，用低沉的声音说："涵宇，和我去一个地方。"

江超将我带到废工厂的仓库边，这是上个世纪留下的纺织厂，锈迹斑斑的铁门上有乱七八糟的涂鸦。我有了不好的预感，忐忑不安地看着江超推开那扇铁门。

废旧的大厅散发着腐朽的气息，墙壁上掉落的石灰撒落满地，几个小弟把一个蒙着眼睛的少年拉出来扔在地上，那少年的双手被麻绳捆绑在身后，他不停地挣扎着。

我不知道怎么做："他……他犯了什么错？"

"他也没犯什么大错，只是将我们的一些秘密告诉了别人。"

江超歪着头上下打量我，目光就像一把剑架在我的脖子上，如果我再不行动，他就会毫不留情地割下去。

我脱下鞋子，缓缓走到少年的面前，江超在后面喊了一声："记着，他是个叛徒！"

我麻木地在他们的欢呼声中变成另一个自己，像在报复我仇恨的背叛者。江超放肆的笑声回荡在空旷的仓库里，而那个少年却倔强得没有发出一丝声音。

我看着他狼狈地伏在地上，我的罪孽再一次加重了。

接下来的几天，我一看到林尽杉便会想起那个仓库少年的下场，感觉江超随时会出现在我的面前，他似乎监视着我的一切。我尝试去林尽杉的家里找他，但来开门的竟是一个我不认识的阿姨。

"请问，林尽杉在吗？"

我一度设想这是他的远方亲戚，她会告诉我林尽杉正在屋里做作业，或者去了图书馆。

但是，她只是摇头，随后出来一个与她年龄相近的男子，他吼着叫我离开，然后关上了门。

林尽杉消失在了这所他从小长大的屋子里。

不知为何，我开始有些担心他，总感觉他在这个屋子里，这里是他的家，他无论如何也不应该离弃。

最让我在意的是，为什么他搬走了也没有告诉我，他真的有把我当朋友吗？我不禁自嘲地呵呵一笑。

果然，他早就没有把我当成朋友了。

屋前的空地上，再看不到我送林尽杉的那辆自行车，他去了哪里，我无从得知。

我开始悄悄跟踪林尽杉，背着书包轻声走在他的后面。

在他跨上自行车后，我打车跟在他的后面，我知道这是一条通往蔷薇小区的道路，而那里住着谁，我自然清楚。他果然停在蔷薇小区的门口，熟练地将车停靠在一边，然后上锁，接着走向刘舒康居住的那栋楼。

这一切让我想起了巷子里的那一夜，林尽杉的母亲与刘舒康暧昧地行走着，我总觉得他们之间绝非寻常的关系。

我希望林尽杉回头看见我，然后指责我跟踪，大骂我一场，或者揍我一顿，但是林尽杉仿佛对于周围的一切都漠不关心，以至于我离他那么近，他都没有发觉。

第二天下午的自习课上，我听见身边的两个女生叨念着杂志上的文章，突然有一个女生说："你知道吗？你很喜欢的那个三森其实是我们身边的人。"

另一个女生立刻露出惊讶的表情："不会吧，是谁啊？这么有才的人。"

那个女生稍稍压低声音，好像只有她一个人知道这个秘密一般："就是那个林尽杉啊，成绩特别好、人也很帅的那个。"

所有的话一并灌入我的耳中，我厌恶这些推崇的话语，心中不断念叨着，林尽杉凭什么就那么值得你们喜欢，你们知不知道他的身世，他说不定是刘舒康的私生子。

这些毒液一般的字句在我心中来回闪现，那一刻，我心怀不轨地抬头对那两个女生说道："嘿，陆菲菲，你不是说有几个物理题弄不懂吗？要不要放学后一起去刘老师家，单独向他请教一下啊？"

最后这几天，所有人都抓紧时间对付那些平日没有弄清楚的题目，旁边的胡娟立刻说："你要去吗？那我跟你们一起去好了，我也有些题要问。"

我笑着看他们，那笑容背后好像隐藏着一把淬毒的刀子，我讨厌这样的自己，但是我依旧做了这样的事情。

江超当初说得很对，我嫉妒林尽杉，那种嫉妒已经融入我的血液，我好像忘记了前不久和林尽杉坐在山头说的话，我说："尽杉，你不是还有我吗？"

但那又怎样呢，别人根本没把我当成朋友，不是吗？

6

放学后，一群人哼着小调，双手插兜，彼此交谈着走在前往刘舒康家的马路上。唯独我心中充斥着与此和谐气氛相悖的抵触情绪。我想起晚上做的梦，林尽杉乘坐在青鸟的背上，他好像就要走了，面带笑容。

与此同时，我的内心在激烈地交战，我无法快速地挪动步子，甚至希望在半途逃跑。我这是在做什么呢，非要把与我情同兄弟的某人置于死地，但是，我知道已经没有退路，此时离刘舒康家还有不到五分钟的距离，即使我提议离开，也不会有其他人愿意和我一起走。

我好像一个自杀的绝望者，在自己的身后点燃了炸弹，却已经没有力气逃开。在踏上楼梯的时候，我仿佛闻到了一股烧焦的煳味，听到引线呲呲的响声，当门打开的瞬间，我知道自己已经被炸得粉身碎骨了。

林尽杉没有预料到门口站着一大群人，他诧异地看着人群之中的我，像一个犯错的孩子，绯红了脸颊，直到一个男生迟疑地问："林尽杉同学也来这里问问题吗?"

这时刘舒康正围着围裙从厨房端出一盘菜来,看着门口簇拥的学生,热情地说:"都进来吧,站在门口干吗?"

我一直没有开口,我知道林尽杉一直回避着我的眼神,其实感觉羞耻的人应该是我。我的脸从头红到尾。

刘舒康放好菜,从鞋柜拿出拖鞋来,大家相互看着,还是决定进去。

刘舒康指着桌上的菜:"大家都没吃饭吧,不好意思,不知道你们要来,只有将就吃点。"

大家好像都忘记了来的目的是问问题,或许是因为正值晚饭时间,大家饥肠辘辘,看见美味佳肴更是无法控制。当所有人入座后,我明显感觉到了尴尬的气氛,林尽杉低头吃饭,刘舒康却主动帮他夹菜,没有丝毫要避讳的意思。

刘舒康看看我,也顺手帮我夹了菜:"对了,大家来干吗呢?"

陆菲菲见没有人愿意开口,便说:"噢,我们和林尽杉一样来问问题的。"

刘舒康一下笑了:"小杉不是来问问题的,他住在我这里。"饭桌上的人面面相觑,而林尽杉一推饭碗站了起来:"我吃完了,你们慢慢吃。"

他的脸色变得很难看,大家也不愿意再留下来问问题了,好像彼此心中都发现了比物理题目更重要的一些东西。

　　临走前，林尽杉站在房间门口和大家挥手，他看着我，眼神胆怯而陌生，他说："涵宇，再见。"这句话多么耳熟，就像梦中他的声音一样轻。

　　如我最初所料，流言像洪水猛兽一样迅速传开，三人成虎。林尽杉与刘舒康的关系被同学反复猜测，原本只是小范围地在我们班传播，后来也传到了林尽杉的班级。

　　离高考只剩下最后一个星期，老师们只是负责到教室答疑，但凡刘舒康的课，班上的同学就开始躁动不安。

　　大家胡乱猜测，最普通的说法是林尽杉只是寄宿在刘舒康家中，刘舒康爱徒心切，要专心培养他；最离谱的说法是林尽杉与刘舒康关系暧昧，忘年相伴。

　　到后来，流言变本加厉，甚至传到了校长耳里。我知道事情已经向我无法预计的方向发展，此时距离高考只剩下最后三天，老师宣布大家可以回家复习，不用来学校了。

　　放学的时候，林尽杉叫住了我，他神色恍惚，胡茬多日未修剪。看着他，我的脸突然变得僵硬，感觉自己与他交谈上几句就会窒息，但是他只是说："涵宇，高考加油。"

　　这句话说出来的时候，他是笑着的，但是当他转身离开，用背影对着我的时候，我却忍不住哭了。

林尽杉不是没有听到那些流言蜚语，伏案做题的时候，他常常感觉到身边的人在指指点点。他当然知道是因何事而起，而越是这个时候，林尽杉越是显得沉默，好像四周的喧嚣都充耳不闻。

他开始想念父母，哪怕刘舒康对他无微不至地照顾，每天晚上变着花样给他做夜宵，有时会煮上一碗炸酱面，有时候是热气腾腾的牛奶。这看似温暖的糖衣给不了他任何甜蜜的感觉，每当刘舒康问他各科的遗漏，他都摇头不语，刘舒康也不强求，但他深深感觉到林尽杉内心深处自筑的屏障。

高考在即，刘舒康更是不敢轻易扰乱林尽杉的情绪，只是默默地照顾着这个少年。林尽杉开始失眠，每当灯火熄灭躺在床上时，他都无法正常入睡，闭上双眼，脑海中便出现父亲打骂母亲、母亲临终挣扎的画面，耳边回响起周围人的窃窃私语，这些支离破碎的幻象，疯狂地啃噬着他的大脑和神经。

他背着刘舒康到药店买了安眠药，若不靠药物控制，他担心自己无法撑到高考那一天，但在服用大量药物后，他明显感觉到大脑开始出现短暂的麻痹现象，有时看见熟悉的题目却想不出解答方法，脾气也变得暴躁。

夜深人静的时候，他会自言自语，念着涵宇、涵宇……那时候他知道自己浑身都在抽搐，但第二天还要装着没事人似的去上学。

就在快要离校的前一天，一个女生拿着题目走到林尽杉的面前，林尽杉感觉到头脑一阵疼痛，一时语塞而无法说话，他对女生摆手，女生却嘟起嘴来："你有什么了不起啊，不就是刘老师的私生子嘛，不讲就不讲！"

所有人都把目光投向了林尽杉，对于误会他也没有时间解释，按着太阳穴，深呼吸。

林尽杉知道自己已成为众人的笑柄，晚上回家的路上，看见一位母亲牵着孩子，孩子大声唱着"没妈的孩子像根草"，林尽杉淡淡一笑，骑着骑着，居然觉得一阵眩晕，从自行车上直接摔了下去。那个唱歌的小孩原本想上去帮忙，孩子的母亲却拉着他直接走开了。

高考的前一天，刘舒康让他好好休息，不要背太多包袱，高考与平时考试没有太大差异，关键还在于平常的积累和努力。末了，他对林尽杉投以自信的微笑，他说："小杉，我相信你行的。"

林尽杉躺下后，发现浑身滚烫，神志模糊，他咬紧牙关，强迫自己入睡，抽屉里的药瓶已经空了。那一夜，他还是没有睡着，索性起身将语文字词背了一遍。漫漫长夜，他看着窗外漆黑一片的天空，想起从家里带来的本子，那个记录着他有感而发的文字，它们像流泻的水银，掷地有声。

他读着自己过去的那些文字，越读越伤感。天边终于露出了鱼肚白，他知道这一天终于到来了。寒窗十年只为这一日，高考是兵荒马乱的终结之时。

六月伊始，天空如蓝色的裙摆，苍翠的田野散发出浓烈的香气，让人心旷神怡。林尽杉骑着自行车顺着郊区的碎石小路，到达学校。考生已经聚集在广场前查看自己的教室，林尽杉也按照安排到达指定的考场。

教室外面依旧绿树葱郁，蝉鸣阵阵，飞鸟与昆虫好像从未改变，太阳的光线磨去尖锐的棱角投射在教室里的考生身上，世界安静得好像静止一般，头顶的三叶风扇不停地旋转，有人轻轻抹去额头涔涔的汗水，笔尖刷刷的声响和着每个人的心跳。

已经过去半个小时，林尽杉发现自己没有做题的状态，六页的试卷才做了一页，他感觉到头痛欲裂。双手撑着脑袋，林尽杉陷入恐慌之中，然而愈是焦急万分，他的头痛越是明显，终于他在半途休克昏厥了。

林尽杉的眼前是白寥寥的光，他缓缓睁开眼睛，看着四周围着的陌生人，突然有人喊着："醒了，醒了……"

刘舒康端着热水走来，语气中有着深深的担忧："小杉，你吓死我了，刚才脸色苍白，昨晚没休息好吗？"

这时林尽杉才意识到自己在高考现场："语文考试结束了？"

林尽杉的语气中带着一丝绝望，他希望这仅仅是一场噩梦。然而所有人都缄默不语，刘舒康扶着林尽杉的肩膀："小杉，今年没有了，我们还可以等明年……"

林尽杉痛苦地捂着额头，欲哭无泪，他用力地捶了几下墙壁，对自己失望透顶。

林尽杉没有参加接下来的考试，他把自己锁在房间，不让任何人进去。

最后一门英语考试结束的时候，我深深地舒了一口气。刘舒康找到我，他面色沉重，说："涵宇，你能去劝劝小杉吗？我现在看着他那样子，真的不知道怎么对他母亲交代。"

我是那个时候才知道他没有参加高考，我开始疯狂地奔跑起来，一路上，头脑中闪现的都是最为黑暗的画面。

刘舒康喘着气跟在我的后面，他为我开门，我用力地敲打着林尽杉房间的门，然而里面死寂无声："尽杉！你开门啊，是我是我，尽杉……"

大概过了几分钟，林尽杉开了门，他的瞳孔中充满了血丝，他呆愣地看着我，消瘦的脸颊上还有未干的泪痕。

我们只是安静地对视着，突然，他缓缓地扬起嘴角，搭着我的肩膀："别担心我，没事的。"

我知道，这一切都是因我而起的："尽杉，我……"

我多么想把自己的罪行全都一一罗列，但是他用手挡住了我的嘴："什么都别说，让我一个人静一静好吗？"

林尽杉，如果你知道你的悲剧都是由我一手酿成的，你还会把我当兄弟吗？我多么希望你在这个时候狠狠地给我几拳，或者拿着水果刀一刀捅死我，我不想看到你依旧面带笑容地对我说，没事。

林尽杉没有等我再开口，就匆匆关上了门。

那一夜我不知道自己是怎么走回家的，打开家门，父亲正在沙发上看当天的报纸，母亲在厨房做饭，一切都那么平淡无奇，他们没有注意到我的神情与情绪发生了怎样的变化，只是按部就班地做着自己的事情。

吃饭的时候，我突然问父亲一个问题："爸，如果有一朋友背叛了你，你会原谅他吗？还是会一直恨他？"

父亲扬眉表示疑问，看了母亲一眼，他说："怎么突然问这个？"

我说："语文考试写作文的时候想到的，能告诉我吗？"

父亲放下筷子说："如果他也是身不由己，或许我会考虑，不过恨肯定会有的，毕竟曾经付出过感情，如果没有恨的话，就对不起那段付出了。"

入睡之前，我反复想着父亲的话，慢慢咀嚼着其中的含义，越发觉得父亲说的话很有道理。我下定决心要告诉林尽杉真相，哪怕他恨我、怨我、不再理我，但其实我心中还是奢望他会原谅我、理解我，然后不计前嫌地容纳我。

然而，我不知道，那一夜，林尽杉背着行李骑着自行车到达我家楼下，驻足仰望了很久很久，泪水在他的眼睑上闪动。初夏的夜晚，月色明亮而高远，他好像是在完成一个仪式，一个分别的仪式。

早晨，我从梦中醒来，父亲已经出门上班，而母亲也有事去了学校。在我走下楼梯准备去买早餐的时候，我看见了那辆自行车，那辆我几年前送给林尽杉的自行车，那辆穿梭在我们青葱岁月里的自行车，而现在，它孤孤单单地停在那里。

2003年6月，高考结束后的第二天，我的好兄弟林尽杉离开了这个城市。

第八章

　　蓓蕾一般默默地等待,夕阳一般遥遥地注目,也许藏有一个重洋,但流出来,只是两颗泪珠。

——舒婷《思念》

1

　　钟琪对我说:"小宇,我觉得你肯定有一段自己都无法忍受的过去。"

　　说这话的时候,她靠着窗,或者坐在椅子上跷二郎腿看窗外的夜景,有时她会点一支烟,让尼古丁慰藉深夜的伤感。她把长发盘在头上,穿一件丝绸的睡衣,戴着隐形眼镜的眼睛宛如黑猫的双眸。她趿一双拖鞋,在木质地板上来回走动,而我正躺在宽大的床上。

　　这是林尽杉离开后的第二年,我念大一。

　　2003年盛夏,我毫无意外地落榜,我感觉到我妈已经对我不再有信心,她开始迷恋炒股,仿佛把她的后半生都寄托在它身上。老爸总是默默叹气,抽越来越多的烟。

　　家里的一切都发生了巨大的变化,三个人像行尸走肉一般活着,没有了动力与激情。夜晚的时候,他们有意无意地争吵,为这个所谓的家增添几分声色，父亲本是软弱的人，最后退让的总是他。

我开始沉默寡言，夜里总是时不时做着噩梦，所有的负债与罪恶萦绕在我的身边，我仿佛看见林尽杉饥寒交迫地睡在大街上，衣衫褴褛地乞讨，有时又是他被人殴打，食不果腹地昏厥，他在我的梦里依旧那么瘦骨嶙峋，他伸出双手看着我，那充满了怨恨的眼神总是让我手心潮汗、半夜惊醒。我开始想念他，希望有一天他能突然出现在我家楼下，然后像以前一样叫我："涵宇，涵宇。"

刘舒康为了寻找林尽杉找遍了整个县城，他怀着歉意与不舍四处打听，后来他知道，林尽杉是真的走了，拿着当初他母亲留下的那笔钱，背着行囊乘火车离开。

短短一个月，刘舒康好像苍老了，他偶尔来家里串门，仿佛变了一个人，老妈问询，他也神情恍惚，连声说对不起李清，没有好好照顾好林尽杉，我妈便总是放下手中的碗筷安慰他。

林尽杉的离开成为了我与刘舒康心中难以愈合的伤疤，后来我听我妈说，刘舒康被校长调去教初中部了，因为他上课开始无缘无故地发脾气，讲课也不如曾经那样吸引人。甚至有学生举报他体罚学生。

某次刘舒康吃完饭后来到我房间，林尽杉的事让他消瘦了一圈，他说："涵宇，我想找你聊聊。"

那时高考分数刚下来不久，我妈正为此暴跳如雷，我说："我不太想说成绩的事情。"

刘舒康仿佛没有听见，依旧走了进来，他坐在我的床头，静静地看着我："涵宇，或许我现在说的话，你都听不进去，但是我还是得说。你妈妈为了你，放弃了多少东西，或许你都不知道，茗相高中过来找她谈了多少次，她为了你，一直没有过去。好几次你妈妈都到我们办公室来问你的情况，所有老师都帮你说好话，但是当她看到你每次考试成绩的时候，哭了多少次你知道吗？作为一个母亲，她从小给予你需要的，与林尽杉比起来，你不知道幸福多少。失败不要紧，关键是你能从摔倒的地方爬起来，小杉的离开让大家都很难过，所以你更是应该站起来，帮他把未完成的梦想完成……"

我站起身来，原本毫无意义的大道理，却因为最后那句话让我分外难过，我想起林尽杉的梦想，他想去南方的大学，去看小桥流水的诗意，去找一处安静的地方垂钓，这些我从来不曾忘记。刘舒康走的时候，不住地叹气，我从门缝望出去，看见母亲又哭了。

七月快要到头的时候，我来到江超他们经常聚集的仓库，寥寥几人懒散地坐在那里，大家相互一笑，表示问好。

我找到江超的时候，他正抱着一个女生。我没有敲门，而是站在门口等待，我听见屋子里木桌的声响。有人递给我一支烟，我摇手拒绝，我说："我站着等就好。"

这是我思考后的结果，不管结局如何，但我知道这事该做个了断了。

大概半个小时后，江超从屋子里出来。看见我时，他笑得很邪，问我来干什么，我说："我想清楚了，我决定去复读。"

江超耸耸肩，不屑地嘘了一声："我又不是你爸妈，这种事不用向我请示。"

我看了他一眼，接着说："我的意思是，我不想再过这样的生活了。"

虽然我说得很委婉，但是江超知道我的意思了，他瞥了我一眼，走过来揽着我的肩膀："你想清楚了，你要知道，今天你离开了，以后有什么麻烦，都不会再有兄弟帮你了。"

我点点头以示决心，江超深深呼了一口气："好吧，那祝你做回好人。"

这句话，他说得很重，眼神轻蔑，好似嘲笑。

走出仓库的时候，江超笑着和我挥手，然而我的心中却忐忑不安。沿着青色的围墙向外走，走到巷子尽头时，周围突然冒出几个人，果然我没那么容易离开。我知道，今天我在劫难逃。

我想起很多年前，我与林尽杉第一次遇到江超的时候，我们合伙弄断了他的腿，然而今天，林尽杉已经不在我的身边，我抬头的时候，有根棍子已经挥了下来。

在这条巷子里，我看不清天空到底是蓝色还是黑色，或是血红。我记得很多次我都看见林尽杉骑着自行车从这条巷子口经过，他总是孤孤单单一个人，那个空出来的后座看起来那么令人伤感，我有好几次想要叫住他，但是都无法叫出声。

现在,他们狠狠地打在我的身上,我仿佛听见骨头裂开的声响,但是我没有反抗,只是抱着头躺在地上。

当我拖着疼痛不堪的身体推开家门时,母亲被我脸上的伤吓坏了,她抱着我询问、尖叫,这是她极为少见的失态,而且她哭了,泪水落在我的伤口上,盐分让破裂的地方更加刺痛,我喘着气,抱住这个从小到大一直爱着我的亲人,我哽咽着说:"妈,我要去复读,让我去复读。"

2

我离开了远大,甚至没有勇气第二次踏入那扇校门,我想起过往的种种,不觉自责。母亲通过关系让我进入了茗相,在众多学校都单独开设复读班的情况下,茗相并没有随大流,何况想进入茗相并不是容易的事情。我被安插在其中一个尖子班,数学老师是母亲的大学同学。

坐在新的教室里,看着陌生的一切,我没有丝毫的恐慌,因为之前的三年我对班上的任何事都漠不关心,现在也一样。茗相作为重点高中,有着独特的教育方式,班上的同学大都少言寡语,各自为营。而恰是这样的氛围,让我可以沉湎其中,忘却一切。

茗相的学生都很本分,没有嚣张跋扈的人,也没有看见谁受到欺负,或许是他们太投入,没有更多的心思来想这些事情。

高三的紧张时光我已体验过,但当我坐在这里时,我发现了一种不同的人生,或许是因为有过濒临绝境的体验,所以可以让我置之死地而后生。班上有厉害的角色,可以在老师讲解难题之前说出所以然来,当然也有愚笨的人，反复询问老师也不得结果。我却像是一个看客，始终因为半路加入，而无法走得太近。

我选择了隔离式的寄宿生活，我想只有真正远离那些能引起我回忆的事物，我才可以安心学下去。刘舒康说，你应该帮小杉完成他的梦想。或许这只是为了让良心好过的借口，但是我时常想起林尽杉，在自习课上陷入题海时，我可以想象到林尽杉当初用心奋斗的艰难，我对自己说，一年时间，你不会比其他人差。

平静的生活并没有持续多久，好茜在立秋后不久找到了我，她穿着百褶裙站在梧桐落叶的院子里，她的第一句话便是："哥，你知道林哥哥去哪里了吗？"

许久不见她，她已出落成亭亭玉立的女孩，纤细而匀称的肢体让人痴迷，那种内敛的张力是练舞之后的特性。我摇头，我确实不知道林尽杉去了哪里。

好茜已不是当初那个背着背包跑来表白的小女孩，她看着我说："他怎么说走就走了呢？我等了这么久，一直想以一个崭新的自己来见他，结果他呢？怎么能说不见就不见了？他不知道我有多喜欢他吗？"

当她说完这些话的时候，我才知道，虽然她成熟了，但是内心依旧是一个女孩，她喜欢他，像是一句刻骨铭心的誓言，当一个女孩懂得付出或者改变，她便是真的动心了。

这时我才注意到她身边的一个男孩，看起来孱弱而阴柔，好茜说，他叫慕禾。

男孩有礼貌地向我问好,声音很小,我点头示意。我注意到他的眼神,那是一种充满了善意而羞涩的眼神。

后来我逃掉了一节课,坐在操场的看台上,跟好茜聊着一些有的没的。

她问我有没有去找过林尽杉,他到底发生了什么事,我长话短说,省去了跟自己有关的一部分事情,她神情恍惚,越听越担心,拉着我的手,捏出了红印:"哥,他肯定出事了,我要去找他,哥,我们去找他好不好?"

我撑住好茜的肩膀,让她安心下来:"放心,我知道他,他不会随意伤害自己的。"

我说得那么没底气,连我自己都不相信:"好茜,答应我,先把考试通过,你不是向他许诺过要考上艺术学院的吗?如果失败或者放弃,他知道也会埋怨你的,你的付出都白费了,你要相信,肯定会和他再见面的。"

好茜默默地点头。

他们默默地离开,临走之时,好茜说:"哥,一旦有林哥哥的消息,要第一时间告诉我。"

好茜当然不会轻易作罢,她抽空闲的时间到处询问林尽杉的下落,练舞的时候也更加努力,眼看专业考试的日子就要到来,她的心却丝毫安静不下来。

夏去秋来，冬雪覆盖，我与好茜在各自的疆域努力地向前奔跑着，她常常在舞蹈室争分夺秒地练习，甚至把午餐与晚餐并成一餐吃，而我实践着完成林尽杉梦想的信念，全身心投入一种空前的学习状态。每当找到线索，将难题解开时，我总是不自觉地将自己和林尽杉联系起来，想起他的白衬衫，想起他一个人坐在教室，等夕阳最后一线余晖消失的时候才走出校门。

深夜之中，我的内心总是不断自责，长久地忏悔与悲戚着，我不知道他去了哪里，现在过着怎样的生活，这种想念一直持续到油菜花开满田野，一片灿黄。时间分分秒秒地过着，复读的日子并不像我想象中那样漫长。假期返家，我妈也不再过问我的情况，仿佛顺其自然，只有老爸会偶尔与我交谈让我宽心。

其实我知道我和老妈的关系已经没有办法恢复当初了，在她眼中我是一个失败的儿子，而她也觉得自己是一个失败的母亲，所有的失败汇聚在一起，让我们的关系越来越疏离。

有时候，我想高考早日到来，我需要用最后的成绩来挽回我与母亲的关系。

三月时节，雨水丰盈，温差剧烈，长期的疲惫终于将我拖垮，我躺在医院的病床上，冰冷的液体一滴一滴灌入我的身体里。

母亲提着饭菜前来，她依旧沉默寡言，我假装睡着，感觉她用手抚摸着我的额头，这是在我幼时她惯用的动作，安抚我早点入睡。她的手指微微颤抖，我听见她的喃喃自语："小宇，妈妈知道你已经懂事了，妈妈也渐渐明白，过去我对你所施加的压力让你多么难受，但当我看着同事们的孩子考上名牌大学,出国留学的时候,我是多么羡慕啊。妈妈从来没有站在你的立场上为你想过,但是,希望你能理解妈妈,即使我炒股赚钱,也希望能够为你的将来多留一份财富,我从来没有放弃过你。"

我眼角湿润地背过身去,那一刻我倍感窝心,我终于明白了林尽杉曾经和我说过的话,他说,涵宇,你是那么幸福。

3

复读的日子孤单而仓促,我第二次站在那个兵荒马乱的战场上,时间快速奔驰,让我没有丝毫喘息的余地。我想起马克·吐温的那句名言,生在世,绝不能事事如愿。遇见了什么让人失望的事情,也不必灰心丧气,而应当下定决心争回这口气才对。然而事与愿违,在茗相那个人才聚集的地方,我没有丝毫的优势,即使再努力,成绩也是悬在半腰无法名列前茅,几次模拟考试下来,对自己的信心越来越少。

我常常躲在厕所的隔间抽烟,手指染成了蜡黄,我不知道还能够撑多久,甚至怀疑自己的选择是不是错误的,如果此时林尽杉可以在我旁边,他会对我说什么呢?

夜晚时分,室友挑灯夜读,我窝在床上,看着灰白色的天花板发呆。还有两个月的时间,六十天左右的日子,林尽杉以前说过,高考之后,他要去南方的城市看小桥流水,南方的色泽与文化,仿佛充满了谜一般的诗意。

我开始揣测他前往的方向,拿出地图用签字笔标记,那是我两个月后想要开始的旅程。

高考在即，我卸下了浑身的负荷奔赴考场，那时好茜已经送来喜报，她的专业成绩超过分数线二十分，现在只需等待文化成绩的最后结果。

而就在这个时候，我收到了林尽杉的来信。

那天下午，我突然收到一封来信，准确来说，我不知道是不是林尽杉寄来的，但我有一种预感，没有其他人会写信给我。原本欣喜若狂的我，想当场就拆开那封信，看看他到底去了哪里，但是不知道为什么，当我拿起那封信的时候，却又没有勇气拆开了。

我把那封信夹在了书里，准备带回家去，等到合适的时候再拆开看，可是，不知道为什么，回到家我却怎么也找不到那封信了。我翻遍了书包，以及每一本书，第二天到教室的抽屉又重新翻找了一遍，可是依旧没有。

那一天我简直跟发疯了一样，无法安下心来认真听课。

我一直以为林尽杉应该还会再寄信过来，可是很长一段时间，我都没有再收到他的信了，他可能是在等我回复，我简直懊恼得想要把自己给杀掉。

一年后的盛夏午后，站在不同的位置抱着不同的心态坐在教室里，我突然发现过去的回忆像芒刺一样尖锐，十九岁的年华，不过只是人生的一小半。

我妈站在楼下等我，她向学校请假专程赶来，她说："涵宇，人的一生有再多的坎坷，你都必须经过，勇敢的人不会在艰难中止步，而是会被困难激励得不断向前。"

那天我看着母亲的目光，想起了多年前她教我读书写字的情景，充满了期待与自豪，刘舒康说过："你的母亲最大的愿望便是相夫教子，做一个传统的女人。"

高考的两日，我妈一直陪伴在我的身旁，她和其他母亲没有两样，戴着大大的太阳帽坐在树荫下，每次我走出考场，她都如释重负地松一口气。

两日的考验眨眼而逝，我甚至没有感觉到高考原有的紧张。母亲也不多问，直到考完最后一场英语，抱着我大声哭泣。我是还没有得到捷报的战士，但母亲已为我的重生与征战而动容。

七月的末尾，我得到高考成绩，没有太大的悬念，超过二本线许多，却没有高出一本线。好茜成绩斐然，成为了他们学校的骄傲。

我妈在那一夜喜极而泣，她说："太好了，太好了！"我知道她想说的话很多，可是什么话也说不出来，她激动得只想哭。

舅舅与她商量，决定让好茜与我到同一个城市，彼此间好有个照应。

同年的九月，我们拖着重重的行李箱离开这个生活多年的小城，从北至南，好茜对我说："哥，我们会不会在南方的某个角落遇见林哥哥？"

在飞机上，好茜告诉我，慕禾的外婆在高考后去世，慕禾因落榜而前去外地打工。

她的语气中充满了遗憾与惋惜，她捏着我的手，说："哥，其实我很自私，我明明知道慕禾喜欢我，却假装只把他当朋友。他那么柔弱与胆怯，却一直照顾着我，在我最孤单的时候，只有他陪在我的身边，但是我没有办法去喜欢上他，我只希望不要伤害他。现在是他最失落的时候，我们却分道扬镳。"

我将好茜的头靠在我的肩上，低低地对她说："别想太多，这个世上，有谁不自私呢？"

4

慕禾的外婆死于盛夏的黄昏，没有任何特殊的征兆。

慕禾从狭小的厕所打来洗脚水，热腾腾的水汽在夏日的燥热中悬浮。外婆安静地躺在椅子上，慕禾说水已经打好了，外婆没有任何反应，神情委顿。慕禾小心地将外婆的脚放进水里，他轻轻地用手来回搓洗，干裂的皮肤与发黄的指甲让慕禾每一个动作都小心翼翼，他甚至注意到某个脚趾还有略微的肿胀。每天的这个时候，他总是享受着这样的付出，好像在慢慢偿还外婆多年的养育之恩。

他记得幼时，外婆勾着身子为自己洗澡的情景，那是结霜的初秋，蝉蜕落地，所有夏日的繁华都渐行渐远。

外婆一直紧闭双眼,在慕禾伸出手指试探外婆的鼻息后,他并没有恐慌,只是默默地捧起洗脚盆,拿到水池边缓缓倒掉。

看着热水一点点消失,他终于忍不住掩面而泣。

外婆说:"慕禾,总有一天,你会与你的父母一样,离开这里。外面的世界并不像你想象中那么美好,但是不管走到哪儿,都记得坚持自己的梦想。"

然而对于慕禾来说,真正的幸福只是有一床温暖的棉被,有一个完整的家,与心爱的人一起守护并执着地期待。他知道这一切都太过美好,生活的残酷让他知道,这样简单的幸福他都无法拥有。

知道高考成绩后,他连夜狂奔,赶到好茜的楼下,犹豫万分最终还是喊出了她的名字。

好茜隐约听到有人呼唤,打开窗户看见慕禾的身影。她轻轻地推开门,走到楼下,慕禾低着头,他说,他的外婆去世了。语气淡然,仿佛只是陈述。

好茜看着慕禾难过的神情,用柔软的拥抱抱住了慕禾,是在那一刻,慕禾凑在好茜的耳边说:"我喜欢你,虽然我知道只是单相思。"

他把好茜压在墙上,亲吻她的耳根和脖子,温热的鼻息在光滑的皮肤上游走。

好茜摇着头,推开慕禾:"慕禾,请不要这样,这会让我们的关系很难堪。"

慕禾没有理会，他已经决定离开，这或许是他第一次，也是最后一次吻她、抱住她，泪水落在好茜的脖子上，他知道这样的表达过于直接，带着危险性与冲动性，但慕禾愿意犯错。

重重的耳光落在慕禾的脸上，四周漆黑，看不清他的侧脸，或许早已绯红："张慕禾！你疯了吗？"

慕禾闭着眼睛，深深地吸了一口气："好茜，对不起……刚才的一切，都是我的错，以后的日子，希望你能找到你爱的他，祝你幸福。"

好茜就此再没有见过慕禾，她看着他消失在那一夜的月色之中。

5

钟琪的衣领总是很低，露出玲珑的锁骨，脸上带着高傲的表情，仿若置身世外，不食烟火。她踏着红色的高跟鞋出入校外的酒吧，那里龙蛇混杂，她却如一朵洁白的莲花。她将头发扎成髻，纤细的无名指上有一枚银质的戒指。

她对我说："程涵宇，我看你第一眼就知道你喜欢我。"

她的自信让人无法躲避，好似天空中绚烂无比的烟花，璀璨而刺眼。她执意给我一个拥抱，用食指挑逗我的下颚。

那一夜，她伸出手拉住我，她说："程涵宇，跟我走。"

我站在石拱桥上抽烟，看着来来回回的学生抱着书本闲庭信步，十月的天空高远而深邃，空气中有未曾退散的湿热，这是南方秋日的天气，并不惬意。

前几日，我初见钟琪，她装扮妖艳，搭着陌生的男生从教学楼出来，有人带着鄙薄与轻视说："看，那就是钟琪。"

大多数的女生厌恶钟琪，在她们眼中，那是一个水性杨花的女人。但并没有人真的得到她，她是依靠爱的幻觉生存的人，身边相偎的男生很快就会被另一个样貌堂堂的男生取代。

那是公共课结束的时间，好茜在楼下等我，她问我中午是否要一同进餐。我叫她先去点菜，然后站在桥上抽烟。我确定钟琪看见我了，虽然只是轻轻一瞥。

中午与好茜吃饭的时候，钟琪和那个男生坐在我们对面，好茜不屑地撇着嘴说："这样的女人真不要脸。"

好茜故意提高分贝，但是钟琪只是一笑了之，她不会和好茜这样的小女孩斤斤计较。听人说，曾经有一个男生的女朋友当众扇了钟琪一耳光，钟琪却只是笑着说："如果你生气，可以再扇我一巴掌。"那个女生气得快要窒息，钟琪却一脚踢到了那个男生的下档，她说："如果不能管好自己的女朋友，就不要随便上街。"她就像一朵罂粟，让人垂涎，中毒不浅。

好茜把筷子和碗碰得很响，她咬着嘴唇鼓捣自己碗中的白饭："哥，如果你以后找的女朋友像这样，我就与你断绝关系。"

好茜不常来找我，她依旧没有忘记林尽杉，十天半月地打电话来询问。她常常劝我谈恋爱，找一个女生安定下来，我却总是让她别多管闲事。

我在夜晚的校园行走，看着勾肩搭背的男男女女，难免有时也会感觉寂寞。有时，我会想念林尽杉，我不知道他现在有没有喜欢的人，还是依旧单身一人在我不知道的角落里打拼奋斗。

可是，时间让人记忆模糊，我开始有些记不起林尽杉的脸、他严肃的表情和他叫涵宇时的语气，但是，我依旧记得自己犯下的过错，日日夜夜，良心受到谴责，就像是皮鞭用力抽打着自己。

那时候，我开始在网络上找人倾诉，我说："我曾经有一个感情极好的兄弟，但是我愚蠢地犯错，背叛了他，我与他失散已久，你看到过他吗？"

那些听完我故事的人，总是冷嘲热讽，我知道，他们都以为我神经不正常，没有人愿意用真心听我倾诉。

我开始混迹于钟琪时常出没的酒吧，在吧台点一杯酒，看着舞池里的男男女女摇摆起舞，这里是自由的国度，喧嚣掩盖悲痛与苦楚，他们放纵、他们欢歌。

钟琪不会带男伴进场，她总是一个人坐在角落里的沙发上，她抽爱喜，熟练地吐着烟圈。我顺势坐在她的旁边，她冲我笑，带着勾人的神色。

我第一次近距离地接触这个比我大一级的女生，她说，她不爱钱。

掐灭手上的烟，她问："你叫什么名字？"

她的声音并不沙哑，带着烟草的香气。

我说："程涵宇。"

她笑，然后搭住我的肩膀，我注意到她手指上的戒指，我问："钟琪，你已经结婚了？"

钟琪大笑，伴随着混杂的舞曲，她没有回答，而是对我说："程涵宇，我看你第一眼就知道你喜欢我。"

于是我便随她踏上一段无法拒绝的道路，校门外的一条街上，总是灯火绚烂，她挽着我的手，穿梭在人群中。半小时后，我们进了房间。

事后，我将口袋里崭新的人民币交到她的手里，她将钱扔进垃圾桶，然后说："你当我是什么？"

我突然想起不久前，一个男人扯着她的头发大吼：好好看看你自己，到底是什么。

但是我没有说任何话，弯腰捡回垃圾桶里的钱。

她没有离开的意思，而是将我拉到身旁坐下，她说："小孩儿，你可以陪我聊聊天吗？如果超时，我付多出的房钱。"

钟琪告诉我，她喜欢听每个人的故事，她总是能看出那个人背后是否有她感兴趣的内容。

然而不知为何，当我面对钟琪的时候，我无法将自己的过错坦诚地讲出来，我羞于启齿，甚至不敢直视她的双眼。我寥寥地说了几句，她不再说话，而是站起身来，靠着窗吸烟——她喜欢这样的姿态。

钟琪说："程涵宇，我还挺喜欢你的，但仅限今晚，出了这扇门，我们就再也不认识。"

我抱住她，这种亲密让我感觉安全，但是我知道我没有办法拥有，我说："钟琪，我也喜欢你。"

她不作声，我们再次陷入困顿的黑暗。

6

老教授在黑板上讲解仪器分析，语言贫乏，让人昏昏欲睡。我望着窗外，脑子里突然蹦出无数我和钟琪在酒店房间相拥的画面，此时此刻，我不知道钟琪又和谁在一起。那天之后，我在酒吧再没有见过她，她发短信让我忘了她，不要浪费时间，因为不会有好的结果。

好茜打电话来告诉我，周五的晚上有一场大型演出，她要上台表演。

我不敢告诉她我喜欢上了钟琪，有时候还会坐在学校门口的咖啡厅点一杯咖啡，等上一整天。我原本以为，总会在哪个角落遇见她，但是我错了，钟琪可以掌控自己出入的时间恰好与我分开，我不知道钟琪住哪里，因为所有人都知道她没有住学校的宿舍，在外面找了一间房子，而且不随便带人回家。

周五的晚上，好茜以最繁复的动作与最复杂的技巧获得了满堂喝彩，我在后台等她，她走进化妆间给了我一个拥抱，她很久没有这么开心过了。

不知道为什么，从某天起，我们之间的交谈尽量避免出现林尽杉，因为一旦提起，就像切断了总阀，两人陷入死寂的沉默。

好茜收拾好一切，与我走出体育馆，好茜说："哥，你看起来好像不太开心。"

我强颜欢笑着否认，我没有办法告诉她，我喜欢上了那个风情万种的女人。

我突然想问好茜一个问题："如果明知道一份感情不会有结果，还值得去爱吗？"

好茜停住脚，看着我的眼睛："既然知道不可能，又何必要开始呢？"我苦笑着耸耸肩："那你和林尽杉呢？"

其实我并不想和好茜闹矛盾，更不想触及雷区，但是我很想知道好茜在面对同样的事情时，会做出怎样的判断。事实证明，人总是站在自己的立场去思考，而非从事件本身下手，她说："那不一样。"

或许这些年里，好茜在我心中从未长大，她依旧是那个任性的孩子，对自己的爱情抱有天真的幻想，我走在她的身边，感觉到她瑟瑟发抖，她不要我碰到她，就像孩子被家长惹怒时耍的小脾气。

我说："好茜，你会一直等着林尽杉吗？即使他已经结婚，或者……根本不在世上了。"

好茜狠狠地瞪了我一眼："哥，你是来和我吵架的吗？"

我冷笑着继续向前走，我也不知道自己在做什么，我只是质疑好茜的等待是否值得，又或者在质疑自己，而这种探究性的摸索让我们陷入僵局。

最后不欢而散，临走的时候，好茜突然叫住我，她说："哥，不管怎样，我是希望你好，如果你爱上了一个不可能与你在一起的人，趁还没开始前放弃吧，因为，真的很累。"

大学就像半个社会，像钟琪这样的人更是争论的焦点，她身上汇集着各种不同的评价，狂妄、自大、妖艳、善良……还有小道消息说，钟琪能够在学校混下去，还是因为她与院长有着暧昧不清的关系。睡觉的时候，寝室的座谈会总会把钟琪作为一个不可缺省的话题，大家在垂涎钟琪的同时又带着埋怨和轻视。确实在某一夜，我看见钟琪上了李院长的车，即使相距甚远，但是我依然确定那个人是钟琪，上车的时候她似乎看到了我，但是目光却躲闪了过去。

周五下自习后，我看见钟琪抱着书本走在桂花树下的小道上，我远远叫她,她却不理。

我干脆跑上前拦住了她的去路:"钟琪,你别这样……"

钟琪绕过我的身边说:"我不是叫你不要再想我了吗?对于那一夜的事情,我很抱歉,或许让你以为我对你产生了感情,但是,程涵宇,我是一个没什么感情的人。我不会随便喜欢上一个人,因为付出对于我而言是件奢侈的事情,我只为两个人付出过,一个是我自己,一个是我爸。你拿钱来换取我的感情,实在大错特错,那让我觉得看错了你,你与那些市井流氓没有差别。"

"那你和李院长……"

我意识到自己的声音颤抖着,钟琪只是淡然一笑:"如果我说是,你会怎么样,不是又如何,程涵宇,不管我的生活怎么样,都和你没有任何关系。"

我摇摇头,还是把郁积在心中的话说了出来:"如果你缺钱,我可以帮你,你何必要和一个老头搞在一起呢?"

钟琪扇了我一耳光,又伪装狼狈地笑了笑:"搞不搞,都和你没关系。"

我仿佛被那一耳光扇得更有勇气:"我说的是实话!"

钟琪看着我愤怒的眼神,说:"有些东西和钱没有任何关系,程涵宇,你可别看扁我钟琪。"

我没有记错，上周李院长的夫人跑来学校，抓着钟琪的头发骂，但钟琪也咄咄逼人，骂李院长的夫人是泼妇，说德高望重的李院长怎么会娶了你，场面一时无比混乱。后来李院长不得不出面澄清，钟琪说："我可以被人骂，但是李院长不行，如果你真的是他的夫人，就不该当着这么多人让他难堪。"

钟琪不大愿意和我提起李院长的事，我们蹲在学校门口的小桥边，她为我点了一支烟，她说："小孩儿，我们不能做情人，但可以做朋友，朋友是比情人更旷日持久的关系。"

7

我对钟琪说："不如，我们去旅行吧。"

长途跋涉，仅有彼此，像是奢侈的私人晚宴，共享独有的时光。

钟琪扬眉望着我，淡淡一笑，一眼就看穿我的意图："早就告诉你，不用把时间浪费在我的身上，你我都知道，我们不会有什么好结果。如果你企图用一些方式来束缚我，那么，小孩儿，你从来就没把事情搞清楚过。"

钟琪的爱情观究竟为何，我始终看不清，始终隔了一层。我拉住钟琪的手："钟琪，你老实告诉我，你是不是一直心有所属？如果是这样，你为什么不专心去爱一个人，还是你爱不起？"

钟琪的眼中闪过一丝悲伤，似乎在告诉我，她的爱情是一条不归路，她喜欢上的人终究无法与她结合。

钟琪不喜欢将她的情感暴露，偶尔与我坐在咖啡厅聊天，多数只是讲一些日常生活的话题，她念旧，但是点到即止。钟琪不喜欢亲近，每次来找我，都刻意保持距离。这种距离仿佛在提醒我，所有意乱情迷的想法必须在她的面前收藏妥帖。

大学的生活纷繁而宁静，没有高中时肃杀的气氛，但由于太过多彩而缺失了生活本质的朴素。好茜常常打电话给我，邀我去参加她的舞会或者朋友聚餐，她的意图是帮我挑选一个合适的女友，但是我总是推托。

有时候，看着钟琪总是想和她在一起，气质非凡，心态成熟，这样的女生总是让我这样的男生身不由己地爱上。好茜和她是两类人，前者天真烂漫，对生活抱有希望，而后者饱经风雪，在历练中懂得生活，她们之间相差着一个蜕变的时间，但是我知道，好茜永远不会变成钟琪。

面对同样一份毫无结果的爱情，好茜会选择妥协等待，而钟琪则选择放弃离开。

那是周末的一个夜晚，我手插裤袋在校门外的大街上行走，来往的车辆发出刺耳的鸣笛。我喜欢一个人在深夜的大街上行走，安静地看着城市的夜色，南京这座古城能让人读出历史的味道。璀璨的霓虹灯下，各色行人带着欢笑或悲伤从我身边走过，一个女生大声对着电话吼："你去死吧，我不想再见到你了！"另外一边一个男生正苦苦哀求他的女友留下，大家的情情爱爱总是那么仓促而平凡，分分合合。

我本想给好茜发个信息，问她是否有时间陪我逛逛，可是当我拿出电话的时候,一个女生匆匆跑过大叫着:"抢劫!"

看那个女生的背影,是钟琪!她穿着黑色的高跟鞋在大街上狂奔,我跟着追了上去,但我还没来得及抓住那个混混,就被他手上的刀子划了一刀。钟琪惊叫着,我扶着手臂继续奔跑,直到那个混混跨上摩托车消失在我眼前,我才注意到白衬衣的袖臂已经被染红了。

"程涵宇!你受伤了!"

原来钟琪也会痛惜,虽然我的手臂隐隐作痛,但我还是硬撑着对她笑:"没事,小伤。"

钟琪扶着我:"先去医务室包扎吧,小心伤口感染。"

钟琪静静地坐在我的旁边,看着护士为我包扎伤口:"小子很不错啊,英雄救美。"

我对着护士笑笑,然后护士拍了拍我的肩膀:"不过下次别这么硬撑了,万一对方扎的不是你的手臂,你或许就没机会坐在这里和我笑了。"

钟琪皱着眉,点了一支烟,护士看了她一眼:"这里不许抽烟的。"

钟琪走到医务室门口,静静地靠在门边就像一尊月桂女神的雕像,月色落在她的脸上,洁白无瑕。护士走后,钟琪掐灭了烟坐回我身边:"你真傻……"

我依旧笑:"我真傻。"钟琪被我的表情逗得舒展开了眉头,她轻轻摸着我的手臂:"还痛吗,其实你没必要这么做……横冲直撞的,很容易受伤,你做什么都太鲁莽,欠缺考虑。"

我伸出另一只手去牵她:"横冲直撞也好,鲁莽行事也好,可惜的是我没有帮你追回包。"

钟琪摇头:"别以为你让我心生愧疚,我就会喜欢你。"

"我可没这么想过。"

我的伤痛换来了钟琪的照顾,她开始炖汤送到我的寝室楼下,看着我喝完再带走,我体会到一种前所未有的幸福感。有时候我希望自己的手永远不要好,这样钟琪就会一直照顾我,可是时间总是会治愈一切伤口。

夜里,钟琪打电话给我,这时距离我受伤已经超过了两个星期,她说:"小孩儿,你的手好了吗,能陪陪我吗?"

钟琪靠在铁栅栏上,粉色的小背心、高跟鞋、淡紫色的眼影。她远远看见我,向我招手:"出了什么事吗?"

钟琪摇头,但掩饰不住内心的烦躁:"就想和你聊聊天。"

我们蹲在小河边,各自抽着烟,晚风吹在身上,钟琪下意识地裹了裹衣服。

我问钟琪,你相信这个世界上有鬼神的存在吗?钟琪摇头:"我不相信鬼神，我只相信奇迹。"

是的，奇迹，我一直期待着奇迹的出现，在某个日子里，我会重新遇见林尽杉。

末了，钟琪又点燃一支烟，然后问："小孩儿，你是真的喜欢我吗？"

我愣愣地看着她，她再问了一次："你喜欢我吗？"

我傻傻地点头，她为什么要问呢，她明知道我喜欢她。钟琪突然扔掉烟："我所崇尚的爱情没有长久与誓言，如果再给你一次机会，你还会选择我吗？"

我感觉到钟琪平和的鼻息，带着烟草的味道，头脑顿时不清醒起来，面对一个自己喜欢的人，始终是无法理性地去判断对方口中的话。

我点点头："我也不相信天长地久，但是你要是愿意和我在一起，我死也愿意。"

钟琪紧紧地抱着我："别和我说死，在一起就在一起，没什么大不了的。"

我是傻瓜也好，笨蛋也罢，钟琪，如果可以和你在一起，我是什么又有什么关系呢？

那一夜，钟琪哭了，褐色的双瞳流淌出透明的眼泪。姗姗来迟的爱情降临在我的身上，但是我却不知道，她到底发生了什么事，为什么突然接受了我,她喜欢我吗,真的要和我在一起吗?

"钟琪,从我第一眼看见你的时候,我就觉得你和我一样,那么寂寞。"

钟琪听着我说这句话就笑了:"从何而知?"

我把手放在她的嘴边:"从你的眼睛,如果不是一个寂寞的人,怎么会有这样的眼神呢?"

我们接吻,轻轻地触碰对方的嘴唇,像初恋的小恋人一样站在高大的梧桐树下,远处的灯光都渐渐暗下去,长长的校园路突然变得有几分寂寥。

我静静地摸着她的脸,我说:"你真美。"

8

我与钟琪的爱情匆忙地开始了,她的表现突然像那些恋爱中的女生一样。但是我与她的感情无法公开,这是钟琪的想法,也是我的想法。我不能让好茜知道这件事,她对于钟琪有着极强的偏见,一旦告诉了她,必定会搞得鱼死网破。

圣诞节前夕,我打电话给好茜,问她想要什么礼物,好茜说,如果有蝴蝶耳钉,就送一对给她。她喜欢蝴蝶,尤其是燕尾蝶,她每次在舞台上翩翩起舞的时候,总会让我想到黑夜之中发光的燕尾蝶。

我拿着饰品店老板包好的盒子出门，钟琪在门口等我。此时天空下着纷纷小雪，她穿着单薄的外套，声音中带着瑟瑟颤抖。

她走过来抱住我，说："小宇，今天能陪陪我吗？"

她没有询问我是否有空，似乎笃定我会给她一个肯定的回答。我与她上了出租车，沿途都是情侣相偎行走的温馨画面，还有兼职做圣诞老人的学生在大雪里奔跑，圣诞树上的彩灯炫目缤纷。她靠着我，鼻息落在我的脖子上，她好像很累，而且异常沉默。

车在十五分钟后停在一栋旧楼房下，钟琪从口袋里拿出钱来递给司机，然后拉我下车。我默默地走在钟琪的身后，随她上楼。

钟琪步履沉重、神态疲惫，我不知道她发生了什么事情，她在四楼停下，打开房门说："进来吧。"

这是一间一室一厅的小房，铺着木地板，钟琪趿一双拖鞋在屋里走动，从冰箱里拿一瓶可乐给我，然后坐下来，好像在酝酿如何开口，末了，她只是说："小宇，谢谢你。"

虽然没有开灯，但我还是看见了她眼角的泪光，她从背后抱住我，我们就一直保持着这样的姿势。"这是第一次有人陪我过平安夜，我突然不知道说些什么。"

我摸着她的脑袋："傻瓜，我以后一直陪你过。"

那一夜，好茜打了无数个电话给我，但我对铃声置若罔闻，钟琪睡着的时候,我看见手机上好茜发来的信息,她说:"哥,你怎么了?是不是出什么事了?别吓我!"我回复了一句话:"没事,只是我太累,睡着了。"

钟琪睡得很香,我却难以入眠,起身点烟,正是这个时候,我看见她枕边的一本书,蓝色的封面,上面有一朵若隐若现的浮云,我鬼使神差地拿起书来,看见书名《初云》的下面作者的名字——三淼。我的头突然嗡嗡作响,我不知道这是不是我所知道的那个三淼,或者只是同名,但是我心中有个声音告诉我,他就是林尽杉。

我叫醒了钟琪:"这书是哪里来的?"

钟琪睡眼蒙眬地看着我:"这书?我昨天在书店买的。"

"哪家书店?告诉我?!"

钟琪不解地开着我:"你这么激动干什么?"

钟琪说完,我拿着书突然想哭,我说:"钟琪,我想和你说说我的故事。"

钟琪缓缓坐起身来,她睁着大眼睛,从床柜里抽出了一支烟,她饶有兴趣地看着我:"你说吧。"

"其实,我是一个很自私的人。"

这么多年来,这是我第一次想将内心的世界坦诚开来,虽然惶恐不安，但是迫切地想要告诉钟琪，我知道她可以告诉我应该怎么做，只有她。

"笃笃笃"，敲门声响起，钟琪的脸色突然变了，我听见门外的声音："小琪，在家吗？"

那个略显浑浊而苍老的声音，我再熟悉不过了，正是李院长。我看着钟琪，她却躲开我的视线，那样哀伤的神情仿佛不想解释什么，李院长的敲门声并没有持续多久，但是，我知道，钟琪有什么事情隐瞒着我，我试图去牵她的手，她却躲开，说："小宇，你走吧。"

我摇头，抱住她："我相信你……"

我感觉到她的泪水滑落在我的手上："小宇，你……"

她的头枕在我的肩上："我要怎么和你开口说呢，他是我爸。"

第九章

你在雾海中航行，没有帆。你在月夜下漂泊，没有锚。路从这里消失，夜从这里消失。

——北岛《岛》

1

钟琪十八岁的时候感觉到自己开始苍老，这种苍老并不是指面容，而是内心深处的纯真以某种形式默默流走。钟琪常常抚摸着自己手腕上的玉镯，那是母亲临终时唯一留给自己的东西，上面雕刻的纹路已经陈旧。

钟琪清楚记得从小到大被别人骂没爹养没娘教，上了初中就和同班女生打架，一气之下将书包扔到对方的脸上，只因为对方骂了她一句"私生女"。当名字频频出现在中学校门的通报批评上时，母亲终于被请到了学校，那时候母亲已经病入膏肓，在办公室里泣不成声，差点晕过去，她恳求学校能够留下钟琪。钟琪扶着母亲，咬牙向老师和那个受伤的女生道歉。她要考大学，要改变家里的命运，要让母亲的病好起来。

钟琪在半夜醒来，梦中的这些往事一直缠绕在自己身边，她记得那个女生扭曲的脸庞，还有老师们指责的话语。她突然大力地推我，我睁开朦胧的双眼:"怎么了?"

"没什么,就是突然想起一些事。"

我起身抱住她,她把头垂在我的肩上。

"你不是说要告诉我你的故事吗?其实,我也有好多话想和你说。"

钟琪定定地看着我:"我突然梦见一些以前的事情。小宇,其实我是私生女,我在一个缺失父爱的家庭里长大,但是,我并不觉得可悲。我喜欢金庸写的杨过,他一出生就是孤儿,更何况他的父亲是一个十恶不赦、认贼作父的卖国贼,可他却依旧正气凛然,最后成了一代大侠。有时候我想我的父亲是不是也是一个坏人,比如毒贩、劳改犯、杀人狂,当然,我更希望我父亲是一个好人,哪怕他只是一个普通的农民,不管他是谁,我都想见见我的父亲。"

她抱着我:"真的,我只想见一见他。"

我摸着她顺滑的头发:"笨蛋,你不是找到了吗,他不是坏人,是一位德高望重的教授,你还有什么担心的呢?"

钟琪摇头:"当我见到他的时候,其实我心里充满了怨恨,在我们母女最苦的日子,他始终没有出现过。我发现自己既不能大度地去拥抱他,也没办法真正去记恨他,他是我爸。"

我看着此刻的钟琪,她是怎样的女生呢,她嚣张跋扈的个性不过是为了保护自己,实际上是一个内心像水一样柔弱的女孩。

钟琪下床倒了一杯水:"每当学校那些流言蜚语传到我耳朵里的时候,我都有想死的冲动,他不能公开我的身份,却依旧不得不对我负责,这段日子真的是我最煎熬的时刻。"

钟琪像是一朵开在水中的鸢尾,兀自展示着一种妖艳残酷的美,让人感到惊艳又痛惜。我说:"钟琪,你为什么不让李院长把你安排到其他学校呢,这样多少可以避嫌。"

钟琪摇头:"如果有时间,我愿意多陪陪他,即使那些人说着难听的话,可我依然不能因此而放弃。我小时候在作文里写,最大的愿望是听爸爸为我念一段报纸的新闻,当时老师把我叫到办公室,说了一些安慰我的话。若是其他小孩,肯定感动得流泪了,但是我没有,我只是拿回我的作文,然后将它撕掉了,因为我的秘密被发现了,我知道老师肯定要在背后议论我,我当时怨恨自己轻易说出自己的愿望,这真是糟糕透了。"

我说:"其实适当的倾诉是可以缓解内心的压力的,虽然每个人都有不能说的秘密。"

钟琪的长发散落下来:"我还记得初中运动会参加 100 米短跑拿了第一名,上台领奖的时候,同台领奖的另外一个女生当场抢过我的奖状撕掉了,她说不能把奖颁给我,因为我不配。那时候我立刻把她推倒在地上。小宇,其实我从来没有招谁惹谁,但这个世上,就是有人看不惯我,他们总嫌我是私生女,嫌我妈是坏女人,我们到底做错了什么?"

钟琪说得很激动,但并没有哭,她只是苦笑,苦涩中带着几分惋惜。

"当所有孩子都可以在父亲节的时候为父亲买一个小礼物时,我却只能在那天望着远方的天空痴痴地发呆,我记得老师在讲朱自清的《背影》时,告诉我们父爱是深厚而伟大的,可是我只能幻想。我觉得我爸爸是高大而伟岸的,不像朱自清写的那样迈着蹒跚的步子,可当我看见我爸时,我却发现其实不管他什么样我都无所谓了,因为他是我爸。"

我捋着钟琪的头发:"没有人没有痛苦过,成长的这条路上,人人都要经历别人不能经历的事情,生活就是逼着人长大的,其实我们都不愿意,但是没有办法。"

钟琪放下手中的杯子:"我知道人做一些事情是因为寂寞而一时冲动,我很担心自己会一直这样,当这些事情成为习惯后,我想去打破它,而你,就是契机。"

我静静地抱着她,两人陷入了沉默。过了一会儿,我还是抵不住好奇,问道:"那你是怎么找到你爸的呢?"

钟琪母亲临终前,将盒子里的手镯交给她,让她带着这个镯子去南京找父亲。钟琪摩挲着手腕上的镯子发呆,这是母亲第一次提及父亲,李乾山。

母亲告诉她,年轻时两人交好,因为一时冲动而有了钟琪,母亲未婚先孕的事如果被周围的人知道,便会成为大家的笑柄。而李家又不承认钟琪这个孙女,外婆也极力反对两家的婚事,并要求母亲打掉孩子。李乾山决定两人一起私奔,但是母亲摇头拒绝,她不想因为自己拖累任何人,李乾山是当地厂长的儿子,将来会有好的工作好的前途,于是她隐藏着这个秘密，带着李乾山年少时送的玉镯子，连夜乘火车离开家乡。她决定将钟琪生下来，哪怕自己辛苦一点儿，肚子里的孩子终究是一条生命，她觉得自己没有权力毁掉她。

钟琪跟着母亲过着捉襟见肘的生活，母亲曾嫁过一个男人，但是最终还是因为不合而分开。

母亲说："钟琪，你要记得，要想不让别人看不起你，首先，你就不能自己看不起自己。"

在学校不断闯祸的那段日子，钟琪常常在深夜听见母亲哭泣，她急躁地趴在窗口抽烟，第一次的时候被烟呛得难受，但是她宁愿自己难受一点，也算是对自己的惩罚。

母亲发现了她抽烟，伸手给了她一耳光："你一个女孩子，抽什么烟！"

钟琪捂着通红的左脸，不敢直视母亲的双眼："我让你好好念书，你为什么不学好？我们家哪里有钱供你抽烟，钟琪，你是要气死妈妈吗？"

钟琪抱着母亲："妈，我错了，你别气……"

母亲抱着钟琪，钟琪吸吸鼻子："妈，我不想念书了，让我去工作吧，我来养家。"

母亲推开钟琪："谁要你去工作？你除了读书，没有任何出路！"

钟琪的母亲在她十七岁的时候去世，她搭长途汽车在高速公路上幻想着自己的父亲，母亲给了她多年来一直隐瞒的地址，当时她不知道自己的父亲已经成了大学教授，她只是突然很想看看他，哪怕他是一个其貌不扬的乞丐。

钟琪说："虽然这样烂俗的情节原本应该出现在小说里面，但这就是事实，有时候生活像小说，小说像生活，一点都没错。"

我从钟琪那里把《初云》那本书借了过来，根据版权页上的电话给出版社打了过去。

"你好，是这样的，我是作者三森很好的朋友，我想知道你们是否有他的联系方式？因为我们很长一段时间没有联系了，所以，我……"

"不好意思，我们每天都接到很多读者的电话说是三森的朋友，抱歉，我们不能帮您，我们必须保护作者的隐私。"

"我真是他朋友……"

"抱歉。"

我看着那本书，想象着林尽杉深夜趴在桌上书写的样子，我花了一整个星期去读完那本书，我猜想他到底是在什么样的环境下写出这本书的呢？可是我完全想象不出。

我想起一年前，我收到林尽杉的那封信，他到底在信里和我说了什么呢？

有趣的是，没过多久，我就再一次收到了林尽杉的信，然而这一次，明明内心激动的我，却在打开信的那一刻迟疑了。

我想起林尽杉在《初云》里写到的内容，那些关于我们过去十几年的回忆，还是那么美好，我可想而知信里的内容是什么，但是我有什么资格去让他怀念呢？

我要回信吗？我要告诉他事情的真相吗？最后，我只是自我胆怯地摇了摇头。

看着林尽杉的名字，我的内心顿时觉得不寒而栗，我匆匆把林尽杉的信收进抽屉里，上锁锁好。

我对自己说，我还需要点时间。

空闲的时候，我开始陪钟琪听李院长的课，我们总是牵着手坐在教室偏僻的角落，没有人注意到我们。看着台上李院长挥斥方遒的力度，我突然想起了曾经的刘舒康，他也是这样意气风发地讲课，把每一个重点都突出得当。

李院长非常幽默，是一个和蔼的老师，很多学生都愿意选他的课，当然因为钟琪，不少学生也对他有偏见，常常在上课时说一些过激的话，但李院长只是一笑了之。他不太在乎学生们的闲言闲语，而是更注重自己的课程。

钟琪托着下巴望着李院长，嘴角微微上翘，她总是以这样的姿态看着他，偶尔他也能发现角落的我们，对我们报以微微一笑。我能看出，那是一种父亲的慈爱，而不是男女之间的暧昧。

李院长在一个周末到寝室找到我，邀我出去聊天。他的鬓角已经有了白发，眼镜下的双眼下凹着，笑容可掬，他说："你是叫程涵宇吧。"

我点点头，他背着手，像一个长者跟我谈心一般："我听小琪说，你们在一起了？"

这句话他问得很平淡，但是非常谨慎，语气中带着几分质疑。我依旧点头，在师长面前我始终不愿说太多的话，哪怕他是钟琪的父亲。

李院长说："那你应该知道我和她的关系了。小程，你会好好对待我女儿吗？"

我很肯定地说："我会。"

是的，我会，我喜欢和她在一起的感觉，每当我看见她笑，就会开心，看见她哭，就会难过，我第一次体会到喜欢一个人是这样的感觉。曾经看夏雨主演的《独自等待》，看到夏雨每次死皮赖脸地缠着李冰冰，我都会嗤之以鼻，可是现在，我也扮演了他的角色，喜欢真是一件很微妙的事情。

李院长拍拍我的肩膀："那你能答应我，好好待她，好好照顾她吗？"

我笑着说："李院长，你放心，我会真心对钟琪的。"

李院长临走时，凝重地看着夜色："我这辈子欠他们母女的，估计永远都还不清了。"

我目送李院长离开，看到了一个年长父亲的背影，充满歉意与罪恶，而这样的感觉我感同身受，对于林尽杉，我也是同样充满了歉意与忏悔。

2

会场上飘荡着悠扬的笛声、清脆悦耳的鸟叫，宛如梦境。几个优美的旋转后，好茜利落地定格在舞台的右边，舞台下鸦雀无声，安静了两三秒，雷鸣般的掌声才轰然响起。我站在人群中看着她，落幕的瞬间，我注意到她的右脚抽搐一般弹闪，但她依旧面带笑容向观众鞠躬。

三天前，好茜告诉我，她准备参加院里的一个大型比赛，主办方旨在寻找可以推向市场的有潜力的舞者。我明白她的意思，她想在这次的比赛中获奖，用这个机会声名鹊起，从而弥补过去十几年荒废的青春。

她趴在石拱桥上，看看静静流淌的秦淮河，又看看我，漾起孩子一样天真的笑："哥哥，如果有一天他在报纸上看见了我，肯定也会为我开心的！"

我知道好茜说的"他"是林尽杉，对此我不置可否，我不知道林尽杉是不是能看到好茜获奖的消息，但这份爱对于她而言，拖累太多，延续太久，像望不到头的火车，将自己最好的年华全部葬送在了遥遥无期的等待之中。我没有将看到《初云》的事情告诉好茜，在没弄清楚之前，我不想惊起什么波澜。每次谈及林尽杉时，她总是露出少女时期羞赧的笑容，好像林尽杉就在她身边。她不断地旋转，不断地舞蹈，她想在音乐声中忘却一切，但是曲终人散，她又开始无望地等待。

十八岁生日的那一夜，好茜邀了一群姐妹在大学城外面的饭店喝酒，我背她回寝室的时候，她一边哭一边吐，吐了我一身，她说："哥，天底下有个最傻的妞，她叫方好茜，现在就在你面前。我忘不了他，你骂我吧，把我骂醒或许就好了。"

我抚摸着她的额头，让她入睡，那一刻，我不恨林尽杉，我恨的是自己。

入秋之后，很快就到了冬天，温度像是突然掉下来的。

其实，好茜并非不想隐藏这份思念，但是就在新年一月的时候，各大报纸开始疯狂炒作三森的新作《初云》。一时间，三森及其作品炙手可热，好茜来找我，她把三森的书放在我的面前，激动地抓住我的手腕："哥，他出书了，你看，你看！"

我知道有些事情纸包不住火。

好茜悲喜交加，她为林尽杉的出色而感动，但又为林尽杉没有第一时间告诉她这个消息而伤心。好茜与那些花痴的少女无异，或许比她们更痴更傻，她很讨厌在街上听到别人讨论三森，这种讨厌夹带着强大的占有欲，有时候我怀疑她的爱慕已经变成一种信仰与守望，这样的感情升华让她越来越难脱离林尽杉的阴影。她试着用各种手段联系出版社，可是没有得到任何有用的线索。好茜死皮赖脸地询问，出版人才告诉好茜，连他也无法直接联系到三森，三森用公用电话联系，然后将稿子投递过来，而版税收入都是直接打卡，所以没有人知道三森到底在哪里。

因此，胜出这场舞蹈比赛或许会是林尽杉知道她的唯一途径。

我在后台找到她，后勤人员正在为她按摩，刚才跳舞时因为太过用力而抽筋，但是她还是撑到了最后。

好茜看见我，扬眉微笑，然后说："哥，我刚才表现得还不错吧。"

我笑着点头："表现得很好，但是太逞强了，如果脚拉伤了，下次登台的机会就要让给别人了。"

她嘟着嘴，说："哪有那么严重，每次的力度我都好好把握的，你妹妹哪有那么脆弱。"

后勤的那个小女孩扑哧笑了出来："好茜，你真让人羡慕，舞跳得那么好，还有个这么贴心的哥哥。"

好茜得意得眼睛都亮了起来。这些日子，我见证了她学着坚强，学着默默承受，她说，十八岁一过就是女人，不是女孩了。我想起幼时的她，跟随着父亲在一个又一个女人之间徘徊，经历形形色色的人与事，心中早已建成一堵围墙，但这些年她成长了很多，从逃避到面对，最后甚至学着担当，她确实说得没错，她已经是一个女人，而不是女孩了。

就在我与好茜说话的时候，门外传来了广播声："方好茜，9.78分，以绝对的优势取得本次比赛的第一名。"

好茜兴奋地跳起来,一把抱住我:"哥,我成功了,我成功了!"

这时候,一个男生走进来,他将一个信封递给好茜:"方好茜,你的信,有个女生叫我拿给你的。"

好茜疑惑地看着那个没有落款与寄件人地址的信封,她慢慢拆开,里面是几张照片。

她面如死灰地将照片放在我的手上。

其实,那不过是几张暧昧的照片,但照片上的一男一女正是我与钟琪。

我想不到除了钟琪,还有谁会把这些照片寄给好茜,我甚至感觉到钟琪就在不远处望着我,将这里的一切看在眼底。

"哥,这是怎么一回事?"

我冷静地说:"好茜,你听我解释。"

好茜摇头:"解释等于承认这个事实,哥,为什么要和她在一起?"

好茜的咄咄逼人让我感觉压抑,我为什么不能和她在一起,我的爱情是我自己的事情,何必要考虑别人的看法?"好茜,她没有什么不好。"

好茜红着眼:"不,她什么都不好,哥,我不喜欢那样的女人,想到你和她在一起,我只觉得恶心。"

我忍不住有些生气:"好茜,你怎么说话呢?现在我和任何一个女生在一起,你都会觉得自己的东西被抢走了。"

好茜挣扎着脱离我的怀抱:"不对,一定是她对你说了什么,哥,你不能和她在一起。"

好茜的无理取闹确实让我忍无可忍:"我为什么不能和她在一起!"

好茜的眼中涨满了眼泪:"我和她你只能选一个,你会选谁?"

我不喜欢这样无聊的小孩子游戏,我转身离开,想立刻去找钟琪问清楚,好茜拉住我的手:"哥,你要去找她是吗,你真的不顾我的感受?"

林尽杉,为什么你不在,如果你是我,你会怎么做呢?

3

灯光昏暗,舞台上传来喑哑的歌声,几个男生喝醉了在酒吧的舞台上发酒疯。外面电闪雷鸣,像是要下雨了。

我找到钟琪的时候,她刚好喝完了杯子里最后一点酒,她看见我来,笑颜如花:"小宇,你怎么来了?"

我将照片扔在吧台上:"钟琪,这究竟是怎么回事?"

她看着吧台上的照片,纤细的手指慢慢拨动着散落的照片:"我不知道……"

"为什么这些照片会寄到我妹妹那里?"

她表情凝重地看着我:"你怀疑我?"

我无法看透钟琪眼中的疑惑,她真的是无辜的吗?还是在表演无辜?

"我没有,我只是想弄清楚到底是怎么一回事。"

钟琪叫服务生又拿了一杯酒过来:"说到底,你还是怀疑我,小宇,我没必要这么做。"

我原本打好的腹稿在钟琪这句话之后全部推翻,那几个闹事的男生已经被一个黑黝黝的大汉拖了出去,酒吧又变得清冷起来。

她见我语塞,继续说道:"小宇,我这样做,对我自己有什么好处吗?我不会做对自己无益的事情,不过我也很好奇,这些照片是哪里来的。"

她每一句话都一针见血,仿佛能看穿我的想法。

我抢过钟琪手上的酒杯:"别喝了,让我喝。"

钟琪冷冷地笑:"程涵宇,你真的只是个小孩儿。"

我还没有开口,好茜就走了过来,她大概已经找了我们好一会儿,面色潮红,大口喘着气。服务员刚刚兑好的酒放在吧台上,好茜端起来就泼在了钟琪的脸上。红色的液体从钟琪的发间流下,她没有生气,反而带着宽容的笑容,像钟琪这样骄傲的女子却在好茜的撒泼下显得格外宁静。

好茜拽着我的手,试图将我拉出酒吧:"哥,你不能喜欢这个女人,你知不知道她到底是干什么的?"

我没有理会好茜的劝阻,或者说,在爱情面前,我选择按照自己的想法去做,孤注一掷。好茜见我没有丝毫反应,继续说:"你记得我当初说的话吗?如果有一天,你喜欢上了这样一个女人,那么我……"

我没有让好茜说完,便接了上去:"就和我断绝关系是吗?好茜,喜欢一个人是不会因为身边人的反对就随意改变的,每个人的生活都遵循着一定的秩序和原则,但是唯独在感情上,那些所谓的道理和舆论都显得苍白无力,我以为你会懂。"

好茜摇头,她执拗地拒绝听我说话:"我给你介绍那么多的女孩子,为什么你偏偏要喜欢她?"

钟琪捋过被酒浸湿的头发,开口道:"你们兄妹要玩这样的游戏,姐姐我可没有时间奉陪。像你哥哥这样的好孩子,还真该待在妈妈怀里,吸着奶嘴,听着晚安故事慢慢入睡。我麻烦缠身,本来就没有高攀的意思,所以,请你用你的伶牙俐齿将他从悬崖边拉回去。不过,希望你的嘴巴真的管用，别下次又被我这个狐狸精给迷惑去了。"

钟琪提着包准备离开，我抓住她的手，我知道此刻她心中在哭泣，钟琪企图甩开我的手："游戏结束了，程涵宇先生。"

我知道如果这一刻我失去了她，将再也没有机会与她见面。钟琪看了看我，再看了看好茜："很晚了，我得回家去。"

她的语气仿佛是高中同学聚会离场时候的惆怅，但我依旧没有放开手。

好茜咬了咬嘴唇："哥，我最后问你一句，如果只能选择一个，你选谁？"

钟琪不屑地笑了，她回头说："我帮他选，他选你，我没有兴趣参与这样的比赛。"

好茜执拗地等着我的回答，我们三人僵持在这灯光璀璨的世界里，我说："我喜欢她。"我没有选择，但似乎已经有了答案。

钟琪沉默着，好茜失落地看着我，嘴角露出了苦笑，眼神中充满了失望与不解。

她的手松开了我的衣角，喉咙中哽出一句失去声调的话："好的。"

钟琪牵着我的手，在校园路的大道上行走："小宇，我承认刚才的话很尖刻，可你刚刚那样说真的没关系吗？"

"好茜会懂得的，何况我答应过你爸爸要好好照顾你。"

钟琪抬头看我："小宇，你真的不怀疑那是我做的？"

我点头："你说的我都信，我一开始就不该怀疑你。"

钟琪站直身子："但你不觉得奇怪吗？那些照片是哪里来的，又是谁寄过去的，这一切都太蹊跷了。"

我不愿意再去想，蹊跷就让它蹊跷吧，如今好茜已经知道了这件事，即使查出结果也没有丝毫改变的余地。我问："你知道哪里有教堂吗？"

钟琪想了想："我知道一个地方。"

玄武湖的中心荡漾着雪白的月光，远处的塔影憧憧，钟琪牵着我的手在树林间穿梭，然后在河畔停下来。

"小宇，你看，远处的倒影一到这个时间就会像一个巨大的十字架，我找不到教堂，但是每次有什么愿望都会到这里来。"

我想起幼时和林尽杉一起到那个破旧教堂祈祷的情景，我们紧握着小小的手，双手合十地冥思，而现在我希望能为他祈愿，林尽杉，你在哪里呢？过去的日子我有时企图和自己说，这一切都与自己无关，我对林尽杉的嫉妒与仇恨只不过是年少轻狂犯下的小错。可是，当我用这些推托的理由麻痹自己的时候，我并没有得到丝毫的轻松，那些借口，轻易地将我推到了铺满尖刀的土坑里。

"涵宇，涵宇……"

我突然回过神来，看见钟琪的面容，原来不是林尽杉在叫我。湖心的月色静谧迷人，像我这样身兼数罪的人，却比任何人都过得幸福，像我这样万恶不赦的坏人，才是最应该受到惩罚的。

那夜之后，我很长一段时间没有见到方好茜，她甚至换掉了电话。在我眼里，方好茜永远都像一个长不大的孩子，但我知道，我不能一直陪在她身边。我在寝室过着浑浑噩噩的日子，除了夹着书本像客串演员一样偶尔出现在教室里装装样子，便是上网和睡觉。

其实我不大敢看网上的新闻，最近去各大网站都会看到三森的专题，那本《初云》好像已经家喻户晓。后来，我也在书店买了一本，我仔细重读了好几遍，每次读到与我有关的句子，我都忍不住拉开抽屉，看看林尽杉寄来的来信。

春天姗姗来迟，三月的末尾，寝室楼下的紫荆开始慢慢凋谢，新生的嫩芽从枝节上冒出来。寝室的人还在热衷于社团或学生会的活动，而我只是漫无目的地过着一个人的小日子。

周一的夜晚，学校组织学习生殖健康与防治，临走的时候，每人赠送一个杰士邦。当一个小姑娘怯生生地递给我时，我突然想起和江超在巷子里的日子。那时候还是高中，江超拉我去药店搞到一盒套子，随手分了我两个，说以备不时之需。当时我并不知道这是用来做什么的，但是好奇心还是驱使我打开了它。

事隔多年，头脑中依旧会反复闪现那些如同泥泞一般的日子。在某一刻，我停止了自己的回忆，我不敢想江超，一旦想起他狰狞的笑容，我就会想起林尽杉，接着想到自己的罪恶，他就像一把无法开启的锁，随时挂在我的身上。

我与钟琪在她狭小的蜗居里欣赏晨曦的秦淮河夜晚的月光，有时候坐在地板上听她读一些小说，没课的时候，我帮她做饭，或者她为我煲汤，按部就班得像恩爱的夫妻生活在没有纷争的日子里。爱情让人感觉年轻，让人感觉自己还活着，但人不能活得太过安稳，这样你就会忘掉生活中潜伏着的危机。

我对钟琪说："我一直想和你说，我曾有一个好兄弟。"

钟琪停下手上翻阅的书本，她问："那现在呢？"

我耸耸肩，然后冲了一杯咖啡，每次谈及林尽杉，我都选择沉默，钟琪也不追究，她只是自顾自地说："如果你不愿谈，大可不必开启这个话题，你欲言又止只让我觉得你心事沉重，刻意隐瞒过去。程涵宇，你是不是背负了太多沉重的东西，却没有勇气将它们放下？"

我抿了一口咖啡，说："如果能够放下，我早就放下了。"

钟琪笑笑，然后夺过我的咖啡杯，说："不是你放不下，是你舍不得放下。"

钟琪之于我，并不单单是心爱的人，我开始慢慢给她讲述我与林尽杉的过去，那是一段尘封已久的历史，或许是我内心始终逃避，有些已经回忆不起来，于是讲述的内容断断续续，无法成章。

钟琪说:"你一定很喜欢他,从你讲述的口气我便听得出来,他是你心中特别重要的人,这种喜欢不同于男女之情,就好像他就是另一个你,不知道我说得对不对。你一直希望成为他,但是你永远也成为不了他,他做了你做不了的事,所以你才会嫉妒又羡慕着他。"

钟琪告诉我:"小宇,其实我一直很同情文人,他们有成千上万的故事,必定有成千上万的经历,即使没有,也一定倾听过,那会承受无比巨大的压力。没有故事的人永远写不出动人的作品,能感动世人的作者必定自身充满了悲情。"

4

好茜合上书,在春日的夜里静静地叹了一口气,电话突然响了起来。

那是一个陌生的号码,她立刻接了起来:"林……哥哥,是你吗?"

控制不住的激动让她直接叫出了林尽杉,可是电话那头一片空白,好茜焦急地问:"林哥哥,我知道是你,你说话吧。"

良久,电话的那头传来另一个声音:"好茜,是我,我是慕禾。"

好茜怀疑自己听错,可最后两个字却显得异常清晰:"慕禾?你在哪里?"

或许是因为最初的误认,让慕禾的语气有些失落:"我在南京,好茜,我想你了。"

好茜突然想哭，泪水悬在眼眶："慕禾，你在哪里？我来找你。"

慕禾说："我就在你们学校门口。"

好茜抱着书本穿过桂花满园的小道，中文系的教学楼里，同学们还在齐读张若虚的《春江花月夜》，时而气势磅礴，时而婉转流长。这样的氛围让好茜有一种回到高中的错觉，同样是书声琅琅的夜晚，她逃课去舞蹈房练舞。

想想有多久没有见到慕禾了呢，高考结束到现在已经快过去一年了，而在这一年里，好茜除了会常常想起林尽杉以外，更多的便是想起慕禾。那些在练舞房训练的孤单日子，慕禾总是静静地站在一旁看着自己，陪伴着自己，而现在，他回来了！

好茜忽然有些惶恐不安，忐忑的心情像是奔赴一场久违的约会，她担心慕禾变了模样，不再是那个孱弱的小小少年。她远远地看见了他，穿着条纹衬衣的男生，于是突然加快脚步，从背后抱住了他。

"慕禾，慕禾……"

好茜也不知道为什么，当她紧紧拥抱慕禾的时候，泪水就涌了出来。慕禾转过身看着好茜，她注意到，他已经长高了许多，虽然还是瘦小，但是已经高过了自己的头顶，眉宇之间少了几分学生气，好像一夜之间，他长大了，这突然间的断层让好茜的内心有一些伤感。

慕禾抹掉好茜眼角的泪珠："哭什么呢？"

就是那一句温柔斯文的话,让好茜知道慕禾还是那个小小少年,那个被班上同学欺负需要自己挺身而出、那个陪着自己聊天听自己讲林尽杉的慕禾。

他们坐在学校图书馆外的石头桌椅上,高大的松柏挡住了投下的光。好茜怀疑这只是一个梦,慕禾虚化的轮廓让一切看起来那么不真实。

慕禾淡淡一笑:"好茜,你还好吗?"

这句话应该好茜先问,但她只是点点头:"很好,你呢,高考后你都去哪里了?"

慕禾稍稍收紧了眉头:"到处跑吧,你知道我外婆去世之后,我就没有可以依靠的亲人了。说起来,我本来就是一个孤儿,走到哪儿,哪儿就是我家。"

慕禾的语气将所有的遗憾都释然,仿佛生活的痛楚对于他而言毫无影响。"那你找到工作了吗?"

慕禾点点头:"什么工作呢?天啊,慕禾你都上班了。"

慕禾沉默着看好茜,反问道:"你找到林尽杉了吗?"

或许是触碰了好茜心中的雷区,一下子,她的笑容消失了,失落地摇头,但突然想起什么又笑了:"不过,他应该活得很好,他出书了,而且卖得很好。"好茜提及这件事,眼中闪着光。

慕禾抿着嘴笑，看着好茜开心的笑脸中带着一份无法言说的苦涩："好茜，你还喜欢着他吗？"

好茜托着下巴，十岁的时候，喜欢一个人是带着一种童话般的幻想；十四岁的时候，喜欢一个人是一种对美好感情的憧憬；十八岁的时候，喜欢一个人成为了一种默默期守的绝望。感情在每一个年龄段不断地进入时间的巨大筛网，最后滤下的只是零星的希望。好茜露出洁白的牙齿："喜欢啊，当然喜欢，我一直在等着他回来。"

慕禾抬头，图书馆里的人都安静地自习着，日光灯的白光被高大的松柏遮得只剩星星点点："你觉得他会回来吗？"

好茜又怎么知道他会不会回来呢？长长的时光仅仅把林尽杉的影像拓印在她的脑海里，到最后他已经无法成形，好茜也怀疑他到底还在不在。"慕禾，我们能说点别的吗？我心里堵得慌。"

慕禾点点头。

"你为什么会突然来南京呢，让我又惊喜又诧异。"好茜不觉问道。

慕禾迟疑了片刻："我到这边来有点事，我听他们说你考到南京了，所以就顺便给你打电话了。"

好茜略懂地点点头："会待多久？这几天要不要我带你玩玩？"

夜凉如水，好茜不自觉地裹了裹外套，慕禾说："我不知道会留多久，我就是想来看看你，其实……"

好茜疑惑地看着他:"其实什么?"

慕禾又摇了摇头:"其实我就住在这附近的酒店里,你随时都可以给我打电话。"

好茜惊喜地拍了拍手:"天啊,慕禾你是来出差的吗?你真的好厉害。"

好茜送慕禾回酒店,有几个小学生在路上玩着老鹰捉小鸡的游戏,一个小朋友拉着好茜的衣服:"姐姐,你和我们来玩游戏好不好?"

好茜笑着说:"不好意思,姐姐和哥哥还有事。"

另一个小男孩马上说:"小珍,你个傻妞,哥哥姐姐谈恋爱,哪有时间陪我们玩啊。"

好茜和慕禾的脸立刻就红了,好茜装出生气的样子说:"小屁孩,别开姐姐玩笑哦。"

孩子们一哄而散了。慕禾还是像以前一样害羞:"小孩子们乱说的,别理会。"

好茜笑着歪头:"我肯定不会当真啦。"可是好茜却没有看见慕禾稍稍失落的神情。

慕禾打开浴室的蓬头,水花在身上溅起,他将整个头埋在水里,脑海中又出现了离乡乘火车的一幕幕场景,耳边不停响着轰隆轰隆的声音。

火车总是让慕禾感到安稳，虽然这狭窄的空间里连空气都带着乱七八糟的味道，但是他知道，只要能感觉车在行走，自己就还没有死去。

高二的时候，他从学校门口的影碟店租了一张碟，是王家卫的《阿飞正传》，当时他不知道王家卫是谁，但是他知道好茜喜欢张国荣。他和好茜在小小的房间里面看电影，他为电影里的结局震惊，那是长长的一列火车，张国荣从上面飞下来，画面很美，台词很有意思。好茜哭着嘟嘴，她说："慕禾，我就知道这个结局不会太美好，张国荣喜欢演悲剧。"

从那一天起，慕禾开始幻想着乘坐火车的感觉，当他躺在又硬又冷的卧铺上时，他感觉到无比安稳。那个关于无脚鸟的传说又在他的耳边响起，它们漫无目的地飞翔，就和现在的自己一样。

从一开始，他便不知道自己何去何从，用口袋里剩余的钱买了一张价钱接近的车票，跟随拥挤的人流进入月台。慕禾看着绿皮的车厢，如此陌生而又亲近，像是一种呼唤。

旅客大多提着行李箱或者编织袋，各自说着无法理解的方言，有一刻，他不知道自己到底在做什么，甚至怀疑离开的意义，但是当乘务员拿着喇叭喊叫的时候，他还是上了火车。他的对面坐着一对夫妻，丈夫端着泡面在走廊的尽头接热水，妻子反复检查行李中的物品。

他偶尔与他们交谈，各自用着带方言口音的普通话，慕禾从对话中得知，他们为了养活家中老小长年在北方打工，现在那男子的父亲在家中去世了，他们要重返故乡。男子讲述中带着悔恨，他妻子在一旁安慰。慕禾欺骗他们，称自己是去外地念书，但当对方问及学校时，他却答不上来。那对夫妇说慕禾不像北方少年，温和的面孔像是绿色植物饱满的叶肉，那是南方少年特有的气质。

慕禾突然想起自己的父母，他不知道他们是不是南方人，是不是像那对夫妇说的那样，但是这一趟远行的火车让他有一种返乡的归属感。

慕禾翻开背包，里面有一张素描，那是当初与好茜散步时向美术班的同学要来的，离家的时候，他从墙上取下来，他喜欢这幅画，因为画上有两个看似亲密的人。他开始想起那个夜晚自己粗暴的行为，可他想不通孱弱的自己从哪里寻来了这般勇气。他下意识地摸了摸自己的脸，那时好茜的耳光重重地落在脸颊上，他心中深藏已久的爱恋在自己最痛苦的时候如岩浆爆发。他总是不经意地想起好茜的面容，但是刻意回忆时，反而又变得眉目模糊。

他收起手上的画，然后下床，他需要四下走走，长时间地躺卧让他浑身僵硬酸痛。他下床的时候，不小心踩到下铺孩子的鞋，孩子的父母用难听的语言说他，他充耳不闻，慢慢离开。

慕禾关掉淋蓬头的水，整个世界顿时安静了下来，记忆也随之戛然而止。他用浴巾擦干身上的水珠，趿着拖鞋坐到床上，每晚的这个时候，是他开始工作的时间，他赤裸着上身打开电脑，将摄像头对准自己，点开网页登录用户之后，很快就有人点击进来。有人用钱买下了时间，半小时。

慕禾飞快地敲打着键盘，等待对方的指示。面对屏幕上调戏的话语，他已经麻木漠然，却还是摆出了笑脸配合，所有虚伪的讨好都是为了钱，他很清楚只要乖巧听话，对方就会买下更多的时间。

为了多挣一点钱，他尽量与对方拖时间，但有时候也会有粗鲁的客户，如果慕禾没有照做，就会打电话到总部投诉。慕禾有时满头大汗，筋疲力尽，但是为了生计，不得不接着等待下一个客户。

网页上闪烁着五彩的广告语，让人产生无尽的遐想，诱惑着男男女女进入这一踏即陷的流沙：你可以让视频模特做任何事。

夜深了，慕禾从背包里拿出一本《初云》，他突然想仔细看看这本书。此时电脑屏幕又弹出用户请求的信息，但他无暇顾及。

5

我不喜欢大学的生活，盲目、没有方向、缺乏动力。换作别的动物，很快就会成为猎人的目标。阳光灿烂的日子，我趴伏在图书馆的木桌上，听着手机里存放的轻缓怀旧的调子，那时候我开始慢慢读一些林尽杉曾经喜欢的书，越是安静的时刻，我越是想起幼年的我们，两小无猜地坐在图书馆的木桌边，他读借阅的图书，我在一边玩游戏机。现在，他读的书不知道加印了多少版，而我玩的游戏机却早已经丢在了童年的回忆里。

我知道自己是一个自私的人，只会站在自己的角度去思考我所需求的东西。

好茜不来找我，我也不去找她。僵持着，没有任何解开心结的意思，有几次，我接到没有应答的电话，对面的呼吸声非常熟悉，我知道是好茜，欲言又止，最后挂掉电话，她等待我的妥协，但是我迟迟未能满足其心意。

钟琪倒是劝我去找她:"这样僵持下去不是解决问题的办法。"

我懂钟琪的话,但是我找不到一个合适的时机。此时钟琪的电话响了,她说着我听不大懂的方言,表情紧张,然后又慢慢舒展开来。她挂掉电话回头看我:"小宇,我一个学弟出了点事,我要过去一下。"

我立即说:"没什么事吧?"

她朝我露出一个让我放心的微笑:"没事,小孩子打架。你去找好茜吧,如果我没记错,这周她快要决赛了。"

若不是钟琪提醒,我真的忘记了好茜在这周末决赛。我和钟琪踏上不同的车,互相挥手告别。

我心中默默地说:"好茜,你得原谅哥哥,我不是故意的。"

我在好茜的寝室楼下等她,好茜中午下楼吃饭,她看见我就跑,我挡住她的去路,她却执拗地不愿意和我说话。

"好茜,别生气了,哥错了,给你道歉还不行吗?"

好茜歪着头:"不行,除非你和那个女人分手。"

好茜的口气没有丝毫退让的余地:"你就那么讨厌她?她没有你想的那么坏。"

好茜皱着眉头:"我想的?你了解她吗?哥,你凭什么就说是我想的呢,难道学校里传得沸沸扬扬的事情是假的吗?她和那些不三不四的男人鬼混,甚至那个李院长……"

我制止了好茜:"别胡说,好茜,钟琪不是你想的那样,是你一直误会她了。"

好茜用饭盒敲打我:"我不要听这些,我要你和她分手,有她没我,有我没她!"

好茜的话让我没有办法接下去,我只是安静地站在她身边:"如果我要你和林尽杉断绝关系,永远不再想他,你愿意吗?"

好茜咬着嘴唇,涨红脸:"这两件事能相提并论吗?"

我大声呵斥道:"为什么不能?我们做的不是同一件事吗?好茜,爱一个人是不会去计较对方的缺点的,因为你爱的是那个人,你为什么还不懂!"

好茜被我声嘶力竭的狂吼吓住了:"哥,你爱她是吗?"

我点头。

"哥,这周我比赛,你会来看吗?"

我说:"当然,我要看你拿冠军的。"

好茜抹了抹眼角的泪花："那你一定要来。"

四月的洋槐开遍了校园，钟琪坐在我的对面吃牛肉面："好茜那边怎么样了？"

我喝着碗里的汤："还好，她没有再提这件事，叫我周末去看比赛，到时你也去吧。"

钟琪突然停住了动作："我去干什么呢？"

我放下手里的碗："和我一起去吧。"

钟琪摇摇头："不要了，我如果在现场的话，好茜或许发挥不了那么好。"

似乎钟琪说得也有道理，我点点头："那你在学校等我，我看完了比赛再请好茜吃个饭，不出意外，她肯定拿第一的。"

钟琪点头示意："对了，我帮好茜买了一双舞鞋，你帮我给她吧。"

接过舞鞋的时候我发现钟琪手臂上有浅浅的瘀青，我立刻抓住她的手："怎么了，你的手？"

钟琪摆摆手："没事，上次为了那个学弟的事情，不小心弄伤的。"

虽然我想继续问下去，可钟琪立刻转移了话题："噢，对了，今天去传达室的时候，有一封你的信。"

那是一封用草黄色牛皮纸信封包裹的信件,寄信的邮戳来自上海。我看着封面上熟悉的字迹,并没有立马拆开。

钟琪很快就注意到了我的神色,她抬头问我:"是他寄来的?"

我点了点头,钟琪拉着我的手,说:"程涵宇,人总是只能逃避一阵子,但是无法逃避一辈子。"

"但是我很怕去面对他,你懂吗?一方面我很想知道他在哪里,但另一方面我又害怕知道他在哪里,万一他过得不好,万一……"

"万一他过得不好,你就应该让他重新好起来,不是吗?"

钟琪执着地看着我说,我舒了一口气,点了点头。

那夜,我终于打开抽屉,找出林尽杉之前寄来的信,犹豫很久,我还是用小刀拆开了它。

涵宇:

展信佳。

不知道我前面寄给你的信有没有收到,虽然知道不会有回音,但还是害怕寄来的过程中遗失了。

听到你考上大学的消息我很开心,屈指一算,我们竟有一年多没见了，时间过得真快。或许你收到这封信的时候，表情惊讶，不知所措，不知道是不是我消失太久，你已经快要忘了我了。在离开的这些日子里，我常常想起我们过去在一起的日子，我想念家，想念小学后山，想念坐在教室里听老师谆谆教诲的时光，更想念你与我一起骑着自行车飞驰的日子。

对了，你上大学了，我还不知道大学是什么样子呢，当初憧憬了无数次，却终究背道而驰。说来遗憾，不过我想这就是每个人的命，有些事情，好像都是安排好的。现在的你过得好不好呢？有没有喜欢的人，或者找了一个女朋友？虽然不该提起，但是好茜她还好吗？我听别人说，她与你一起到了南方，现在你们会不会走在小桥流水的地方看日落呢？

小时候，我那么羡慕你，长大后，依旧如此。你所拥有的东西，特别是精神上的那些财富，我想我这辈子永远都缺失。在上海的日子，我读了一本叫《挪威的森林》的书，书中留给我印象最深的一句话便是"唯有死者永远十七岁"，我们活着的人只会不断长大，而十七岁那些美好的画面，我们再也回不去了。

涵宇，我快要出书了，如果不出意外，你应该也知道我出书的事情了，我很庆幸上天对我的眷顾，让我可以有这个机会。在创作中，我掏心掏肺地将所有的回忆都挖了出来，写得我泪流满面，但是当我完成这本书的时候，整个人都轻松了。我好像在和过去告别，决绝地将它们重新摆在自己面前仔细审视。

我还在想这本书到底叫什么名字，如果想到了，第一时间告诉你。替我向好茜问好。

不用回信了，我在外漂泊，居无定所，不过我过得很好，请放心。

林尽杉

二〇〇五年八月三日

涵宇：

展信佳。

上海的生活让我很苦恼，每天在忙碌的人群中穿梭，不知道自己到底为什么活着，看着林立的高楼与无穷的天桥，就感觉自己被笼罩在一个庞大的容器中。在上海，我很少看见北方那样辽阔的天空，高耸的建筑物让我感觉压抑，还有纵横交错的街道，好像一张铺满了黏液的巨大网络，束缚住我，让我迷失方向。我怀念我们的小城，怀念那些曲曲折折的小路，怀念我的书本和你的游戏机。

前几天上海下雨了，雨水落在我的头发上，想起初中的时候，我们冒着大雨骑车，到教室的时候，衣服头发全湿了，看着玻璃窗里映出的落汤鸡般的两人，忍不住哈哈大笑。上海是一座嘈杂的城市，太闹太繁华，在这样的世界里，人很容易迷失，但回归本心，我们想要的只是一个并不昂贵但是温馨的小窝。

让我再说一句矫情的话好吗？我挺想你的，也想念好茜，想念方老师和程叔叔。我知道你在南京，坐火车到上海只需要三个小时，我们就在相邻的两个城市里，但是涵宇，我还没做好见你的准备，或许是我还没有活成更好的样子吧，所以，我没有给你留下我的地址。但愿你能够收到这封信。

愿你平安开心。

林尽杉

二〇〇五年十一月十日

涵宇：

前两天去外滩的时候，我拍了两张照片，但是没有即时冲洗，所以没办法寄给你了。所有外地人都说，去上海一定要去外滩，像是一种仪式感，其实我是一个仪式感很差的人，之所以拍了照，是希望能够在上海各个角落留下点足迹，然后邮寄给你。虽然我们不在一个地方，但至少可以感受一下对方的生活。

我现在住在浦电路附近的一栋旧房子里，距离东方明珠并不太远，下雨的时候，会觉得南方是个神奇的城市。比起北方长久不见的雨水，南方真是一座被雨水浸透的城市。

对了，我的书定了名字叫《初云》，不知道你喜不喜欢。

到时候记得捧场，我想你会喜欢这本书，虽然你并不怎么爱看书。

明天就是元旦了，不知不觉新的一年又要来了，还记得我们几年前我们一起在桥头看的满空的烟花吗？

希望新年你过得更好。

林尽杉

二〇〇五年十二月三十一日

合上信的时候，信纸已被泪水浸湿，字迹模糊成一片。林尽杉所有的羡慕都源于我的背叛，他根本不知道当初是我一步一步把他逼上绝境，如果不是我，现在在这个树木成荫的校园中享受书香氛围的人是他，而不是我。

我躺在床上，想起多年前的那个梦，林尽杉坐在青色的大鸟背上，即将腾空离开，他说："涵宇，再见。"于是我们就真的分开了，这些年来，我一直在寻找赎罪的机会，每次钟琪询问我往事的时候，我都想将自己的罪过说出来。我想起电影里，梁朝伟将心事说给树洞听的场景，但我终究还是没有开口。

我没有想太多，立马买了一张去上海的火车票，虽然林尽杉并没有留下地址，但是信封上的邮戳至少可以有一些线索。

在火车上，我一直在心里整理要和林尽杉说的话，但是思绪很混乱，我不知道见到他应该说点什么。

在南京那么久，我却第一次到上海，上海和南京俨然是两座完全不同的城市。上海不像南京那样古朴，有着更现代化的建筑。人来人往的神色里，都带着匆忙。

我按邮戳的信息找到了林尽杉寄信来的邮局，但是很遗憾，他们几乎没有任何线索，因为信件都是直接投递到邮筒里的，所以根本没有人注意到过我形容的林尽杉。

我准备好的话最终也没有说出口。我并没有在上海停留太久，便直接回了南京。

可是，林尽杉，你到底在哪里呢？为什么要躲着我？

6

"一个人活得辛苦与否，关键在于你内心在乎的事情的分量，太重则疲惫，太轻则空虚。"

当慕禾在《初云》里读到这句话的时候，突然感觉到心跳漏了一拍，好像多年来内心深处的结在这一句话中被点破。林尽杉似乎经历了很多事情，那种对生活的无力感被他剖析得淋漓尽致。这时候是半夜两点，慕禾没有丝毫睡意，独自在房间的阳台上抽烟，寂静的一切让慕禾感觉到世界上好像只有他一个人。

掐灭第三支烟的时候，他突然打开了收音机，因为现在他需要一点声音来配合尼古丁，好让他不至于太过想念好茜。

收音机里传来一个亲切的女声："今天晚上，我们将电话连线一个目前非常火的畅销书作家三森，对于三森这样的现代隐士，这次连线确实非常难得。"

慕禾似乎感觉到一股通电般的触动,他急忙将另一只耳机也带上,深夜的风很凉,扑在他脸上。电台那头传来电话等待时的"嘟嘟"声,慕禾很想听听林尽杉的声音,他想知道好茜一直深爱的男人到底是什么样的。

当电话接通的那一刹那,他听见的,是一个冷静而内敛的声音,虽然有些故作深沉,但是依旧可以听出语音里夹杂的血气方刚。

"三森,你好,我是午夜场电台的主持人嘉宇。"

"请问你是?"

"最近你的新书《初云》卖得非常好,我想问下对于这本书,你有什么要说的吗?"

"抱歉,我不是你要找的那个人。"语气冷淡得让主播有些不知所措。

"不会啊,这是出版社给我的电话。"

"抱歉,你真的打错了,如果没有其他事情,我得挂掉电话了。"

电波那头很快传来了忙音,大概留白了两秒,迅速转为了广告。慕禾不觉一笑,林尽杉拒绝这些商业化的东西,正好让自己显得脱俗,也许就是这样的气质让好茜痴迷。不过,想不到林尽杉的声音这么沙哑,一点也不像个少年的声音。

慕禾取下耳机,刚想点下一支烟,手机突然响了起来。

好茜发来一条信息：慕禾，帮我一个忙。

7

比赛的会场富丽堂皇，大厅按照欧式风格布置，放着小野丽莎轻缓的音乐，全场充满神秘而浪漫的气息，来往的参与者穿着正式的服装在会场中穿行。

好茜化好妆，倩影翩翩地走来。她给我一个深深的拥抱："哥，如果我赢了，你得请我吃遍全南京。"

我摸摸她的脑袋："肯定，如果你赢了，我不但请你吃遍全南京，还实现你一个愿望。"

好茜咧着嘴笑了，然后松开手，原地转了一个圈："我今天漂亮吗？"

"漂亮！"

好茜的自信与美丽让她大为增色，就像黑夜之中的夜光蝶，穿越黑暗与阴霾，绽放着璀璨的光芒。一时间我忘记了她曾经孩子气地离家出走，曾经背着大包翘课，这些年来的蜕变，是林尽杉给了她最大的勇气。

这时鲜红的帷幕缓缓拉开，好茜朝我做了一个手势，她说："哥，我先去后台了，我要听见你最大的加油声哦。"

我给了好茜一个鼓励的微笑:"去吧。"

会场的噪声渐渐降下去,开场舞的前奏缓缓响起,专业的舞者就是不同,一上场就释放出强大的气场,让所有人屏气凝神。

节目依次进行,但大部分都缺乏亮点,看得评委席上的众人昏昏欲睡,直到主持人开口:"下面,我们将有请方好茜同学,她在初赛中获得了最高分,今天她又会带来怎样的表演呢,让我们拭目以待。"

台下的粉丝们的欢呼声一浪高过一浪,音乐如河水缓缓流淌,好茜轻轻踏着步子起舞,脚趾着地、弹跳、起落、劈腿、下腰,她是曼妙的花,在灯光下骤然绽放。她似乎不再是以身体起舞,而像化为了轻盈的丝带,舒张、翻跹,在灯光与音乐的交叠变换中,她真正做到了像羽毛一样飞翔。这是她跳得最棒的一支舞,音乐如尘埃落地,好茜也定格在了那一瞬间。

所有的人都惊呆了,可是就在掌声如海涛响起的时候,我注意到她白色的舞鞋被血浸红了,我急忙拨开人群往舞台跑去。这时主持人报出了她的最终得分,八点六七分,我张着嘴惊叫了起来,而台上的好茜一瞬间面如死灰。

所有人都以为自己听错了,连主持人都在反复询问,可是分数就摆在众人面前。会场躁动不安,我奔跑上台抱起好茜,她已经愣在那里无法动弹,双眼无神地看着一切。

我忘记我是怎么背着好茜离开会场的,她的脚趾流着血,染红了我雪白的衬衫。

好茜趴在我的肩上哭："哥，刚才发生什么了？"

我沉住气摇头："没什么。"

好茜突然叫起来："那些评委是瞎子吗?！为什么会这样？"

我背着好茜继续向前走，风吹干了她的眼泪，我闻到微咸的味道："只是一场噩梦，很快就会醒过来了。"可是这一切真的只是噩梦吗？

"好茜，你的脚是怎么回事？"好茜沉默不语，我放下她，脱下她的鞋，里面居然有一根极细小的针。

钟琪放下她如夜一般漆黑的长发，绕过人群走向评委席，对着他们微微一笑。她没有注意到身后有一个男子正虎视眈眈地看着自己。会场外的街道上出现了灯光照耀的光晕，这一夜来得那么迅疾，黑得那么透彻。

第十章

> 梦太深了,你没有羽毛,生命量不出死亡的深度,不要在那里踱步。下山吧,人生需要重复,重复是路,不要在那里踱步。
>
> ——顾城《不要在那里踱步》

1

清晨的宿舍走廊,总是有三三两两的男生跑到走廊尽头的厕所,吹着口哨,或者大声吃喝,说笑着,间歇说几句俏皮话。他们喜欢在一大早就将体内的热情发泄出来,我转过身,感觉到头部传来的剧烈疼痛。

我回想起前不久,我和钟琪坐在大巴上的最后一排,她疲惫地睡着,头耷拉着不自觉垂在我的肩上。我们漫无目的地坐很长一段距离,说是车览,实际上只是为相处多争取一些时间。车窗外依旧是淅沥的雨水,在玻璃上汇成一股,我摸着钟琪的头发,软软的,透着洗发水的香味。我翻过身,手机上的时间刚刚跳过十点,我睁眼看着这个世界,我宁愿这是一场梦。

醒来的时候,我看见桌上的信。我趴在床上,伸手去够,我突然想拆开林尽杉的信来看看。自从那天好茜回去之后,我总是担心她会出事,噩梦不断,我不止一次梦见她从高楼上跳下去,我变得神经质,每天给好茜打很多次电话。好茜的声音总是显得有些虚弱,她向老师请了半个月的假，在寝室休息。

我打开林尽杉的信，透着晨曦的微光看起来。

涵宇：

我写这封信的时候，你应该已经睡下了。

这些日子，总是不自觉地回想之前那一幕一幕的场景，这样不好，会让自己觉得除了回忆，人生好像再也没有其他了。可是人到了烦恼的时候就会去想那些美好的东西、曾经的无忧无虑。我这些日子惧怕时间，总感觉它要从我身上带走很多东西，我有些渐渐不记得父母的模样了。他们现在应该不会再吵闹了，偶尔在梦中听见他们叫我，我妈妈依偎在爸爸的怀里，他们看着我，叫我坚强地活下去。

前些日子，我在街上看见一个和你很像的人，我差点跑过去叫他，但是很快就被人群挤散了。后来我想，或许只是我太想你，才出现了幻觉。我记得初中的时候，你总爱趴在课桌上睡觉，后来我们还一起在自习课上趴在桌上听音乐，那时候还没有MP3，常常要去路边的小摊上买磁带。最近我想去买一盘以前我们一起听的无印良品的歌，结果老板告诉我，早已经没有磁带卖了，连Walkman都成了古董。

那段时间，你不和我说话了，你开始和江超混在一起。那时候我真担心你，看见你和他们一群人站在巷子里对着学生吹口哨，我就想跑过去拉你一起回家。那时我听的无印良品的最后一首歌是《别人都说我们会分开》，我想我们可能真的要分开了。

若不是后来家中的变故,我想现在我们应该在同一所学校,安静地过着大学生活;要不是当初我任性地离开,或许现在我们还可以像从前一样,谈笑风生。我有些不适应这里的天气,整个冬天几乎都看不到北方那样厚重的白雪,我怀念银装素裹的世界。现在被编辑催着写东西,我感觉自己浑身疲惫,已经没有了最初那种写作的欲望,我真担心有一天我什么也写不出来,就这样被掏空,然后望着空荡荡的房间发呆。

涵宇,你还记得我那个傻傻的愿望吗?能够找一片宁静的湖泊垂钓。现在我想,真是傻到家了。有一天我们开始活在回忆里,就说明我们老了;有一天我们舍不得过去,也说明我们老了。我知道我老了,但是苍老的滋味未必不好,因为可以在幻觉中看到快乐,看到自己曾经那么开心过。

现在我只要一回忆,就会想起我们的小山坡,想起我们的蒿草,想起我们傻傻的笑。

林尽杉

二〇〇六年三月十二日

穿好衣服下床,隔壁寝室正放着绝望的曲子,听起来有些窝火。有男生站在阳台上读英语,还有几个穿着短袖,一边上楼一边吃着包子。我掬起冷水泼在脸上,我得承认,这些平凡而美好的校园场景让我动容了,为什么我就不能安静地过着这样的生活,无所事事地翘课,或者陪女生看一下午的电影,去参加一次舞会,邂逅一段姻缘,让那些所谓的黑暗与残酷,都滚得远远的。但是不行,当我洗漱完毕,打开手机,就看到通话记录里满满的"钟琪"。我知道,这并非梦,而是事实。

2

四月的天空充盈着无穷的湛蓝色,这样的好天气,最适合展开电影和小说里舒缓而浪漫的情节。少男少女们带着大学校园独有的书香气息,徜徉在山茶扑面的校园路上;网球场上有挥汗如雨的少年靠在围栏网上用毛巾拭汗;篮球场上有袒露着小麦色腹肌的男生抢过对方的球,快攻进篮;几对情侣坐在草坪上对骑自行车而过的少年指指点点,然后发出爽朗的笑声。这是大学里最平常也是最美好的日子。

可就是在这样美好的氛围下,我骑着自行车在图书馆前拦住钟琪,她扬眉看我,企图从我严肃的表情中看出些许端倪。

我不愿意拐弯抹角地去说事情:"你为什么要这么做?"

钟琪微微一笑:"我做什么了?"

我将那双被血染红的舞鞋扔在她的面前:"她是我妹妹,你用得着这么狠毒吗?她不过是不同意我们在一起而已。"

钟琪看看那双舞鞋上的鲜血,又疑惑地看看我:"这双鞋怎么会这样?"

我实在受不了钟琪的伪装,我一直以为她是一个善良的女孩子,只是有着嚣张跋扈的性子而已，可是，钟琪，你在演什么呢，你的演技并不好。

"你不要告诉我，你不知道这是怎么一回事，甚至不知道舞鞋里面有一根针。钟琪，不要把我那句我相信你当做我对你信任的资本，任何事情都是有底线的。"

钟琪笑了："你很有意思，不过，程涵宇，我常常嫌弃你没有脑子。麻烦你让开，我还有事情。"

我拉住她的手："你是什么意思？不要说我听不懂的话。"

钟琪说："你是没有脑子的人，但不代表你那亲爱的妹妹没有脑子，程涵宇，如果你真的要我向她道歉，可以，但请你让让，我现在有事，我爸被那女人推倒在厨房，现在正在医院，我要马上过去。"

钟琪强颜欢笑，在这个时候我没有办法跟她生气。我挪开了自行车，看着她慢慢走远，忽然觉得她在哭，我是真的误会她了吗？

我在图书馆的底楼坐着，拿出手机反复把玩，我不知道李院长现在怎么样了，也不知道好茜现在怎么样了，我感觉自己的头脑一片混乱。钟琪刚才的话是什么意思，她是说好茜栽赃陷害吗？可是好茜有必要这么做吗？她不是这么心狠毒辣的女生，何必要与钟琪对抗呢，我感觉谜团重重。

此时钟琪的电话打了过来："小宇，今晚大家吃个饭把事情都说清楚吧，我想，没有必要拖下去了。"

我对着电话沉默，钟琪又说了一句："你在听吗？今晚约在新街口附近吧。"

有时候我想，如果我没有答应钟琪，会不会之后的故事有不同的结局。但是后来钟琪告诉我，不管你做出了怎样的选择，都会有一个殊途同归的结局。

那时候我还没有看过《罗拉快跑》，我不知道命运这回事并不会因为你改变了一个条件而变换，结果早已注定，过程可以多样，但对结局没有丝毫影响。

就在前一天，妈妈打电话告诉我，她又开始看翁美玲版的《射雕英雄传》了；也是前一天，我看到林尽杉的信想起了过去的种种；也是前一天，我看着好茜安静地睡着才慢慢离开；也是前一天，我感觉这个世界上每个人都在自己的世界静静地活着，其实，一切都那么美好。

走在石板路上，有风吹拂柳枝的细碎声响，远处遥遥传来狗吠，几个老太太坐在小板凳上拉家常，河岸边几个小孩竞相追逐，一派怡然自得的景象。我趴在石桥上点了一支烟，这就是曾经林尽杉憧憬已久的南方，有着潮湿微蓝的天空，扑面而来的是带着水汽的空气，等我们都真正到了南方，其实反而还是怀念在北方的日子，看辽阔的天空，在干燥的空气里呐喊。

我懊恼地看着那些在地上打滚的小孩，曾几何时我也与他们一样，剪一个西瓜头，那时候林尽杉就这样蹲在地上，用石头写诗。只不过现在的孩子不会玩扇画片了，他们玩PSP，几乎人手一部。街头的红白机早已经被淘汰，没有了超级马里奥和拳皇，少年一代玩电脑，上网吧，画面早不是一格一格失真的图像了。他们不吃金币，因为有绚烂的法术；他们不用担心踩乌龟的时候，被龟壳弹到自己，只要有张回城券，死前逃跑就万事无忧了。尽杉不知道，原来我们的童年没有传承给下一代人，他们和我们的世界已经有着天壤之别了。

每个人的第一反应都和草履虫一样趋利避害，越是烦恼，越是选择逃避。我想我终究是一个软弱的人，在面对钟琪的时候，有些不知所措，我是那么喜欢她，在我知道她是一个蛇蝎心肠的女人后，我应该放手，不再理会她的死活，不去理会她的解释，但我一点也做不到。我讨厌这样的自己，但强大的压力让我无法去面对这些事情。

钟琪说过："小宇，人的一生总要做一件让自己不后悔的事情，微小或者疯狂，即使不被世人理解，受万人唾弃，但只要自己愿意，都算没有枉费这一生。"

当钟琪说完这句话的时候，我好像理解了她，她所谓的一生就像一场绚烂的烟火，追寻的是那瞬间的璀璨，我突然彻底陷入她默然的神色中。

四月到来之前，寝室的兄弟失恋了，我因为失眠并没有睡着，听见他埋在被窝里哭泣。他是来自东北的糙汉子，可面对爱情，他与弱者并无两样。我坐起身来，下床拍了拍他，他从被窝里探出头来，我知道，此刻他最担心被人看见自己的脆弱，但是我照旧做了，我示意他下来，没有惊动其他人。

我们俩就站在阳台上，他开始给我讲述他与他女朋友的故事，他们青梅竹马，却在高考后走入了不同的城市，后来女生移情别恋了，他却依旧假装不知道,和她维持着爱情,最后女生还是开口提出分手了。

他极为注重细节的描述,他们牵手在大街上行走,女生鞋带松掉,他会弯下腰帮她系上;女生痛经的时候,他在一旁帮她冲泡红糖温水;下雨天雨水落在自己的肩上,却依旧为她遮风挡雨。他的语气中带着不解与委屈,最后他问我,自己到底哪里做错了。

凡是恋人结束一段爱情的时候,投入感情越深的人越是反省自己是否有什么地方出了差错,但事实是对方出了差错。

我拍拍他的肩膀:"没有什么对错,只是感情都有结束的一天而已,再长也不过抵达死亡,你现在可以转弯开向另一条路,或许有绚烂的风景。"

我发现一场爱情让我变成了哲人,也更是明白了旁观者清的道理,我甚至诧异自己能够说出这样的话来。它似乎让我重新审视了这些日子以来发生的一切,最后,我对那个男生说:"谢谢你。"

马哲老师说过,事物总是向着矛盾的对立面发展的,曾经我伤害过林尽杉,却在失去后加倍怀念他,而我也害怕去面对钟琪伤害好茜这件事,可我知道自己不得不站出来,去弄清楚整件事,哪怕它可能是一场无法预知的风暴。

我打电话给好茜,告诉她晚上吃饭的地点和时间。好茜疲惫地应着,然后翻身又睡了过去。

我幻想着今晚的晚餐可以将她们之间所有的矛盾都一一解除,幻想着她们冰释前嫌然后互相开玩笑地对话，幻想着我和钟琪一起送好茜回寝室，然后听好茜叫钟琪一声"嫂子"。可是这种幻想似乎被心中另一种不安的情绪压迫着，这样不安的情绪就像我少年时看见江超在巷子边招手，对我露出诡谲的微笑。

路边小店的电视里，还放着经典老歌串烧，我听见齐秦唱着《往事随风》，其实我不太喜欢齐秦的歌，但这首歌在我上学的时候，每天都在各大广播台播放。我在路口停留了片刻，每次去新街口都要路过夫子庙，而我一直搞不懂为什么每天那里都有这么多人，就像我搞不懂我现在面对的事一样。

3

钟琪在半夜突然惊醒。

脑海中是黑暗而狭小的房间，布满蜘蛛网的天花板，时不时能够听见夹层中老鼠窸窸窣窣的声响，躯体似乎已僵硬成濒临死亡的空壳。

她已经很久没有梦见那个狭小的黑屋子了。

钟琪撑着床铺的边缘，抚摸着手臂上的瘀青，大脑微微作痛像是长着一个毒瘤。三天前，被堵在巷子口遭人毒打的情景，现在还历历在目，钟琪想不通到底招惹了何方神圣，引来不速之客，但是心中隐隐约约有了一个答案。

她把头埋在双臂间，一时间什么话也不想说。

钟琪撑着身子，看着手机上的信息："你为什么要这么做？"她只觉得好笑，按动键盘删掉了信息，起身倒了一杯咖啡。

微凉的夜晚，除了烟便只有速溶咖啡陪伴。此时此刻，她真想裹着睡衣到外面走走，这个房间太静，让人压抑得快要窒息。她翻开手机的电话簿，来回翻滚着那几个重复的名字，最后关掉了手机，耳边仿佛又听见那个殴打自己的男子的声音。

有些事情总是要解决的，即使你隐藏得再深，也终究有人知晓的一天。她想起自己靠在那个少年身上的感觉，窗外下着瓢泼大雨，雨水一股一股从窗户上流下来，她就这样静静地靠在那个少年的胸前，不知道是不是因为年幼时缺失父爱，她对于这样宽阔的胸膛总是带着几分留恋。少年说会一直照顾她，但是此刻却发信息来质问这一切到底是怎么一回事。

这一切到底是怎么一回事，钟琪自己也不太清楚，当她喝下第一口咖啡的时候，想起之前与他在这个小房子里相处的时光，那时候两个人窝在沙发上看电影，她念小说给他听，一旦停下来，就对视一眼。混在厨房做菜给对方吃，她切菜总是小心翼翼，芹菜切出的菱形非常好看。做西红柿蛋汤时，看见黄色的蛋花慢慢散开，也会彼此相视一笑。但这样美好的画面还是被生命的意外击碎，矛盾冲突交织在一起，钟琪只有苦笑。

她没有想到早上醒来接到电话，被告知的第一件事就是父亲住院的消息，钟琪听见那个女人在那头愤懑地发泄，说李院长吼着非要见她一面，钟琪没有说话，挂掉了电话。心中明明担心着父亲，却依旧故作镇定，钟琪告诉自己，如果连自己都慌了，那一切就完了。

钟琪在中午的时候到达医院，李院长的右手颤抖着，医生说他因为摔倒中风，暂时口齿不清，李院长的夫人气势汹汹地看着钟琪："小贱人，我是看在和他夫妻一场的分上才叫你过来的，要是他死了，你一分钱财产都不要想得到。"

钟琪微微咧开嘴，为李院长倒了一杯水，她尽量压抑自己内心的怒火，淡淡地瞥了那女人一眼。

"他对你怎么样我不知道，我也不想去计较了，但是，作为比你年长的女人，我还是奉劝你一句，拆散别人做小三是没幸福的，不要再去勾引别的男人了，李乾山都可以当你爸了……"

她话还没有说完，钟琪手里的水已经泼到了她的身上："麻烦你闭嘴……"

水珠从女人的发梢流下来。钟琪说："我再怎么贱都好，就当我有娘生没娘教，就当我勾引了你老公，你就当我罪大恶极，就当我罪恶滔天，麻烦你此刻闭嘴好吗？让他好好休息一下不行吗？"

李院长的夫人本想对钟琪动手，却被李院长打着点滴的右手费尽全力地阻止，只好骂着："算你狠！"

钟琪看着她夺门而出，终于松了一口气，她抚着父亲的手，短短几天不见，他好像一下子老了很多。钟琪犹豫了很久，还是叫出了"爸"。

这是钟琪第二次叫他，即使常常见到，钟琪发现自己也难以叫出这样的称呼，心中翻滚了无数遍，到嘴边又咽了回去。

虽然李院长不能说话,但是听见钟琪叫他,他还是忍不住落泪了。

钟琪不忍让李院长看见自己泛红的双眼,背过身去。

"爸,你先睡,晚上我还有点事,明天再来陪你。"

钟琪踏着红色的高跟鞋辗转走下楼梯,医院的消毒水味刺鼻得难受,自从母亲死后,她便异常地厌恶医院这个地方。白色的世界像是人世间的天堂,让人产生不了任何好感。她注意到手机上的时间,距离约定的时间还早,在赴约之前,她决定去一个地方。

她浑身上下透着无力感,却依旧要在众人面前强颜欢笑,不管她是否已经走投无路。

4

漆黑无垠的夜里,慕禾熟练地敲打着键盘。

"你好,能陪我聊聊吗?"

有人发过来信息,慕禾看着这奇怪的一句话,实在不像是一般客户的做法,他迅速回复:"可以。"

照往常,此刻客户应该已经开始约定时间与地点进行交易,但对方却迟迟没有任何要求。慕禾看着那个发送过来的微笑表情,居然觉得猥琐而恶心,在熟悉了各式各样的客户之后,他难免猜想接下来对方会不会有一些怪异的要求。

"请问……"对方发过来一个笑脸,然后说,"你放心,我不会要你干什么。只是我心情很乱,想找个人聊聊。"

慕禾不知道对方意图如何,眼看着窗口旁边时间的沙漏在慢慢减少,他的紧张感也随之减少:"我生病了,心情也不大好,只是想上网来放松一下,无意间看到了你的头像,想起了我过去的一个朋友,所以点进来了。"

慕禾突然被这一句简单的话触动了,在网络上的话几乎没有几句是可信的,但是慕禾却仿佛真的看见对方面对着荧光屏,皱着眉头。

"什么病?"

对方打字的速度开始慢起来:"还好,小病,就是常常一病起来,就觉得孤单,身边一个人也没有,所以……看看你也好,至少让我觉得身边还有个人。"

慕禾的心顿时暖暖的:"你在什么地方?"

对方缓慢地回答着:"北方的一个小地方,你呢?"

慕禾原本想随便编一个城市,而此刻却没有办法轻易说出一句谎言:"我在南京,应该很远吧。"

对方迟疑了一会儿:"南京啊,是个好地方吧,有机会真想去看看,一个人实在太无聊了。"

慕禾脸颊微红:"不过,能让你开心点,也算是我做了件好事啊。我能体会到孤身一人在生病时的那种胆怯与寂寞,不过你的父母呢,总还有亲人吧……"

对方没有回答,过了几秒窗口关闭,对方仓促地下线了。一般不会再遇见第二次了,慕禾的心中突然有些惆怅,这是第一次在关闭电脑时留有着不舍,或许是很久没有敞开心扉和一个人聊过了。那是一种被需要的感觉,让慕禾感到一种幸福。

离开家之后,每天靠着这样的工作来养活自己,不但消耗身体而且还常常遇到难缠的客户,但是慕禾很清楚,自己不能和好茜提及,她还以为自己找了一份好工作,现在正在出差,虽是欺骗,慕禾确认这是善意的谎言。

慕禾打开背包,抽出几张照片,照片上的男女暧昧地相拥在一起。他不知道前段时间好茜到底要这些照片来干什么,甚至还要用邮寄的方式寄到她的学校,慕禾看清那个男生的面孔,然后将照片扔回包里。

夜晚的酒店并不安宁,走廊上总是有来回走动的声音,还有几个女生高声的谈笑,他索性躺在床上,强迫自己什么都不去想。可闭上眼睛,就想起在巷子里发生的情景,那女生顽强地反抗着,最后还是被他重重地甩了两耳光,然后拿木棒狠狠地敲了下去。

那一刻,慕禾麻木地看着那个女生,他不知道为什么好茜要自己这么做,但是只要好茜开口,他就一定会做到。直到那女生蜷缩在墙角,微微颤抖的时候,她充满血丝的双眼却还是像野兽一样狠狠地盯着自己,忽然她抓住慕禾的手臂狠狠地咬了一口,慕禾仿佛被疼痛咬醒了,收敛了骨子里的兽性,冷冷地对她说:"你走吧。"

他知道那女生一定以为自己听错了,慕禾重复了一遍,女生穿好脱落的高跟鞋,快步向巷子外跑去,慕禾扔掉了手里的棒子,朝另外一个方向走去。

这一切都历历在目,慕禾的内心感觉到非常不安,他想给好茜打一个电话,可是,电话始终处于关机状态,他心中闪现了许多不好的念头。他望着窗外,此刻夜深人静,任何声响都变得巨大。他从口袋里掏出一支劣质烟,用打火机点燃,看着忽明忽暗的烟火,才让自己的情绪稳定下来。

他随手翻起三森的那本书来,读着那些他熟悉的家乡的故事,可是,他忽然发现了一点奇怪的东西,书中记录了小城的一件事,虽然换用了其他名字,但是慕禾很清楚那是什么。然而,林尽杉怎么可能知道呢?他早就离开那个地方了啊,这件事发生的时候,他不可能知道的。

所以……到底是怎么一回事?

烟头烧到末尾,烫到了慕禾的手,回神,他再一次按下好茜的电话,而电话的那边始终没有应答。慕禾将烟头弹到垃圾桶里,倒头睡了下去。

5

我见到好茜的时候,她疲惫的样子看起来苍老了很多。我蹲下身来,让她趴到我背上，小时候好茜总吵着要我背她，我就让她给我买棒棒糖，不然不背。

好茜趴在我的背上，说："哥，我心里很难受，其实我一点都不想去。"

我回头看了她一眼："是她的错就让她给你道歉，这个世上有什么事情不能解决？"

好茜无力地笑了笑："有些事情不是你想的那么简单。"

我没有理会，背着她继续往前走："哥，如果我做了错事，你会不会原谅我？"

我笑着说："你能做什么错事？"

"我……算了，没事。"

好茜的脸靠着我的肩膀："哥，有时候我真的想和林哥哥一起远走高飞，跟着他周游世界，去巴黎也好，去柬埔寨也好，去一些不知名的小地方也好，哪怕是去漫天狂沙的大西北，去哪里都可以，我想有一天就这样凭空消失，让所有人都想念我，那该多好啊。"

好茜总是这样带着傻傻的天真："都已经是二十岁的人了，还这么少女情怀，你不觉得害羞吗？"

好茜扭了扭身子："不许笑我，你说我傻也好，天真也好，我只是想消失一下下，像林哥哥一样，你看，现在我们所有人都想念他，只有当一个人或者一件东西消失的时候，才会凸显出他或它原本的分量和价值。"

我听她说着，背着她站在公交车站，她推着让我放她下来，我说："你脚不方便，就待在我背上吧。"

好茜说："不要，这里有好多同学的，到时候他们又要笑我了。"

我慢慢放她下来，扶着她。公交车很快就来了，好茜喜欢坐在公交车的最后一排，摇摇晃晃地前行，让我想起我俩刚刚到南京时的场景，车窗外茁壮生长的树木、灰色的楼群，行李安静地放在我们脚边，而现在我们身边什么也没有，我们只是安静地坐在彼此身边。

好茜歪过头来说："哥，每次我都要和别人解释你是我哥，不是我男朋友，所以，你还是赶紧嫁出去吧，这样就不用来找我了，我也不用费唇舌去解释了。"

好茜这么说，我就知道她渐渐恢复了："不过，为什么你就那么喜欢钟琪呢，想不通。"

"有些事，没有那么多为什么。"

我们到达新街口的时候，天已经快黑了，钟琪站在饭店的门口等我们，她对着好茜微微一笑，然后和我一起将她搀扶进去，仅仅是这些小动作我就知道，她们之间并没有什么深仇大恨，甚至在看到琳琅满目的饭菜时，我觉得这像极了一场家庭小聚会，它的氛围是温馨动人的。

但对她们而言似乎并非如此，当我们入座之后，我才真正感受到了气氛的诡异。

钟琪坐在我的对面，好茜坐在我的旁边，我笑着看着她们："别愣着，吃菜吧，这么多好吃的。"

钟琪浅浅一笑："是啊，我今天是专门来给好茜道歉的，好茜，对不起，你说你就是我妹子，那可是亲妹子。你看那双鞋我是真的不知道怎么会有根针在里面，不过如果是我的话，穿上去发现里面有东西肯定会脱下来，查看清楚。好茜，你说你傻不傻，下次别犯这样的错了好吗？"

好茜被钟琪的话弄得很难堪，脸上青一阵白一阵，我抓住了钟琪的手："吃饭吃饭，聊天以后有机会。"

钟琪挣开我的手，然后开了一瓶红酒："来，我给斟酒，你看我不是来给你赔不是的吗？怪只怪我没抓住放那根针的人，我自罚一杯！"说完就喝下了高脚杯里一整杯酒。

好茜放下筷子："是啊，钟琪姐要是当时在场，我也不会被小人整得那么惨了，你看我这傻哥哥，真是给我找了个好嫂子，我真是有福气啊。"

好茜朝我挤眉弄眼，我知道她现在心里很难受，这顿饭怎么看都变了味道，好茜好像很委屈地在问我，哥，你确认这不是鸿门宴吗？

钟琪为好茜倒了一杯红酒，然后又给自己斟上，她用自己的杯子去碰好茜的杯子："来，我敬你一杯。"

好茜刚刚拿起杯子，钟琪的酒就泼到了好茜的脸上，我还没有反应过来，好茜已经瞪着眼睛站了起来："你什么意思？"

钟琪依旧带着笑容："没什么意思，这是回礼而已，方好茜，我忍你很久了，你不要以为你装作一副纯情少女的样子，世界上所有的人都会被你欺骗，今天我也豁出去了。"

我护着好茜，用桌上的纸巾为她擦脸上的红酒："钟琪，你到底在干什么？！你他妈疯了！"

钟琪指着好茜："程涵宇，你不是很想知道我手上的伤是怎么来的吗？你问她啊，你问她啊，问问你这可爱而又柔弱的妹妹。"

好茜不敢直视我的双眼，她含着眼泪："那你呢，你不是也一直欺骗着我哥吗？你有本事就告诉他你到底是谁啊，你告诉他你编的那个故事啊，张琪！"

我看着好茜，再看着钟琪，她们之间到底在说什么，为什么我一点也听不懂，好茜说："哥，她根本就不是叫什么钟琪，她姓张，叫张琪，她是那个臭女人张曼曼的女儿，她跟她妈一样，除了勾引男人什么都不会！"

我已经很久没有听到张曼曼这个名字了，可是，好茜说的是真的吗？她是张曼曼的女儿吗？钟琪为什么要骗我。

我还没有回过神来，钟琪接了下去："是，我是张琪，那又怎么样，方好茜，我和我妈从来没有想过要和你成为一家人，你要知道你当初是怎么对我妈的。那时候我住在什么地方，你有本事就和你哥说说啊，方好茜，在我面前，你永远不用装。"

我看着钟琪强势的眼神，甚至感觉到好茜浑身都在颤抖，好茜望着钟琪，突然放松下来，冷笑着："那么你呢，张琪，你妈当初又是怎么对我的？你为什么要接近我哥哥，还有，和我哥哥恋爱的这段时间，你又做了什么事，你是不是要我一一罗列出来？"

她们在干什么，饭局变成了两个人的批斗会，我呵斥着："够了，你们都别再说了，让我安静一下！"

钟琪没有丝毫停歇的意思，她走过来："程涵宇，方好茜要说什么，你就让她说，我看看她到底要说什么！"

好茜与钟琪对峙着，两个人凛冽的气场让我倍感压抑："张琪，你敢说，你接近我哥哥不是为了报复我？你敢说你没有和评委勾结，故意给我压低分数？你是不是非要我把证据拿出来，你才死心！"

我看着钟琪："是吗？你从一开始就是为了报复才来找我的吗？"

"程涵宇，你觉得呢？"

我撑住钟琪的肩膀："我现在要你解释，你告诉我，这是不是真的？"

钟琪没有看我，而是继续看着好茜："小宇，你现实一点，我们不是在演电影电视剧，我没有必要这样做。"

好茜的嘴角微微上扬："那你告诉我哥，你是不是在那天认出了我之后才接近他的。"

这是一个艰难的问题，钟琪沉默着，我感觉到此刻的每一丝空气都可以在身上划出口子，钟琪咬着嘴唇，艰难地发出声音："是……"

好茜恶狠狠地说："你妈当初怎么虐待我的，张琪，我看见你就像看见了她。"

钟琪没有理会，她安静了片刻说："是的，评委的分数是我搞的，我接近你也是为了报复方好茜。可是程涵宇，你知道吗，当初我妈为了供我念书，去她家的时候，甚至要隐瞒有我这个女儿，把我安置在一个漆黑的小屋里，你知道那时候我算什么？我在学校被人辱骂，是谁带头的，你问你妹妹。程涵宇，你知道我这一路是带着什么样的痛苦过来的吗？我所做的一切都没有错！我到今天我都恨，我恨她！"

我确实想不到有比这更糟糕的事了，我这一刻是在笑，不对，是自嘲。我相信上天会给予报应这回事，我现在心里的难过都是上天对我当初犯下错误的报复。

"啪！"我给了钟琪一耳光，我控制不住自己，这一切发生得太快，钟琪看着我，认真的瞳孔中倒映着我的影子，我咬紧牙驱赶掉头脑中无力的空白，对着钟琪说："你走吧……"

钟琪夺门而出，离开的背影让我想起前些日子，她托着下巴说："有些时候，其实不是冲动不冲动的问题，是注定的。欠下的东西，有一天都是要还的，这是真的，一个人承受着自己犯下的错太辛苦了，即使终日忏悔、改过、重新开始，也无法掩盖曾经的污点。过错与记忆不同，人老了，记忆会越来越稀薄，但过错却越来越明显，我终于知道人之将死其言也善的缘故了。"

很多时候，钟琪开口说着那些感性的话我都感觉无所适从，因为她与林尽杉一样，读过太多的书，出口成章，而像我这样乏善可陈的人，根本找不到应对的一字一句。

我突然感觉到后悔，这不是第一次，或许我真的没有站在她的角度去思考，我只知道保护我的妹妹，好茜是我的亲人，那么钟琪对于我，到底是什么？想到这个问题，我便感觉到可耻，我到底在做什么，刚才那一耳光又代表着什么，我只是抱着好茜，感觉她整个身子在颤抖。

那天我扶着好茜回校，在公交车上，我们什么话都没有说。好茜故意和我隔着一个人的距离，我知道她在埋怨我，她也担心我在生气，而我只是傻傻地看着窗外，什么也不愿意提。

对于钟琪，我想渐渐忘却她的脸、她的眉毛、她的眼睛、她的姿态和她的语言，这或许是因为太过执念而导致的，越是担心失去，就失去得越快，或许只有失去才可以增加人心中的安全感。然而，即使我将这一切都渐渐淡忘，依然无法忘记她的名字和她与我说过的话。像是沉入深海的泰坦尼克，即使腐朽、溃烂，而海洋之星却依旧熠熠生辉。

我和好茜说再见，好茜没有应我，她倔强地非要一个人扶着扶手上去，不要我陪，她只是说："在你心中的好茜是个坏女人，而不是坏女孩了吧。"

我突然被这句话惹得很难过，我并没有这么想过。好茜摇摇头，背过身去，艰难地向宿舍楼上走去。

失眠成了我孤单时候最忠实的伙伴，我窝在被窝里，一闪一闪的香烟让我感觉自己只是在饮鸩止渴，越是抽烟越是心慌。我以为事情仅仅到此结束，然而并非如此。

6

一周之后，我二十一岁的生日终于到来，那一夜，寝室一群人拉着我在KTV唱歌。长大之后的生日变得越来越没有意义，他们喝酒、唱歌、跳舞、猜拳，玩着成人千篇一律的游戏，再没有父母专门订做的蛋糕，也没有林尽杉站在我身边与我一起许愿。

再过一些年，我将更不会为了生日兴奋，反而会变得担心，身边的人开始送那些被无数人拿过的钞票作为礼金，最初的温存仅仅存放在十八岁之前。小时候的我与林尽杉都希望一夜长大，这样就不用再为那些零碎的烦恼担忧了，但是我们都错了，烦恼与年龄原来是成正比的。

睡觉之前，好茜发来信息，她说："哥，你又老了，早点嫁了吧。"

我翻过身不想回信息，我已经很久没看见钟琪了，我不想见任何人，但是我想见林尽杉。当我生日那天收到林尽杉寄来的信时，我知道我要去找他，我要乘两个小时左右的火车，去看看我的兄弟，告诉他我现在很难过，我要和他喝酒，和他聊天，向他道歉。

可是，我要去大上海的哪里找他呢，茫茫人海，我根本不知道他在哪里。

我执拗地收拾好了行李，再次到达火车站的时候，看着平静的玄武湖，我的心也平静了下来，虽然想到漫无目的的寻找换来的可能是徒劳无功，但还是想义无反顾地前行。这是一个艰难的决定，在二十一岁的时候去完结长达数年的自我忏悔，背着灰黑色的行囊前往那个世人心中繁华的都市。

在火车上，我怀念起母亲多年来的唠叨，虽然已经很晚了，但还是忍不住给家里打了一个电话。因为害怕，离开家乡之后，我几乎没有再回去过，我害怕只要一回家，就会很容易想起自己犯过的错。这几年的夏天，我都躺在空无一人的寝室里虚度时光。我以为逃避有用，现在发现，不过是自我安慰而已。

电话接通的瞬间，母亲的声音让我窝心："妈，我挺想你的。"

母亲说："这么晚了，还没睡吗？"

我摇摇头："没有，不过快睡了。"

母亲似乎察觉到什么："是不是遇到什么事情了？"

我急忙接过话："没有，什么事都没有……"我能有什么事呢，即使我现在伤得千疮百孔，我又如何开口呢？

母亲的语气变得焦急："肯定发生了什么，是不是好茜出事了，还是你出事了,不然怎么突然想起给妈打电话,你给妈妈说啊……"

我的泪水已经涌了出来,但我依旧平静地说:"没事,真的没事,就是想你和爸爸了。"

电话的那头如释重负地叹了一口气:"吓我一跳,没事,你照顾好你自己,我和你爸爸都挺好的,对了,你谈恋爱了吗?"

我很想笑,可是怎么也笑不出来:"没有呢,没人看上你家儿子。"

妈妈又变得没好气地说:"我儿子那么帅,女孩子们真是没眼光,小宇啊,要是缺钱用就打电话回来啊。"

这个与我对话的母亲已经不是过去那个方老师了,那个阻止我恋爱,阻止我鬼混的班主任,她只是一个母亲。我知道我必须快点挂掉电话,因为我无法抵挡母亲温情的言语,特别是处于此时此刻。人的内心再坚硬,也会被那些柔软的东西触动,我曾经认为母亲对我所有的严格,都是在剥夺我的自由,而现在我却宁愿被剥夺——人太自由就会变得飘零,变得无依无靠。

这一次到达上海,我反而没有了上一次那样的慌张和匆忙,甚至想,如果我和林尽杉偶遇,我一定会告诉他这么多年来,我藏在心里的秘密。

我在人民广场停留,坐在木凳子上,看着高耸入云的楼房,想起林尽杉信中描写的世界。拿出地图,看着盘根错节的道路,愈加叫人恐慌。这里的行人似乎都趾高气扬地行走,他们都随时带着一份高傲。

我在北京路停下来，这里保留着上海独有的弄堂，人们骑着自行车在两旁葱郁的树木下穿行。我找了一家稍微便宜点的旅店住下，那一夜我睡得很香，或许是太累了，当我躺在床上便沉沉地睡去，而且没有做梦。

我不想再梦见任何东西，那样会让我感觉身心疲惫。之前担心的失眠，或者在半夜惊醒，统统没有，反倒是我的手机硬生生地把我从睡梦中叫了起来。我起先以为是林尽杉打过来的，可是不是，是寝室的一个兄弟，我想他估计是来问候我顺便叫我帮他带点东西回去，然而，事情完全没有这么简单。

"程涵宇，你快去校园网，去看那个最火的帖子，你妹妹出事了！"

7

钟琪记得她母亲在房间里吞安眠药的情景，那时母亲顶着一头乱糟糟的头发，脾气越来越差，眼圈发黑。当时她已经离开家，和钟琪住在狭窄而漆黑的筒子楼里，清晨要和邻居去抢厕所，甚至为了厨房切菜的一块小地方争执不已。母亲是那样骄傲的人，趾高气扬地在楼里穿行，她告诉钟琪，不要让任何人看不起。钟琪知道，从前的母亲不是这样尖酸刻薄的，她跟那些乡里来的小女人一样，不会去在意太多东西，可是现在，母亲变得越来越奇怪。母亲病危的时候，钟琪正在学校被老师罚抄习题，因为数学考试考了最后一名。钟琪望着灰蒙蒙的天空，办公室那头老师踏着高跟鞋一步一步走过来，她对钟琪说："你妈在医院不行了，你先回去吧。"

那一夜，她静静地站在走廊的这一头，看着母亲被推进太平间。

后来，她收拾行李，拖着大箱子离开北方。其实箱子里没有什么东西，说起来，母亲并没有留下什么给她，但是母亲告诉她，她还有父亲。她仰头，让眼泪尽可能回流，看着玻璃窗中自己青葱的面孔，只记得一个念头：要活下去，不能让别人看不起。钟琪窝在商场的公共厕所里狠狠地哭泣，将青春岁月中那些必须流淌的泪水全部清空，钟琪对自己说，从今天起，你不是张琪，你要与过去的自己永远告别，不能让任何人爬到你头上。当钟琪叼着爱喜，踏着红色高跟鞋走出那间商场的时候，她知道过去的自己被永远扼杀了。

只是钟琪无论如何也没有想到会遇见方好茜，在看见她的第一眼，她就知道对方也认出了自己。她记得那个小女孩跟在那个男人身后，与自己母亲一起走在路上的情景，那时候自己背着书包远远地看着他们，眼泪不知不觉就流下来了。

方好茜的父亲需要一个可以照顾他女儿的人，所以母亲隐瞒了她自己也有一个女儿的事实，与方好茜的父亲走到一起。母亲对钟琪说，只要能供你读书，我不在乎。

钟琪在夕阳的余晖中看着那个小女孩，她突然懂得了什么是幸福，也知道了这种三口之家的幸福离自己有多远。在每个人都可以安心睡觉的夜晚，她却要担心毛茸茸的老鼠会不会爬到自己被窝里，在这个狭小的空间里，每一天都提心吊胆，偶尔听见外面陌生男人的呼吸都感觉恐惧。

母亲每次来看自己都会带来很多东西，那是钟琪最开心的时刻。但是有一次，她送母亲下楼正好碰见了路过的方好茜，那个小女孩跟着一群男生一起。那个时候，母亲松开了自己的手，然后反向离开。

之后几次，钟琪注意到那个小女孩和自己一个学校，也不清楚她是从哪里打听到了自己的消息，接着流言肆虐。好像回到了小学一样，钟琪感觉四周都是不和善的目光。虽然那时候方好茜也不太受欢迎，但是却能和大部分男生混在一起。钟琪注意到每次方好茜看自己的神情都是带着恨意的，这两个女生对对方都没有丝毫的好感。钟琪记忆最清晰的莫过于被锁在厕所，然后有人往里面扔烟头，她知道外面是方好茜，虽然只听过一遍，但是方好茜那细细的甜美的声音太特别了。滚烫的烟头掉落在自己的身上，钟琪忍痛没有叫出来，蹲在角落等待喧嚣离散。

那天，钟琪在巷子里被打，虽然一开始没有想到到底是谁对自己下手，但是很快联系到了方好茜身上。几日后，她在路上看到了那个男孩，并悄悄尾随，看见他与方好茜汇合，墙角的她只有冷笑。她私下找到方好茜，看着这个曾经在校园里敌视自己的女孩，现在已经亭亭玉立，像一个天使一样站在自己面前。

"是你找人做的？"

她斜着眼睛看着好茜，好茜笑着："我不知道你在说什么。"

钟琪狠狠地叫骂起来："别以为我不知道！"

好茜交叉着双手："你跟你妈一样。你妈抢了我爸，你又要来抢我哥，可耻。"

钟琪沉住气："你为什么不敢跟你哥说你认识我？呵呵，说到底还是你心虚，你怕我把你当年的丑事都说出来，你在学校是怎么整我的，方好茜，你还是懦弱的。"

好茜的脸色变得很难看："只要你离开我哥，我不会再去惹你。"

钟琪哈哈大笑起来："我凭什么要听你的，如果你有本事，就让他离开我，而不是来求我。"

好茜抓住钟琪的手："你非要做得这么绝吗？"

钟琪点点头："不是你死，就是我亡。我知道那天是你让那个男生对我下手的，可惜他太软弱了，我除了受点伤，没有任何损失，而方好茜，既然你要和我玩，只有输的下场。"

8

那是夏季的第一场雨，顷刻间电闪雷鸣，慕禾从超市买了食材准备回去的时候，突然接到好茜的电话。

"慕禾……慕禾，你在哪里？"

好茜带着哭腔的声音让慕禾的心紧了一下："怎么了，好茜，你在哭吗？"

电话的那头沉默了很久，终于开了口："慕禾，我在你房间门口，你能快点回来吗？"

好茜的声音颤抖得不行，慕禾提着食材向酒店跑去。

好茜抱着双膝坐在房间门口，眼看着慕禾回来，一下抱住了他："慕禾，我好怕……"

慕禾抚着好茜的头："怕什么，有什么好怕的？"

好茜止不住泪水大哭了起来："我不知道为什么会突然晕过去，醒来的时候，一丝不挂地躺在酒店的床上……"

好茜的泪水一滴一滴像烧红的铁液烙在慕禾的肩上："那你有没有……"

好茜用力摇头："没有，什么都没有，真的，你相信我。"

慕禾紧紧地抱着好茜："我相信，我相信，什么都没有，没事的。"

慕禾越是安慰，好茜越是号啕大哭起来："我感觉身上有虫子在咬我，慕禾，慕禾我好怕。"

慕禾开了门，把好茜抱进房间，好茜呆若木鸡地看着天花板，她怯怯地问："慕禾，我想洗个澡，可以吗？"

慕禾帮好茜放好水，好茜躲在浴室里，用力清洗着自己。她想象着自己赤裸着全身躺在床上被人观看，就心如刀割。她知道自己输了，输得一塌糊涂。慕禾看着时间一分一秒流逝着，好茜却依旧没有出来，他担心地敲浴室的门，可是浴室里久久没有回应，慕禾撞开了门，好茜整个人浸没在浴缸里。慕禾将她抱出来，嘴对嘴地人工呼吸，面对此时的好茜，他只有一个念头，要把她救醒。

"好茜，好茜，你怎么这么傻啊！"慕禾一边说一边哭，几乎撕心裂肺地叫出来，"不管你怎么样，我都喜欢你，好茜，你不要吓我好不好……"

好茜咳嗽着呛出了水，她缓缓地睁开双眼，慕禾马上抱着她吻了下去，那个吻湿湿的，甜甜的，好茜紧紧地抱着慕禾，慕禾说："好茜，别再吓我了好吗？现在我只有你了。不管怎么样我都在你旁边，你要好好的。"慕禾的额头靠着好茜的额头，泪水落进她眼中。

钟琪打开电脑，看着校园网论坛里那些八卦的新闻，她突然发现这一切都太平凡了。"方好茜，你要知道你和我玩的下场，你要知道你欠我的有多少。方好茜，你凭什么夺取我生命中那么多东西！"

钟琪看着移动硬盘里方好茜的裸照，没有丝毫犹豫地点击了"上传"。

"方好茜，我要你输得一败涂地。"

几乎在一夜之间，好茜的照片在校园论坛的各个版面传了个遍，成了同学茶余饭后讨论的对象。

当好茜回到学校的时候，所有人看她的目光都变得犀利而嘲讽，女生更是对好茜退避三舍。好茜回寝室的时候，成为了众矢之的："方好茜，你真不要脸啊，发这样的照片到网上去，我们寝室的人都为你蒙羞！""你是不是为了走红故意这样做的啊，但是你那些姿势也太出格了，我真没看出来啊！"

好茜感觉到头脑嗡嗡作响，真想找一个洞躲起来。她冲出寝室，冲回饭店,死死地抱着慕禾:"慕禾,我真的受不了了,我没有想到她会这样对我。"

慕禾看着网上那些刺眼的照片,突然捏紧了拳头:"放心,好茜,还有我在这里。"

第十一章

请舞蹈者跳着舞来欢迎，披上她们白雾的晨衣。请叫那些健康而美丽的醒来，说我马上要来叩打他们的窗门。请你忠实于时间的诗人，带给人类以慰安的消息。

——艾青《黎明的通知》

1

我的梦中开始出现陈旧的世界，澄黄的旧木桌上放着布满灰尘的台灯，在深浓的夜色中泛出微黄的光晕。这是多年前我的书桌，上面有一摞参考书，还有用完的圆珠笔芯，草绿色的帆布背包横躺在座椅上，窗棂边的油漆已经开始裂口，栓子锈迹斑斑，淡绿色的窗帘随风轻轻飘动。

我趴在桌上睡着了，醒来的时候，窗外正下着细细的小雪，雪花迟缓地敲打着玻璃窗，我感觉到时光流转，心中漾起童年时面对外界的那种天真。林尽杉好像坐在我旁边，我们听着录音机里的歌曲，带着同一副耳机，林尽杉突然仰头说："涵宇，你是不是一直都挺讨厌我的？"

他依旧是多年前的少年模样，眼神中带着楚楚的悲戚，我突然感觉到一阵强大的悲哀涌上胸腔，泪水在眼眶中涌动。场景突然变成了教室的某个角落，下课铃声响起，拥挤的人潮把我们挤散，我们彼此的呼唤声都变得喑哑，时间像流水一样缓缓穿过我们之间，繁华浮世花开花谢，我好像被洪水浸泡着，压抑得接近窒息。

我挣扎着，试图抓住什么可以支撑的东西，接着，梦醒了，窗外的风景快速掠过，推着小车过来的乘务员给了我一瓶矿泉水，她说快到站了。浑身的疲惫感在此时无所遁形，潮热的夏天已经来临。

我的心开始躁动起来，不断拨打好茜的手机，都处于关机状态。于是大脑不自觉地冒出一个个极端的想法，我担心时间拖得越长，事情会变得越糟糕。

火车很快到站了，钟琪在这个时候打电话过来，声音苦涩，她说："小孩儿，我想见你。"

我只能讽刺地笑，我不知道自己该不该去见她。

那苦涩的声音渐渐变成一种走投无路的颓然："你能来见我吗？"

我强压心中的怒火："钟琪，网上的照片是不是你放的？"

此时赭黄色的余光铺在天际，鳞次栉比的房屋被余光虚幻了轮廓。钟琪长时间的沉默让四周的一切都变得沉静，良久，钟琪颤抖着声音说："小宇，我在北京西路等你。"

前往北京西路的公交车上，我的内心如波澜起伏的海洋，倒映着荒凉的景象。每次想起钟琪的声音，就不由得变得忧伤，她总是用冷静的态度压抑着惶恐不安的内心，但是在刚才，她的声音是颤抖的。

我很久没有见到她了，她在街头的梧桐树边静静地站着，见我走近，只是勉强撑着微笑。她掏出打火机，点了一支烟，问我要不要，我摇头，我此刻没有任何心思抽烟。

她虽然面色憔悴，但是依旧那么迷人，我重复了之前的那个问题："照片是不是你放的？"

钟琪收起了打火机："是不是我，现在还有讨论的必要吗？"

我抓紧钟琪的手："你就那么恨好茜吗？她是我妹妹啊！她到底伤害了你什么呢？"

我的声音几乎是歇斯底里地爆发出来，可也是在这一刻，我的良心受到了最严酷的拷问，有一个声音也在追问着我："你就那么恨林尽杉吗？他到底伤害了你什么呢？"

钟琪用像夜猫一样漆黑的双眼凝视着我，那双眼中仿佛有无垠的大海、肃杀的风声与寂静的蓝天，她没有给予任何答案。闭上眼睛，泪水挂在细长的睫毛上："小宇，今天是我的生日，你能和我说一声生日快乐吗？"

钟琪乞求着，这让我不忍再责备下去，我在直面她所有恨意的同时，也是在直面自己以前的所有过错，但是好茜是我妹妹，我没有办法原谅一个伤害自己亲人的女人。

此刻，我知道她需要一个拥抱，可我只是看着她，没有微笑也没有祝福，不带任何感情地说："你走吧，我们不要再见面了。"

钟琪拉住我的手,没有任何要放掉的意思:"今天我二十二岁,在这二十二年里,我没有收到过一份礼物。小时候,当其他女孩子都戴漂亮的发夹和发箍的时候,我被我妈拉去剪了一个兰花头;当所有人都有可以炫耀的芭比娃娃时,我连一个布娃娃都没有过;她们开始吃怡口莲的时候,我只有花两元钱买一包麦丽素。小宇,说这些并不是要你怜悯,而是让你明白,我为什么会嫉妒。那时候方好茜活在一个我每天只有在梦中才可能拥有的家里,可是你知道她在学校时和我说什么吗?她说我跟我妈一样,是没人要的臭女人。"

我可以想象,在那样的岁月里,她们互相伤害,互相诋毁,在各自的立场上保护着自己,到最后谁也不知道这堆积在年华中的仇恨到底应该归结为谁的过错。

渐渐地,她松开了我的手,带着苦笑看着我:"小宇,我知道你现在恨我,而且这种恨不会因为我的只言片语抵消半分,所以很遗憾,我知道我听不到那句生日快乐了。"

我看着钟琪走远,突然很想挽留。她转身的刹那凛冽而决绝,风吹散了她的头发,那曼妙而清瘦的背影,深深地印在我心中,然而我却不知,那是我最后一次看见她。

2

好茜醒来的时候,天还未亮,晨曦的微光挂在苍穹的边际上。整个房间里没有任何人,她轻声地叫着慕禾的名字,换来的是一片寂静的回应。她下床走动,看着房间里的一切,突然感觉到一种恐惧。所有的陌生与无助顷刻间扑面而来,她打开一瓶牛奶,让味觉告诉自己,这不是梦。

好茜打开慕禾的电脑,白茫茫的桌面上只有一个程序,好茜轻轻点开,立刻有系统提示有客户进来,好茜注意到摄像头自动打开,一些恶心的请求突然像洪水猛兽一样出现在眼前。

好茜双眼直愣愣地看着这一切,直到有呼吸声靠近,慕禾重重地压下笔记本,带着微笑说:"吃早饭吧。"

好茜看着慕禾,这个熟悉又陌生的男子,他向她伸手,好茜却下意识地躲掉:"刚才那些,是什么?"

慕禾摇摇头,然后将手里的豆浆油条放到桌上:"没什么。"

好茜执拗地看着他:"你在网上……"

"我说了没什么!"

好茜感觉到大脑一阵嗡嗡作响:"你为什么……"

慕禾突然提高了分贝:"那你认为我靠什么活下来?"

语毕,他意识到自己语气过重,想给好茜一个拥抱,来弥补刚才的过失:"对不起,对不起,我不是故意的。"

好茜却推开了他:"你不是我认识的张慕禾,你真让我感觉恶心。"

慕禾紧闭着双唇,他不知如何回答:"先吃饭吧,昨晚你什么都没吃。"可好茜还是肃然而冰冷地站着,慕禾一气之下推翻了桌子,钝重的声响回荡在房间里:"我是恶心,方好茜,你如果嫌弃我,现在就可以走,我不拦你。"

好茜看到慕禾眼角的泪花,她一动不动地站在那里,地板上一片狼藉。阳光在这个时候照进房间,他们的双眼中倒映着对方的身影。

"慕禾……"好茜蹲下身,收拾起地上的东西,流了一地的豆浆和沾满灰尘的油条。

慕禾抱住好茜,好茜笑着说:"我有什么资格说你呢,我自己不也一样吗,其实这个世上,有谁不脏呢?"

慕禾紧紧抱着好茜:"你不脏,好茜,你不要这样,这些天你什么也不吃,折磨自己又能改变什么呢?"

楼下开始传来汽车的鸣笛声,新的一天又开始了。

好茜看着微露的阳光,眯起了双眼。慕禾站起身来,说:"我再下楼去买点早餐吧,我知道你饿了。"好茜微微点头,看着慕禾关上了大门。

她说,有一天,她要做一个深爱自己孩子的母亲,她要让自己的孩子拥有最美好的生活。她一定要和抛弃自己的那个女人不一样。

她说,六岁的时候,她才第一次知道自己是一个没有妈妈的小孩,当其他同学被父母领回家的时候,她第一次渴望自己有一个妈妈。有一次放学的时候,一个高挑的阿姨来接她的孩子回家,那个孩子是她的同桌,当时她特别喜欢同桌的母亲,烫卷的大波浪,穿着黑色的高跟鞋,对人亲切,会塞棒棒糖给她。但是就在某天放学,经过街拐角的时候,一辆巨大的货车疾驰过来,那个母亲为了把自己的孩子推开而血流满地。那是好茜第一次接近死亡,她永远记得那一幕,当时她靠着墙大哭,好像死去的是自己的母亲一样。

她说,她总是羡慕那些有妈妈的男孩,也总是嫉妒那些有妈妈的女孩,他们可以有一个温柔而体贴的女人爱着自己。那些头上绑着小辫子,穿着母亲亲手挑选的衣服的女孩子,总是让她感到厌恶。

慕禾下楼时,头脑中反复闪现着这些话,腿像灌了铅一样沉重,心中的小兽疯狂地怒吼着,眼前仿佛出现女孩羞涩而安静的微笑。他在缺失光线的楼道间回头看自己的房间,那一扇门好像永远地把他们隔开了。

3

涵宇:

　　天气似乎开始渐渐热起来,夏天突然之间临近了。我前些日子在网上遇见一个家乡的朋友,不过我们没有聊多少,只是在和他聊天的时候突然想起你了。他好像四处周游,我记得曾经我和你也幻想过这样的生活,我们把梦想写在纸条上放进玻璃瓶里,然后拿到河边漂走。那时候我们想的是我们有一艘船,就可以云游四方了,这些傻傻的愿望不知道你忘记了没有。

很久没有看到你了，每当路过小学的门口，就会想起你教我系红领巾，我们一起敬礼的情景；看着中学生放学，就会想起你坐在自行车后座，我们一起飞驰回家的情景。我不知道我最近是不是老了，总是写信和你分享一些我们无法回去的往昔时光，但是我觉得这些事情除了和你说，我再也找不到其他人了。

那时候你教我学郭靖用降龙十八掌，你说你要当丐帮帮主，然后折一根棍子当打狗棒，结果把楼下李阿姨的窗户打破了。后来方老师还把我们都骂了一顿。现在想想，虽然被骂，也很开心。

现在的我们，只能看着过去的一些东西感慨了，因为过去的始终过去了。其实，涵宇，每个人都会有自己怀念的东西吧，而我最怀念的，莫过于和你在一起的时光。这么长的日子里，我想影响我一生的除了生活，就是你了。很多时候我把你当做一面镜子，从你的身上看到我的不足与优势，正是这样我才能够更努力地走下去。

不知不觉马上就二十二岁了，二十二年的时光，并不单单是用"白驹过隙"就可以形容的。那些看着我们长大的人，应该都会感觉到时间的残忍，但同时又因为下一代人的成长，而在心中铺满了满足感。唯一的遗憾是，我爸妈不能看见我为他们写的故事，也没有办法让我赡养。人世间可悲的事情很多，在我经历的小半生中，我直面了太多的苦痛，但那也将是我毕生的财富。

涵宇，我很想你，或许你会觉得矫情、别扭、奇怪，可是，我是真的想说，我想你了。

念安。

林尽杉

二〇〇六年六月十八日

我在图书馆的自习室里读完林尽杉寄来的信，在这个纷乱的时刻，这样的一封信确实让我的心平静下来很多。他的文字为我推开了一扇旧房屋的门，可以看到树木阴凉的深深庭院，墙角覆盖着蔓延的常春藤，被玻璃捏碎的阳光洒了一地，铺满灰尘的地面上有白色粉笔画的跳格子，逼仄的巷子那头传来清脆的自行车铃声。

我深深地呼吸着图书馆展台边的青草树木的芬芳，试图忘掉那些烦心的事情。我想给林尽杉写一封回信，告诉他，我也想他，哪怕我不知道该寄往何处。

可就在我准备提笔的时候，突然听到了身边两个女生的对话。她们用书本挡着脸窃窃私语。"我一直觉得这样的事情不会发生在身边的，可是小旻就亲眼看见了。"穿红衣短袖的女生扯了扯那个长辫子女生的衣角："小旻也真是倒霉，出门买牙刷居然遇到这样的事情。"

她们注意到我的目光，又稍稍压低了声音："小旻本来就胆小，这下她更不敢出门了。"女生们嗤嗤的笑声消失在走廊的尽头，我看着她们离去的背影，突然很想知道到底发生了什么事，可等我追上去的时候，她们已经不见了。

校园里，一切照旧，看起来没有丝毫的变化，我坐在草地上，疲倦得不想去上课。这时寝室的兄弟打电话过来："涵宇，出事了！"

我听见电话的那头嗡嗡作响，强大的电流声与他的话语混杂在一起："你说什么？"

好像两颗星球撞击在一起，强烈的冲击力产生了无穷的效应，我不愿意去相信所听见的话，我只希望自己的眼前有一群白色的鸽子、伸出阳台边缘的文竹，还有静谧的下午茶时光。可是，我听到了，那样不和谐的声音，如闪雷一般劈在我的身上，最后我听到手机落地时重重的回响。

要不是这通电话，我几乎没有发现整个学校快要变成一座空城，不会注意到校门口担架上抬走的老人是昏厥的李院长，不会赶往校门口的大街，不会看见血流满地与人心惶惶。警车鸣笛声让整个初夏变得更加嘈杂不安，旋转的警灯红得刺眼，刑警包围了现场。

我企图挤进中心，但潮水一般的人把我挤开，我的内心是铺天盖地的黑暗，我对着前方大喊："钟琪！钟琪……让一让，麻烦你们让一让，求求你们了……"我的嗓子已经喑哑得喊不出一个字，只感觉到大滴大滴的眼泪落了下来："你们都给我让开，里面那个是我女朋友！"

黏稠的血液在校门口的大街上残留着，室友的声音还回荡在我耳边："涵宇，刚才门口有个女生被人捅了几刀，他们说，那个女生……好像是钟琪。"

她说:"小宇,我在北京西路等你。"

她说:"小宇,今天是我的生日,你能和我说一句生日快乐吗?"

她说:"小宇,我知道你现在恨我,而且这种恨不会因为我的只言片语抵消半分,所以很遗憾,我知道我听不到那句生日快乐了。"

我在人群离散的现场号哭,仿佛看见了呼吸急促、捂着伤口的钟琪,她苍白着脸用最后的力气微笑起来,她说,小宇,你能来看我最后一眼,我就满足了。

4

"人若永远待在一个城市,看着相同的景色,会渐渐疲倦的。你看那些繁密的树木,将城市重重包围起来,我们总是在这样物欲横流的世界里面迷失,其实很多东西都是虚空,像海市蜃楼一样虚幻。好茜,跟我一起走吧。"

好茜听着这些仿若电影台词的话的时候,桌上的微微烛火让两个人的时光静谧得惬意。

慕禾拉着好茜的手:"我可以代替林尽杉照顾你,请你相信我。"

好茜一直记得这句话,外面的世界已经烈日当空,而现在身边没有一个人。好茜突然想念起家，想念起父亲，想念起那间只有父女俩筷碗碰撞声音的小房子，而这些想念全部源于这个纷乱的城市，人在繁闹中乞求安静，在安静中追寻繁闹，在矛盾的两岸徘徊。

此时的时针指向早上十一点的位置，慕禾出去已经一上午了，却迟迟没有买回早餐。敲门声与钟声不约而同地响起，好茜打开门，瞠目结舌地看着慕禾衬衣上的斑斑血迹，他冲进来，锁上门，褪下外衣，开起水龙头用力清洗手上暗红色的鲜血。

慕禾紊乱的呼吸与无序的心跳让好茜愣住了："慕禾，你……"

慕禾用像井一样深邃的双瞳转头看着她："好茜，跟我走，收拾东西，我们马上离开这里。"

好茜的心脏仿佛被无形的手捏紧："你做了什么？"

慕禾从衣柜里拿出背包开始塞东西："现在没时间解释了，快点！"

好茜好像双耳失聪："慕禾！你别吓我，你到底做了什么？"

慕禾没有回答，用力抓住好茜的手，白皙的皮肤上快要压出血印来："相信我，我做的一切都是为了你。"

慕禾的手像烙铁一样，好茜挣扎着脱离，楼下传来了警车的声音："慕禾，到底是怎么一回事？"

慕禾打开窗户："我捅了那女人几刀，已经来不及了，好茜，跟我走,快!"

好茜被吓到了:"你说什么?你疯了吗?"

慕禾打开了门:"是她活该!"

窸窸窣窣的脚步声渐渐接近,慕禾知道一切都晚了,立刻关上了门,关上了窗户。警察开始撞门,好茜的泪水簌簌落下:"张慕禾,你不是为了我,你现在是杀了人!"

好茜几乎尖叫起来,慕禾紧紧地抱着好茜:"我都是为了你!"

好茜指着大门:"慕禾,自首吧,我们逃不了了。"

慕禾瞪着充满血丝的眼睛:"我们可以从窗户这里跳下去,好茜,只要你肯跟我走。"

好茜知道,慕禾还带着一丝幻想,她已经无法抵制他疯狂的想法。这时,慕禾开始感觉到全身无力:"你……"

好茜的泪水落在他的手上。"我不想你死的,我只是想一个人静静睡着,"慕禾意识到时,一氧化碳已经覆盖了整个房间,好茜倒在慕禾的身上,"我真的不想这么累地活着……"

警察终于破门而入,将他们铐在一起,慕禾带着失望的微笑看着好茜:"到最后,你还是不相信我……"

我在拘留所见到好茜的时候，她嘴唇干裂、面色苍白，她伸手抓住我，一种欣慰感与归属感让她热泪盈眶。我将带来的饭菜打开，腾腾的热气迷离了我们的双眼，我沉默着没有开口，只是感觉到内心辛酸而生痛。

我看到身穿囚服的慕禾，站起身来，给了他一拳，用力踢着他的肚子，他捂着脸低垂着眼睛，警察将我们拉开，好茜在我身后声嘶力竭地叫喊。

"我×你大爷……"我的哭腔让我的语言失去了气势，慕禾只是目光呆滞地看着地板，接着警察用钥匙解开了好茜的手铐。

我闭上双眼，不想去看他，我对好茜说："我们走吧……"

好茜没有回答，而是抓紧了慕禾的手："我没有不相信你，我自始至终相信着你，慕禾，从一开始我就知道，你是我唯一可以相信的人，但是慕禾，你为我所做的一切太傻了。"好茜轻轻地在慕禾额头落下一个吻："如果有机会，记得做一个平凡的人，你有双手，可以奋斗。"

慕禾问："如果有机会，你会等我吗？"好茜没有回答，缓缓地松开了他的手，她不敢看他，而是背过身跟我离开。慕禾在身后发狂地大喊，而我们却离他越来越远。

好茜与我刚刚走出拘留所，就蹲下身来，眼泪像洪水一样不住地流淌："好茜，你为了这样的人值得吗？"

好茜的头发披散下来，我蹲下身来为她擦眼泪，她带着泪水的模样让我不忍苛责："如果我说，我真的喜欢他，你相信吗？"此刻好茜的眼神中有着微凉的寒意，但又交杂着欣慰的暖意。

"喜欢他？"

好茜点点头："就在我快要昏睡过去的那一刻，我突然想到有多少比我还痛苦的人仍然坚强地活着，而我还有那么多爱我的人；而在我打开门看见他的那一刹那，更是坚定了我要活下去的信念，但是，我不准备告诉他了。"

我抚摸着她的脸颊，从小到大，她一直都这么傻："你做什么，我都支持你，那些难过的事，就别想了。"

好茜仰头看着树影下的阳光："我一直觉得，人是有了依靠才可以摒弃那些稀薄的感情，一开始我想死，但是现在我想通了，我要勇敢地活下去，为了你，为了我爸，还有林哥哥，甚至慕禾。哥，如果可以，我以后要做一个好妈妈，我要用我童年缺失的母爱来填补他。"

我给了好茜一个深深的拥抱，而这份力量也是给自己的。

有时候，我发现我一点儿也不了解好茜，她的内心永远带着小女孩的天真，不会考虑太多的东西，而义无反顾地走向自己所想的道路。她的双眼中有晃动的灯火，她接着说："我想去见见张琪，可以吗？"

我们在玻璃窗外看着安静沉睡的钟琪，其实，失去嚣张与狂傲的她才是最美丽的。她穿着雪白的衣服静静地躺着，微卷的头发披在两边，李院长还在病房门口的座位上絮絮叨叨地说着什么，好像在对离去的钟琪叮嘱,也好像在为自己的大半生忏悔。

好茜看着她的眼神从容而淡定,我问:"你还恨她吗?"

好茜摇摇头:"她都已经离开了,我还有什么好恨的呢?"钟琪胸口的血液像是绽放的莲花,映衬着她美丽的面容:"其实,我只是嫉妒,但是哥,你知道吗?这份嫉妒才是支撑我长大最大的动力。我从来没有想过要她死,哪怕张曼曼的虐待让我无法忍受……我只是嫉妒她。她现在很漂亮,不是吗?哥,我觉得她最后的笑容是留给你的,她应该真的爱过你。"

我拍着好茜的肩膀淡淡一笑,嫉妒才是支撑我长大的动力,于我而言,不也是吗?

夏日的黄昏淹没了最后一丝光线,医院变得沉寂。我与好茜走出医院:"我和李院长商量,想把她的骨灰带回北方,虽然长途跋涉会让她的魂魄疲惫。"

好茜说:"哥,我突然很想念爸爸,等所有的事情平息了,有时间,我们回去好吗?"

5

尽杉:

虽然知道你肯定不能收到这封信,但是我还是决定写给你。我曾经在想，没有你的生活，会不会就是我想要的，那样我不会在光环的压力下听父母絮絮叨叨的话，也不用成天担心你因为成绩的好坏而与我绝交，可是当你离开之后，我才发现，原来没有你的生活只会让我怅然若失，没有丝毫的喜悦感。长大后我已经很少再流泪了，即使遇到再多的事情，我也会觉得一切都无所谓，因为心中想着你曾经的话，我是最幸福的。现在我终于明白这句话的意思了。

你还记得小学那个梳麻花辫的小女孩邓星吗，其实我已经差不多忘记她当初的模样了，但是我记得每次我们吃麻花都笑她，前几天她给我打电话，说她快结婚了，听到这个消息的时候，我就想到你了，不知道她有没有联系到你。我发现一切过得太快了，昨天还是几年前，而一夜之间，我们都纷纷长大。这两年来，其实我想得最多的就是过去的日子，像清澈的流水，我们都说要珍惜童年的时光，其实不管我们捏得有多紧，最后都不得不被时间拖着拉走。

尽杉，其实我一直有很多事情没有对你说，因为我担心一旦我说出来，我们就再也不可能做兄弟了。但是经历了这么多事情后，我觉得不管你怎么对我，我都应该将事实说出来。从小开始，我就不是一个好孩子，一年级的时候，我因为作业没有做完，把你的本子偷偷从那堆作业本里抽出来，然后老师罚我们两个人一起做卫生，我当时是想，我需要有一个人陪我。三年级的时候，有一个女孩子给你写了一首小小的诗，叫我转交给你，结果我把那张纸撕掉了，因为我偷偷喜欢过那个女孩子。六年级的时候，我们就要毕业了，他们来向我要你的照片，却没有要我的，于是我生气地跑了，那时候我才发现，原来我一直嫉妒你。对于阿姨的死，其实我一早就知道真相，但是我却因为担心江超报复而不敢告诉你，后来逼着你离开的人，也是我。只是我做了这么多，到最后并没有得到任何好处，反而失去了你。

　　我在大学遇见一个女孩，她说其实我是喜欢着你，正因为在乎所以才费尽心思去做这些事情，可是这样的情绪真的是喜欢吗？我一再地伤害你，到最后害你没有一个完整的家，如果说这是喜欢，那我宁愿自己讨厌你，远离你，从不认识你。但是，我们还是相遇了，成了肝胆相照的兄弟，你对我的好，我都一一记得，而我对你的坏，我也永远忘不掉。不管你恨我与否，都不重要。

　　我不知道你在上海什么地方，到底好不好，我只是很想很想你，如果有时间，你能回家一趟吗？

程涵宇

二〇〇六年七月一日

　　我与好茜在从南京飞往北方的航班上，时间漫长而无聊，好茜读着林尽杉的《初云》，我注意到那本书的封面已经被翻阅得破旧。好茜向空姐要了一杯热牛奶，她时不时将手放在小腹上，带着温和的微笑。我抱着钟琪的骨灰盒，在我登机的时候，安检人员露出奇怪的神色，我没有理会。好茜轻轻地念着书里的句子，好像在给她未来的孩子讲故事。

　　飞机在凌晨抵达，我背着行囊与好茜踏上这片久违的土地，呼吸了一口北方的空气，我感觉一切都回到当初。乘上半夜的长途汽车，沿途的疲惫让好茜很快就睡了过去。我想起几天前我和好茜看着警车把慕禾带走，到最后，他已不再对好茜抱任何希望，好茜窝在我的肩膀上偷偷地哭，我知道她心中那个小小少年已经远逝，警车里的那个人，早已不是当初的张慕禾。

钟琪的遗体在清晨被火化，李院长哭得快要昏厥过去，我搀扶着他，让他不要去看屏幕上的影像。李院长推开我的手，他说，他没有看见钟琪出生的模样，现在无论如何要看着她离开。这个两鬓花白的老人就这样扶着墙用力哭着。

我本想送好茜回家，但好茜说，她不想一个人面对舅舅。而我抱着钟琪的骨灰，也没有办法回去，于是我们在小镇里找了个地方休息。我很快处理好了钟琪的后事，用李院长的钱为她买下了一个豪华的坟墓。翌日傍晚，我与好茜一起回家了。

再回到小时候玩耍的街道上，我发现很多东西都变了，拆迁与修葺让这个原本不大的地方变了模样。周大婶家院子里的盆栽少了；过去我们打羽毛球的场地现在盖了新楼；曾经被我们放学后占用的公用电话亭现在也失去了色泽，已经没有学生再去买 IC 卡了；公园前的报刊亭刷了新漆，老板娘热情地问我何时回来的，我好像又回到了中学时代，路过的时候总要陪林尽杉问新一期的杂志到了没。

快到家的时候，我突然看见了一个熟悉的身影，正勾着身子摸索着抽屉里的东西，我不愿相信这是江超，他坐在路边配钥匙，双眼已经全瞎了，完全靠感觉生活着。母亲告诉我，他是在我离开后打架弄瞎了，我想起那条黑巷子，现在是不是还有些不学无术的学生拿着木棍混着日子？江超听见我的脚步声，问我是不是要配钥匙，我没有回答，跟着好茜走了，离开的时候，江超还笑嘻嘻地说："谢谢光临。"

不知不觉中，很多东西都改变了。

夜晚的饭桌上，母亲做了我曾经爱吃的菜，丰盛得让我不知所措，四年前就在这张餐桌上，我还和她顶嘴闹矛盾，为了不学习找借口搪塞她。听楼下的小弟弟说，方老师还是那么严厉，但是回家后，却又换了另一副面容。

看着她眼角的鱼尾纹，还有那些花白的头发，我都会想，眼前的她还是不是曾经那个追着学生要作业的方老师，还是不是那个处事利落、口齿伶俐的方老师。她为好茜夹菜，说："你们两兄妹在外面，一去就是两三年，你爸爸可是天天盼着你回来。"

好茜问："爸爸他还好吗？"

母亲点点头："总是挂念着，可能长期一个人，也不常来我这里，有时间，多陪陪你爸爸。"

喝完鱼汤，我突然想起刘舒康来："妈，刘老师现在怎么样了？"

妈妈突然顿了顿，然后说："吃完了？我洗碗了。"

我看着她恍惚的神情，紧张追问道："妈，是不是出了什么事？"

她收拾着桌上的残羹冷炙，没有看我，说："没什么，他搬走了。"

夜晚的时候，我翻看小学时候的照片，发现原来我大部分时间都是和林尽杉在一起的，照片里的很多建筑现在都没有了，看着那些记忆中才存在的场景顿时感觉沧桑。

"妈，林尽杉后来回来过吗？"

母亲摇摇头，她抚摸着我和林尽杉过去的照片："小杉真是一个可怜的孩子。"

我突然想起好茜包里的那本书："妈，尽杉出书了，你知道吗？"

我把那本蓝天白云封面的书放在母亲的手上，它就像林尽杉一样有着干净的面庞。

母亲含着泪。"我就知道他是一个有出息的孩子，"母亲的泪水一滴一滴落在我们的旧照片上，"你走之后，小杉寄来了一封信，我去拿给你。"

那是用青色信封装着的信，在我拆开信封的时候，一把钥匙掉了出来。我展开信，灯光落在发黄的纸上，带着不寻常的陈旧感。

涵宇：

  我不知道你什么时候会读到这封信，也不清楚你会不会有耐心读完我下面写的内容。我想我要离开了，离开这个我生活了十八年的地方，在临走前，我看见了门前停放的那辆自行车，那是你送给我的生日礼物，可是现在，我突然发现，它并不属于我，换而言之，我应该物归原主了。

我想了很久，也想不透你从什么时候开始讨厌我、躲避我、厌倦我了，我一直想是不是自己做错了什么，应该怎么去改，或许是我对你太严格，让你觉得我是一个枯燥无味的人，可是，我只是一味地想对你好。我母亲去世的时候，我一直想你能不能陪着我熬过那段时间，但是当我敲开你的门时，你依旧是那张冷漠的脸孔。

涵宇，其实我很怕有一天你与我走上两条不同的路。后来刘老师告诉我，在那条黑巷子里，抢劫母亲钱包的人中，他看见了你，我是真的哭了。原本我应该恨你，可是没有，我发现我怎么也恨不了你。我只是懊恼，或许自己根本就不是你的朋友，不过是我一直一厢情愿罢了。但是，每当我骑上这辆自行车时，我都会想，那这辆自行车到底算什么呢？后来，你带着一群人到刘老师家来的时候，我是知道的，这一切都是你为了让我远离你而做的，你要我知道你是一个可怕的人，但涵宇，为什么我就是没有办法讨厌你呢。去高考的那条路上，我一边难过一边骑着自行车，摔进了田里，我浑身狼狈地奔跑去考场，却在半路遇见了江超，他告诉我，你从一开始就只是愚弄我而已。

那天的教室其实与平时上课的教室没有什么两样，但是我却内心纠结无法做题，我是在质疑自己，为什么会那么相信江超的话，我应该百分之百信任你，却在这个时刻怀疑起你来。我知道，我们都不是最初的我们了。高考落榜不过是一个契机，我知道，你已经不再需要我了，而我也没有必要再努力去挽回什么。所以，我把那辆自行车停在你家门前，却将钥匙带走了，我希望有机会，我能够回来打开这把锁，重新拿回我的自行车。可是，时间过了这么久，我想大概已经没有机会了，所以，我把钥匙还给你。

涵宇，以前我偷偷告诉自己，如果一个男生太在意另一个男生,是不是一种不正常的感情?后来我发现,男生之间也可以喜欢得很坦荡,是因为我们像一家人一样,像兄弟一般。正因为这样的喜欢,所以我恨不了你,也不怪你,因为我早就把你当成一家人了,当我父母都不在的时候,好歹还有你这个兄弟。

我说这些不是想为自己解释什么,而是希望度尽劫波兄弟在,相逢一笑泯恩仇。

我还记得我们站在楼顶,俯瞰这个世界。这座城市的每一个角落,有人欢笑,有人失落,有人兴奋,有人悲伤,有人在少年的尾巴上唱着挽歌,有人在成年之初举目而望。他们滔滔不绝,他们沉默低语,他们生活在这座庞大的森林里,只知道时间在悄悄流逝,却不知,某一天他们也会突然消失。

我只是想让你知道,我一直把你当兄弟,从来没有变过。有些事情过去了,就回不去了,但是我们尚可把握的远远不止这些,难道不是吗?涵宇,我能求你一件事吗,让我们做一辈子的兄弟,好不好?

林尽杉

我拿着那把钥匙,泪水不住地往下掉,我突然想紧紧地拥抱一下我的兄弟,这个一直爱着我、情同手足的兄弟。在这个世上,我遇见过成千上万的人,人生长河中也会有无数过客,或许我会记得他们,或许我会遗忘,但我清楚,林尽杉不是过客,没有他的陪伴,我的过去又怎会有如此多精彩纷呈的回忆。

我多么怀念你，可是现在你在哪里呢？如果你在我身边，我会永远不让你离开，我要和你做一辈子的兄弟。可是，林尽杉，人海茫茫，你到底在哪里呢？

6

我和好茜走在小城的老街上，几个骑着自行车的孩子从远处你追我赶地过来，卖冰糖葫芦的老爷爷还像多年前一样倚在那个墙角，那条黑色的巷子里依旧有几个穿着打洞牛仔裤的男生朝女生吹口哨。我突然很想念我和林尽杉常去的那个小山坡，虽然母亲告诉我，小学要建新校区，后面的山坡已经开始开发了，但是我还是想去看看。

那片茅草地，那些丛林，现在都被推土机破坏了。我面对着眼前狼狈不堪的景色，说："以前我和林尽杉最喜欢到这里来，心烦的时候总是躺在这片草地里，看着逡巡的鸽子。"

好茜说："有时候我很羡慕你和林哥哥的感情，以前也和你提过吧，有时候我觉得林哥哥的内心是封闭的，不会向任何人敞开，即使你无限接近，终究也只是雾里看花。但是林哥哥对你却从不隐蔽什么。"

很多年前的夏天，也是这样炎热的天气，我和林尽杉赤脚踏在泥地里奔跑，将胶皮凉鞋扔在一边，也许正如好茜说的，林尽杉只有和我在一起的时候，才是最放松最真实的。

推土机的声音把我们的对话压了下去，我们慢慢走过草地，走到操场："好茜，其实那个时候我一直想问你，为什么最后放弃了那场比赛，放弃了你梦想的巴黎。"

好茜浅笑,两颊映着酒窝:"其实,我并不想去巴黎,即使我那么迷恋香榭里舍大街和巴黎圣母院,即使我多次梦见我站在塞纳河边看夕阳,搭着出租车路过凯旋门,甚至走进卢浮宫,可是,那仅仅只是我的幻想而已。哥,我根本不想一个人孤孤单单地待在国外,即使它是世界上最浪漫的国度,我最想的,还是能够和你、爸爸,还有林哥哥待在一起,当初跳舞也是因为他,而现在,很多东西都变得失去意义了。"

我送好茜到路口,她说要乘车回家,因为太久没有见到爸爸,她突然很想见到他。

好茜向我挥手,她放下窗户说:"不用太担心我,日子还要继续。"

好茜轻松的表情也让我的紧张缓解了很多,我笑着点头,然后看着那辆车渐行渐远。这时好茜发来一条信息:"哥,我想以后让我的孩子姓林。"

天空中的飞鸟倏然而过,我听见它们咕咕的叫声,温情而朴素,我没有回复那条信息,而是继续走了下去。

远大的校门口没有太多的变化,只是以前育才书店的老板换掉了,门口做起了副食品的买卖,其他的小店都一如当初,除了没有了我们小时候的陈皮和话梅,没有了麦丽素和玻璃珠。再路过图书馆的时候,我竟然害怕进去,透过透明的玻璃窗,我看见两个小男孩在里面的木桌上安静地读书,我有一种看见了过去的自己和林尽杉的错觉,竟然不自觉地叫出了声,而两个小男孩都没有回头,依旧认真地读着。我傻傻地笑了，转身离开。

我在那栋房屋前停留，那曾经是他的家，每天晚上与我一同回家后，他便打开那扇门。而现在，门已经换成了防盗门，门口的"福"也有些褪色了，时过境迁，所有的东西都变得沧桑。

这座城似乎总残留着林尽杉的影子，呼吸里都能够嗅到他的味道，可是他已经消失了。我哼起了无印良品的《朋友》，以前我们唱过很多《朋友》，周华健的，谭咏麟的，臧天朔的，但是到最后，我们还是喜欢无印良品的，因为它最缓和、最清澈、最符合我们的青春。

7

流火的七月匆匆而过，很快就到了假期的末尾，不仅如此，我的青春也要走到尽头了，明年的这个时候，我就要进入社会了。时间真的让人觉得可怕，千万别回头看啊，我笑着对自己这样说。

临走前，我想去祭拜一下林尽杉的父母，于是早早起身，在鸡鸣狗吠、野草横生的小路上行走。八月的天空，居然下起了微微的小雨，我撑起青色的雨伞慢慢地走着。通向墓园的路上，有很多很多的松柏，空气湿润，带着泥土和草木的芬芳。

天空还没有铺展开第一缕光线，我却隐隐约约看见墓园里已经有人在祭拜。那人穿着深蓝色的布衣，蹲着身子清理着墓前的杂草。

我慢慢靠近，那熟悉的侧脸让我微微一惊，虽然络腮胡已经铺满了他的脸，但是我依旧可以认出他来："刘老师……"

那人怔住，没有转头，准备离开。我知道是他："刘老师，是你吗？"

对方摇摇头："你认错人了。"

是的，我可以认错人，但是我绝对不会忘记这个声音。我拉住他，在他回头的瞬间，我发现他苍老了许多，再也没有当年意气风发的模样。时间带走了我的桀骜不驯，也带走了他的风华正茂。

他讷讷地看着我，眼眶微微湿润："你是……是涵宇吗？"

我点点头："刘老师，你怎么在这儿？我妈不是说你搬走了吗？"

他笑容苦涩："我已经不是老师了……"

我见他装束落魄，衣服也已经失去了原有的色泽："刘老师，这几年，到底发生了什么？"

刘舒康带着我走到墓园中央的小亭里："涵宇，这几年过得还好吗？"

我点头又摇头，我实在无法用好或不好来形容我这两年的生活，我注意到他胸前戴着墓园的工作证，微微一惊："刘老师，你怎么……"

刘舒康点点头："其实这里挺好，没有那么多嘈杂的声音，每次看着前来吊唁的人们都会为往生者感到安慰，墓园是最能体现爱的地方，没有爱的人，一定不会前来。"

中午，刘舒康做了一大桌子菜，还为我斟了一小杯酒："刘老师，你有林尽杉的消息吗？"

刘舒康的手停在空中："……没有。"

窗外的雨雾让整个世界仿佛处于氤氲的容器中，明明是八月的盛夏，我却感到一丝丝的凉意，我看着刘舒康脸上被岁月拖扯的沟壑："不知道林尽杉到底去哪里了，也不告诉大家一声，害所有人都担心着。不过林尽杉还会给我通信，至少让我知道他还好好的。"

语毕，刘舒康泪如雨下。

"刘老师，你怎么了？"

刘舒康抹着泪，摇摇头："没事……"

我抓住刘舒康的手："你是不是有什么瞒着我？"

刘舒康继续摇头："我不知道。涵宇你不要再问我了。"

我望着他的眼睛，这一刻，我看到的是无限的绝望与懊悔，良久，刘舒康起身，背对我望向窗外，缓缓开口："涵宇，我答应过小杉这一辈子都帮他保守秘密，但是……"

"刘老师,到底发生了什么?!"

刘舒康看着我,浑身颤抖。

"涵宇,其实……小杉已经不在这个世上了……"

我睁大双眼,神经顷刻崩溃,心里像是被戳了一刀,我像发疯一样揪住刘舒康的衣领:"怎么可能?!"

我不相信,这不可能!但是刘舒康定定地看着我,没有动摇。

"不,刘老师,你刚才说的不是真的,只是你猜测的对不对,尽杉怎么会不在了呢,他前几天还给我写信啊,他在上海,好好地活着啊!"

刘舒康泪如雨下:"涵宇!你听我说,小杉不在了,他不在了……你离开北方后,他回到了家乡,被医生查出患有先天性心脏病,是遗传的。他找到我,我用尽了所有的钱为他治疗,那段时间我总觉得他随时都会离去,他躺在床上,每天面对白色的天花板,可依旧笑着对我说,他很想你,想他父母,有时候他会上网看能不能找到你。他想写书,于是他一边念,我一边帮他记录。那本书完成的时候,他几乎昏厥,后来我帮他找出版社出版,没有告诉任何人他的情况,所有人都知道三森,却并不知道他已经病危。医生告诉我,只有手术可以解决,但是成功率极低,几乎是高风险。那段时间,他精神好了一点,就趴在小桌板上给你写信,他写了厚厚的一本,每一页都署上了将来的时间,他拜托我托上海的朋友寄给你,让你以为他还好好活着。"

我红着眼睛尖叫起来:"不!刘老师,你骗我,尽杉还好好活着,他怎么可能骗我呢，我还没有给他道歉，我还没有和他一起去南方，我还没有和他找到安静的垂钓的地方，不可能！刘老师……尽杉说他要和我做一辈子兄弟的，他怎么可能言而无信呢？"

此时的天空中响起了一声闷雷，刘舒康抓住我的手："涵宇，我没有骗你，你妈妈也知道，几个月前，小杉的手术失败了，他进入手术室前对我说，不管结果如何，都不要告诉你，他希望你永远开心、幸福。"说着他从抽屉里拿出一个厚厚的本子："这就是小杉写给你的信……"

翻阅着本子，看着那些真挚的文字，我仿佛抚摸到了岁月的纹路，依稀看见林尽杉穿着白衬衣骑着自行车穿越一帧又一帧明媚哀伤的画面，永垂不朽地延续着。我抱着那些信，泪水模糊了字迹："我还没有和他说一声对不起，他怎么能就这么走了呢？"

雨水簌簌地落下，泥泞的小路蜿蜒地盘旋，刘舒康撑着伞带领着我来到他的墓前。墓碑上是他十七岁的模样，没有青色的胡茬，漾着最明媚的笑容。我撑着伞看着这个少年，这个在我生命中永远不可消失的少年，刘舒康扶着我的肩膀："既然我答应了她好好照顾小杉，我便会在这里守着他一辈子。"

我侧身对刘舒康说："刘老师，能让我单独一个人静一静吗？"

刘舒康点点头，然后缓慢地向山下走去。

用伞遮住墓石，我真担心这淅沥的雨浸湿了他。在这巍巍高山之间，一切都变得那么微不足道，爱恨、荣辱、成败，都变得毫无意义，我只是想静静地站在他身边和他说说话，不知为何，我总感觉他就在我的旁边。

也许几年后，我会成家立业，我将告诉我爱的人，我曾有一个爱着我的兄弟，他是丛林尽头的一棵杉木，在晨曦到来时，为我带来第一缕阳光。

看着林尽杉青涩的面孔，头脑中不觉回想起高中教室里的松木桌，头顶不断旋转的三叶风扇，散发着油墨气息的新书本，男生们趴在阳光下微笑，还有女生戴着耳塞口中念叨单词。那一段属于白衣少年的传奇，都锁在这本厚厚的书信日记里，像孩子们吟诵的诗篇，不屈不朽地世代传袭。

我噙着眼泪，想起梦境中的你，骑着青色的大鸟，从屋顶上一掠而过，扑翅的声响振聋发聩。我目送你越飞越远，离开视线；而你缓缓回头，在天际朝我展开微笑。

雨渐渐小了，我平静了下来，慢慢用火点燃了那一封封带着宽恕与容忍的信。他是我的少年，我不会忘记我们的盟约，因为我们是一辈子的兄弟。

现在，我只有一个小小的愿望，希望在雨后阳光洒遍青山绿林的时候，我能与林尽杉一起并肩看第一抹绚烂的彩虹。

全文完

一稿于 2010 年 4 月 5 日晚永州

二稿于 2010 年 5 月 22 日晚永州

定稿于 2010 年 5 月 31 日初夏

再版修订 2019 年 5 月 6 日北京

番　外

这是入夏之后最热的一天。

准高三的学生集体向老师抗议，建议取消高温天气的补课，那是在距离暑假补课还剩下最后一个星期的时候。

谁也想不到，真的会有人带着事先准备好的横幅和头巾到学校，感觉是因为看了晚上八点档的偶像剧，誓死要趁机效仿一样。负责抗议的带头人给班上每个人都发了一根头巾，毕竟是我们当地最有钱人家的孩子，即使准备这种东西，也是一夜之间就搞定了。最终决定抗议的有十五个人，其中有四个女孩子，大家站成一排，带头人拿着喇叭，调了调声音，当时我拿着头巾站在走廊上，等待上课铃的响起。

谁都知道这场"战役"的最终结果，但是还是充满了好奇，拭目以待。

林尽杉他们班的学生好像看热闹一般，每个人都装模作样地拿着书立在桌上，把头埋在里面，偷偷透过缝隙看着窗外的我们。

我站在距离林尽杉座位并不远的地方朝他招手，林尽杉露出了一个并不太开心的表情，然后指了指课本，我没有理会他，我知道他又在劝我不要闹事，但是这种集体闹事最有意思了，老师又不会怪罪在我一个人身上，而且我肯定刘舒康最后会妥妥地解决掉这件事。

那应该是我记忆中最炎热的夏天，蓝得发白的天空，热气灼人，蝉声一波波直抵人心。迷幻的夏日午后，闹事的学生已经准备就绪，而在这个时候，不知道为什么迎面走来的不是刘舒康，而是校长，带头闹事的一下慌乱了阵脚，匆匆地丢下横幅往教室里奔去，陆陆续续有人跟着逃跑了，而我那一刻还没来得及反应，已经被校长一下抓住了胳膊。

"程涵宇，你们又打算搞什么鬼？"

我朝着校长做了鬼脸，说："没……我们在排开学典礼的节目……"

就这样，这场"战役"不战而败。

事后，我妈知道了这件事，破天荒的没有批评我，大概是那天晚上林尽杉突然来找我，我妈没好当着林尽杉的面对我思想教育。

林尽杉来找我，是因为他家忘记交电费了，他问我能不能在我家做会儿作业，我妈当然愿意让林尽杉留下来，我当时想的倒是好久没和他聊天了。

其实那天我的作业已经在学校抄别人的抄好了，所以基本上是林尽杉趴在桌上写作业，我趴在后面看他。

"涵宇，你今天……"

我知道他要说什么事："哎，别那么久不见，见面就教训我……"林尽杉见我认真，就放弃了，他很快就做完了作业，然后说他有点事要先走。

"什么事啊？都不和我说。"

"其实不是什么大事，我要去送点东西给一个朋友。"

什么朋友？不过我没问出口，林尽杉除了我，哪有什么朋友。

"好吧，我还说和你聊聊天呢。那下次吧。"

"对不起，涵宇，我答应别人在先了。"林尽杉一叫我，我倒是什么脾气都没有了。

林尽杉就这么走了，在我们好久不见之后的某个晚上，他就这样草草地离开。

那个夏天变得漫长而无聊，大家都在拼命学习迎接高三，就在这个时候，突然一个传言的出现，让夏天的尾巴变得有趣起来。

传言伊始是有个同学因为忘记带习题本而半夜折回学校拿，谁知道路过三楼的时候，听到一个女孩子在哭。

"就是咱们这层楼的三楼啊，哭得可惨了，我光是听着那声音就不寒而栗，就像恐怖片里演的那样，从门缝看进去根本什么也没有。"

这个传言一传十十传百，很快就变成了很多人夜晚听过那个女鬼的哭声。

"哪可能有什么鬼!"

有一天我和林尽杉说起这件事的时候,林尽杉表现出一副不信鬼神的认真模样。

"说不定真的有呢。"我走在林尽杉的身后,汗水大颗大颗往下掉,我真想拉着林尽杉冲进小池塘里洗个澡。

"说到底,根本没人真正看见什么不是吗?"

我突然有了想法:"要不然,我们晚上一起去看看?"我为自己这个想法感到兴奋,但似乎林尽杉并没有什么兴趣。

"咦,你不觉得很刺激吗?"

林尽杉没有说话,自顾自地往前走,不过那时候我心里已经打好算盘了,要是林尽杉不和我一起去"探险",我就自己去。后来回头想想,也不知道那时候哪里来的那么大的胆子,但是出于好奇,并且真的相信那些牛鬼蛇神的传说,所以胆怯一下子变成了最微不足道的情绪。

其实在那之前,校园里一直流传着教学楼三楼每到晚上十点就多一间教室的传说,虽然从来没有人去证实,但每一届都会有人说他们的姐姐或者哥哥上学的时候看到过。

那时候会有这样的心理,如果自己成为了证实鬼怪的第一人,以后每一届都会有人说,程涵宇是真的见过鬼怪的那个!

隔天的晚上，我到林尽杉家去找他的时候，发现他并不在家。奇怪的是他妈妈以为他在我家，我只能找借口说我刚从外面回来，可能他已经去我家了，他妈妈才没有怀疑。

但林尽杉到底去哪里了呢？从前几天晚上开始就神神秘秘的，说是有个神秘的朋友，可是这是不可能的啊，平时在学校，我几乎没有见过林尽杉和其他人说过话。

那天为了辟邪，我还特地穿了件颜色鲜艳的衣服，从校后门翻墙进去，夜晚的校园真是寂静得可怕，好在因为处在夏天，还有蛙叫和蝉鸣，让我觉得这些声响可以降低校园阴沉的气氛。

因为放假的缘故，夜晚也没有了巡逻的校警，路过中央的喷水池时，我特意看了看我们那栋教学楼的三楼，没有传说中的多出一间教室，同样也没有一丝一毫的灯光。

风呼呼地吹在两旁的松柏上，发出簌簌扬沙般的声音，我小心翼翼地踮着脚，一步一步地靠近三楼，这时背后好像突然刮起一阵阴风，教室的门发出吱吱呜呜的声响，我不觉裹了裹衣领，靠着墙往上走。

传说中那个哭泣声是从高三十班的教室传来的，也就是林尽杉他们班上，但当我战战兢兢接近的时候，才发现一切如常，耳朵贴在门上，根本没有什么哭泣声，我靠着门叹了口气，望出去，夜空的星星璀璨如初，好像因为扑空而有些失落，这个时候，我突然忍不住想要从门缝往里面看，就当我眯着一只眼往里望时，果不其然看见了一个白色的影子，我吓得退后了两步。

果然是有的！

当时我的情绪很复杂，既害怕又兴奋，我忍不住再往里面望的时候，那个白衣女生已经在开窗，准备跳窗逃走了，她回头看了我一眼，虽然我没有看清楚，但我确定那不是鬼，而是一张正常人的脸。

我立马奔跑下楼，朝着那个女生跳窗的方向跑去，但是我还是晚到了几步，那个女生已经离开了。此刻的校园一下子又安静了下来，我开始怀疑我自己刚刚看到的是真是假。

这时，突然有人喊我的名字，我一回头，才发现是林尽杉。

"涵宇……真的是你，你怎么这么晚到学校来？"

"我不是和你说了我要来探险吗？倒是你……你来干吗？你不是说你没兴趣吗？"

"我……我来帮一个朋友的忙。"

"你说的朋友是不是一个穿白衣服的女生？"

"你见过她？"

"对啊，就在刚才，她坐在你们班教室里，我开始还以为是女鬼呢。"

"哎，看来我今晚碰不到她了。"

"她是谁啊?"

林尽杉吞吞吐吐,犹豫了一会儿,说:"我不知道她是谁,她也没告诉我名字,我在她书包的一角看到的有个绣花,是 ZQ,不知道她是不是叫张琪。"

"为什么不是张强?"

"会有女生叫那个名字吗?"

"说不定是她喜欢的人的名字呢,谁知道,"我打了个呵欠,"所以你连认都不认识就把她当成朋友?"

"因为我答应她不告诉别人的,上上周下暴雨,我担心放在桌上的课本会被雨淋湿,夜晚就折回来打算把书带走,结果我到教室的时候,发现门是虚掩着的,刚推开门,就看见她坐在我座位上看书。"

"她不应该是个女贼吗?"

"一开始我也以为她是来偷东西,结果发现她帮我把书都放到抽屉里去了,而且看见我也没有要逃走的意思,她说是上楼躲雨,结果发现这间教室门是开着的,虽然我觉得她在说谎,可她拿着我放在桌上的那本《太阳照常升起》在看的时候,我信了。"

"你也太容易相信人了吧。"

"说实话,一个女生喜欢海明威,我觉得她倒挺酷的,后来她和我说她没爹没妈,虽然不知道是不是真的,但我觉得她是想找个人倾诉,我就把家里仅有的两本海明威的书带来,借她看了。"

我下意识地摸了摸林尽杉的额头,说:"你确认你不是因为头晕看错了?哪儿还真有什么女生每天在教室里坐着等你啊?!"

"今晚是最后一天了,她本来是来还书给我的,明天她就走了。"

我半信半疑地看着他,调侃道:"去哪儿啊?上天堂还是下地狱啊?"

"她说明天她就要启程去找她爸爸了。"

"她不是说她没爹没妈吗?"我快要被林尽杉的话惹笑了,"你还真不愧是个作家啊,被你说得像真的一样。"

"我说的就是真的啊,"林尽杉想了想,拉起我的手,"你等等……"

说着林尽杉带我回到他的教室。他取出钥匙,开了门,打开灯,教室里面空空如也。林尽杉拉我到他课桌前,然而桌上什么也没有。

"这……"

"这什么呀?你要带我看啥?"

"不会啊,按道理说,她应该会把书放在桌上给我啊。"

"好了,别骗我了,你是不是刚刚和我一起看到那个翻窗跳下去的女生,就开始发挥想象编了故事,什么没爹没妈,千里寻父的,怎么会有这样的。"

"涵宇,我……"

这个时候,突然雷声大作,天空一道闪电划过,我吓得躲到了桌子底下,林尽杉看着我说:"快下大雨了,我们赶紧回去吧。"

我朝着他点了点头。

然而我们刚刚走到楼下的时候,雨就哗哗下起来了。林尽杉把衬衫脱下来,罩在我的头上,说,待会儿数123,就一起跑。

我想起小时候,每次下雨,我都会忘记带伞,林尽杉总是撑着小伞,让我跟在他旁边走,而每次他总是把伞的大部分遮住我,自己的肩总是湿湿的。

"尽杉,我一直想问你,你从小到大都不怕淋雨啊。"

"对啊,因为我是树嘛。"

他难得的冷笑话让我突然觉得他没有想象中那么木讷。

那天,林尽杉跑得很快,因为担心雨越下越大,可是,我慢慢地就跑不动了,他在夜里喊我,快点,快点,可是我怎么也快不起来了。

许多年后,校园里依旧有夜晚十点三楼会多出来一间教室的传说,也有女生宿舍的床下有不明物体的传说,可是,所有的传说里,不再有我和林尽杉的名字,也没有那个书包上印着ZQ的女生的故事。

但那个夏天,是我和林尽杉最后值得怀念的夏天,或许就像他说的,他是一棵树,最后,枝繁叶茂地庇护着我剩下的时光。

旧版后记：相忘于江湖

最初构思《少年们无尽的夜》是想写一部关于爱与恨的都市小说，可是后来发现写作的大部分都是我不太了解的领域，编辑说，与其写一个你自己都不熟悉的故事，何不描绘一个心中最想要表达的故事呢？于是我推翻了最初的五章内容，把那个物欲横流的繁华都市完全锁进文字的坟墓里。我将故事重新定位为一个全新的成长故事，主题改为嫉妒和忏悔。若《时间浪潮》是一本单纯的爱情故事，《叠年》是一本纠结的亲情小说，那这本新书就是一个关于友谊的翡翠色长卷。我将自己内心深处最胆怯又最柔弱的部分写了进去，故事的内容在我看来，是最厚重最极致的描写，字句的斟酌与情节的安排花去了我大部分的时间，最后我选择了一个并不复杂也不庞大的世界。

很长一段时间里，我一直在审视程涵宇与林尽杉的关系，我想知道潜意识中的自己到底是他们中的谁，可是到后来，我发现谁都不是我，我也不是谁，他们像是两个活生生的少年存在于我的精神世界里。我将我少年时期的所有回忆都放进了这个故事，但在我的生活中，并没有一对像他们一样情同兄弟的朋友，他们嫉妒又原谅，忏悔又懊恼，而这些迷茫正是青春期里最不可避免的情绪。文中主角在命运岔路口的抉择，也是我们都要面对的难题。每一次的选择都将引领他们未来人生的走向。到最后变成了我自己为自己设下难题，故事向我自己也无法预知的方向发展，所有的情节都与最初的设定背道而驰。

小说从二〇〇九年开始动笔，中途断断续续被一些身边的琐事耽搁，后来在前往北京的航班上，看着阑珊的灯火，我的脑海中出现了一片茂密的丛林，丛林深处有一个男生孤独地坐着，于是我知道，我要写两个男孩的故事，但绝不是现下流行的耽美或者情爱，他们只是相互牵引的两个少年，在彼此心中有不可泯灭的重要地位。他们爱着彼此，但这份爱早已跨越了感情的束缚，到达了亲情的高度。这本小说是我所写的文章中耗时最长、斟酌最多的一本，三次易稿，不断地推翻自己，因为我不知道应该给予他们一个什么样的结局。书写的过程中，我总是不经意地想起我的兄弟，想起一直在我身边陪伴着我的你们，在夏天走失，又在夏天重逢，演绎着物是人非的戏剧，扮演着社会中的各种角色，在我趴在桌上对着电脑屏幕打字的夜里，脑海中闪现着他们的面孔，最后都凝聚成了程涵宇与林尽杉。或许看到结局，你会觉得这样的安排不尽人意，但是我觉得我已经写出了我心中的结局，巍巍青山之间的林尽杉，在氤氲的雨雾中屹立不朽，像一个安静的尾音，结束了整首青春之曲。

熟悉我的读者应该都知道，我的长篇不喜欢写太流行的故事，而是喜欢仔细地去描绘我们这一代人成长的轨迹，剖析在青春迷津之地的选择。我只是想把我们那些冲动、狂妄、叛逆的东西都用最细致的文字还原。

故事从寒冷的冬天起稿，我记得在北京的大街上堆积冰雪的狂欢，记得麦麦把他的衣服借给我穿，然后我们三个人窝在小家里吃饭的情景。转眼间，定稿已经到了初夏，在我落下最后一笔的时候，我感觉潮热已经到临。长长的时间里，我用心写完了这本最长的故事，每夜在寝室室友都入睡之后敲打着文字的日子，被编辑催稿的日子，终于在我写后记的这一刻终结。即使它没有让我成为一个更好的作者，也让我成为了一个更有耐性的作者。

现在会有很多人说，我喜欢你的文章，也会有很多人说，你所写的是不知所云没有营养的东西，但不管你是谁，我都很开心你翻开书读到这篇后记，哪怕这本书不是你的，或者只是顺手从书架上取下来，但只要你翻阅了，我就很开心。在写《少年们无尽的夜》的时候，我想这样清冷的文字大家会不会喜欢，而这个故事到底会有多长，我和柏茗说，或许这个故事会写成一本辞典，柏茗惊叹，光仔，你好强大。可是最后我还是删掉了接近三万字的内容，因为我觉得那些情节留在我心中就好，不去触碰也是对自己的保护。在我选择文体的时候，我尽量避免跟之前两本书的风格重合，当然这样的尝试必须是大胆而无畏的。

有段时间我想这个故事或许又要胎死腹中了，因为线索太多太杂，最后纠结在一起，我自己也解不开。我只是揣测着我之前准备的关键词，成长、时间、忏悔、背叛、梦想、爱，而这些元素到最后都汇聚成了我心中最大的难题，因为我不知道嫉妒的伤害到最后该不该被原谅。我太眷恋那段清澈的校园时光，而忽视了他们最终的何去何从，所以这个答案到最后我也没有解开，但是我相信，每个人心中已经有自己的答案了。

小时候的我总是觉得自己是一个寂寞的人，因为没有一个真正知心的朋友，可是长大之后，我发现我身边竟然有了一大群支持我、爱着我、永远不会离开我的人，他们时时刻刻让我感动让我开心。我是真的很怀念童年的那段时光，虽然常常只有我一个人望着天空发呆，一个人度过孤独的星期二下午，一个人看着周围的孩子跳格子弹弹珠，但我并没有成为一个孤僻的怪人。相反，现在的我开朗、大方、完全成长为了另一类人。每次说起曾经那个胆小内向的我，身边的人都带着怀疑的眼光嗤之以鼻。正因为我已经不再孤单，所以反而有些怀念那些茕茕孑立的日子。文中的林尽杉有幸遇见了程涵宇，而我比林尽杉更幸运，我身边有很多很多的程涵宇，而且没有人伤害我，他们死忠地爱着我。回想过去，童年的我确实和程涵宇一样，羡慕那些混日子的坏学生，还悄悄跟着他们进过游戏室；而少年的我也确实像林尽杉那样，常常劝导身边的人，而这个跨度之间的缺省就是林尽杉与程涵宇彼此之间的距离。

　　写完这本书的时候，我的大学生活也进行了一半，剩下的两年里，我想它们都会和已逝的时光一样匆匆而别，但是我会努力把握着每一天的阳光与雨露，真实地活下去。SP常常说，你有空得写写我们的故事，高考之后他一个人背着行囊去了东北，在零下十几度的深夜给我打电话，他说他看到了在重庆永远不会有的鹅毛大雪。夏仔去了上海，常常和我抱怨上海人太多太杂，上海太闹太繁华，简直不适合居住。围墙留在我们的家乡重庆，过着极其舒适的宅男生活，豆瓣上的电影数量日益增多。F在甘肃，聊天工具从来没有下过线，他说九月的时候，学校里有大片大片的菊花，那是他见过的最丰盛的自然景观。而我待在距离所有人千里之外的湖南，过着和其他大学生没有两样的繁忙生活，有时候停下自行车看看蔚蓝的天空，想想那些陪着我一起成长的男孩，想想我的高中、我的初中、我的小学，还有那个后山坡，那些野草和飞鸟，都是真实存在的残影。

　　写完这本书的时候，大四的学长学姐都在收拾行装准备离开学校，半夜三更还时不时听见他们在阳台上唱歌，对着后面的西山大喊。两年前我带着行李来到这里，是他们接待了我，而现在，我就这样看着他们走了，心中无限感慨。俐姐说，等她毕业了，一定要去一次重庆，看看我的家乡，要我请她吃最好吃的东西。我看着学校那条长长的校园路，就会想起自己在查寝之前奔跑得大汗淋漓，最后躺在床上狠狠地睡过去。在往返奔跑的日子里，我大学四年的日子一天天过去了。

　　我曾经想，自己到底要成为怎样的人，写作是不是我一辈子的事情，后来才发现，它即使不是我一辈子的事，也是影响我一辈子的事。其实我对于人生没有太多迷茫的地方，我只是希望每天都开开心心，有足够生活的钱，在自己喜欢的地方，和喜欢的人一起玩耍。但我笔下的爱情总是决绝而执着，固执而顽强的。可就我个人看来，这样的冲动才符合我们这一代人，我们毫不顾忌，敢爱敢恨，这并不虚假。

我想着有一天，程涵宇会与心爱的人一起来墓前清扫；而好茜会嫁给一个爱她的男人，三个人过着幸福的生活；《云初》成为了畅销书……所有的故事即使过程再惨烈，到最后都应该回归生活的本性，可我已经没有必要再多说什么了，因为我要表达的东西全都浓缩在这十几万字里面。我承认到最后，这部小说也没有变成一本无可挑剔的小说，但正因为它还有缺失，我才发现我的写作是真实的。

妹妹在看完岩井俊二的电影之后打电话给我，说日本的青春片总是充满了杀戮般的残酷。我说，没有青春是不残酷的，只是被他们放大了而已。如果有谁的青春是不流泪的，那么这份青春是不完整的，如果有谁的青春是没有离别的，那么这份青春是不华丽的。

在写作的过程中，我失去了一个分享过程的读者，所以没有人给予我反馈的意见，但也正是因为这样的独立创作，我学会了自己去看待问题的本身，这种提高也算是塞翁失马。最后依旧是感谢，感谢每一个购买此书的读者，以及陪伴我走过二十年的人，因为你们让我更加坚强地活下去。

二〇一〇年五月　初夏

再版后记

早年，离开家乡是我学生时期最大的愿望，等到十八岁真正离开生活的小镇之后，我才发现，原来我那么怀念小镇曾经拥有过的生活。都说失去的，才是最美好的，很老土，也很贴切的话语，而对于创作者来说，离开，是为了更客观地记录，只有当你成为旁观者时，那些消散在时间中的一切，反而在心中慢慢清晰，人像是站在玻璃罩外，故事却精致地呈现在玻璃罩内，《少年》这本书基本算是这样的作品。

翻开原本的后记，才想起这是二〇〇九年动笔的故事，时间让人惊奇也让人害怕。故事中的那些场景在写作的过程中，大脑里浮现的全是年少成长的环境，每一棵树，每一寸土，每一丝空气，都太过熟悉，而林尽杉却并非我身边真实存在过的人，他是完全由我创造出来的人物，是我赋予了他血肉，同时又是我决定了他最终的命运，我将这样一个虚构的人物置身在了自己熟悉的成长环境中，力图从他的身上看到小镇发生传奇的另一种可能，如此平凡的小镇，因为林尽杉，而有一个让它能精彩并被铭记的理由。

年少时，我立志要成为一个了不起的作家，那时候的创作激情一直推着我前进，我曾在文字中看到过光，那种让我枯燥生活闪烁乐趣的光，我也希望自己能够成为造光的人，让读者从我的文字中找到我曾熟悉的感觉。但越长大，越发现"了不起"这三个字太过刻意，真正的了不起，从来不是自己说的，而自己永远也达不到"了不起"三个字的高度，才能证明你一直在进步。

刚刚写完这个故事的那个夜晚,我在落着大雨的窗前写下了一篇冗长的后记,太多想说,太多感慨,太多想要感激的人和事,然而再版的这次,我却突然找不到那么多旁枝末节可以叙述的东西,因为所有的话语,全都发生在故事里。

十月的时候,北京的天气转凉了,我和朋友在家附近的酒店喝东西,聊天最多的内容还是怀旧,青春和过去永远是每个人最侃侃而谈的内容,没有掩饰,没有伪装,开诚布公地说出当时的感触,那个人啊,那段事啊,那份感情啊,谈笑间有嬉笑,也有伤感,一杯酒下肚,听对方一段陈情,啼笑皆非间,心中默想,原来大家都一样啊,一样傻,一样笨,一样把真诚付给过另一个人。

这些年,依旧有很多人和我提起林尽杉,他们就像是程涵宇身边的某个人,对林尽杉有着特殊的情感,他们和我留言说,自己的生命里曾经也出现过林尽杉这样的一个人,是自己最好的朋友,也是自己视为生命中重要的人,可是,越是在意,就越容易丢失,人是怎么走散的,往往得不到一个正确的答案。

我说,如果这本书让你能想起那个你最在意的朋友,那我就十足感到欣慰了。写这本书的时候,是我那一年最开心又最揪心的一段日子,夜夜窝在小台灯下打字,敲键盘也不敢太用力,怕吵醒已经熟睡的室友,情到深处,往往是一个人望着黑漆漆的窗外发呆,其实外面什么都没有,只有大片大片的高大灌木,时常没有风,月亮也被挡在后面,但是就是这样夜深人静的许多个夜晚,让我觉得最适合书写《少年》这个故事。

最近做活动时,常有主持人问,你以后还会写校园的故事吗?也会有读者过来问我,是否可能为这本书写一个后续?但对于我而言,悠悠岁月早已成为指间沙，捏不住的，也早就散落在了来时的路上，能够追回的，已不是最初的模样，脱离校园生活之后的重新记录，只是对过往的一次验证，其间记忆与真实发生过的形形色色皆有出入，那种真实的感觉一定会贯穿在我每一部的作品中，但那些已经记录过的事，不会再出现在今后的任何故事里。

林尽杉的故事不会再有后续了，程涵宇或许还有，时间还那么长，人生就是这样，只要放下了眼泪，随时可以上路。

怀念的人和事，是因为执着而变得立体和美好，不要在意他们是不是还在自己身边，或者物是人非，你得想，他们此刻，已经完完全全属于你一个人了，谁也夺不去的，最美好的样子。

二〇一九年六月
于北京